姜維《きょうい》

塚本青史

Tsukamoto Seishi

河出書房新社

目次

【登場人物】

姜維《きょうい》（伯約《はくやく》） 姜冏《きょうけい》の息子。母は柳氏。妻は柳荔《りゅうれい》（魏）と楊婉《ようえん》（蜀）。
姜冏《きょうけい》 姜維の父。妻は柳氏。冀城《きじょう》高官。
韓遂《かんすい》（文約《ぶんやく》） 涼州、関中の軍閥。
閻行《えんこう》（彦明《げんめい》） 韓遂の家宰。袂を分かつ。
馬超《ばちょう》（孟起《もうき》） 涼州の軍閥、父は馬騰《ばとう》。羌族の血が入っている。
鍾繇《しょうよう》（元常《げんじょう》） 後漢から魏の高官。鍾会の父。姜維の父姜冏と面識がある。
衛覬《えいき》 後漢から魏の高官。衛瓘《えいかん》の父。
荀彧《じゅんいく》（文若《ぶんじゃく》） 漢の政治家。曹操に献策。
曹操《そうそう》（孟徳《もうとく》） 後漢の軍閥。三国、魏の始祖。
劉備《りゅうび》（玄徳《げんとく》） 三国、蜀の初代皇帝。劉禅の父。
韋康《いこう》（元将《げんしょう》） 涼州刺史。冀城に立て籠もる。
楊阜《ようふ》（義山《ぎさん》） 冀城で馬超と戦う。一旦負け、後に追放。後漢、蜀の高官。
楊岳《ようがく》 楊阜の従弟。姜維の面倒を見る。
衛寛《えいかん》 馬超の部下だが、袂を分かつ。
閻温《えんおん》（伯倹《はくけん》） 上邽県《じょうけい》令代行。馬超に追われ、冀城へ逃れ、長安への使いに。
張魯《ちょうろ》（公祺《こうき》） 五斗米道の創始者。漢中に拠る。
劉璋《りゅうしょう》（季玉《ききょく》） 益州刺史。蜀へ侵攻してきた劉備に、領土を明け渡した。
曹丕《そうひ》（子桓《しかん》） 魏の初代皇帝（文帝）。後漢の献帝から禅譲を受ける。
曹植《そうしょく》（子建《しけん》） 曹丕の弟。詩人。兄から疎まれ封地を何度も替えられる。
司馬懿《しばい》（仲達《ちゅうたつ》） 司馬氏の統領。魏を乗っ取る。

夏侯淵《かこうえん》（妙才《みょうさい》） 魏の武将。曹操の側近。常に一緒に従軍。定軍山で戦死。

夏侯覇《かこうは》（仲権《ちゅうけん》） 夏侯淵の息子。魏の武将。後日、蜀へ亡命する。

尹賞《いんしょう》 魏の、城門や砦の建設棟梁。異動で部将にされ、蜀へ。

柳茘《りゅうれい》 姜維の魏における妻。

楊婉《ようえん》 姜維の蜀における妻。

上官子脩《じょうかんししゅう》 姜維の部下。蜀へ亡命する。

郭淮《かくわい》（伯済《はくさい》） 雍州刺史。関中の遊牧民を統治。隴西で蜀軍と戦った。

孟獲《もうかく》 南中（雲南を中心とした地域）の首長。「七縦七擒《しちしょうしちきん》」の故事。

孟達《もうたつ》 劉璋、劉備に仕え、魏に奔る。再度の鞍替えで司馬懿に誅殺。

諸葛緒《しょかつしょ》 雍州刺史として、蜀攻略を指揮。

胡烈《これつ》（玄武《げんぶ》） 魏の武将。蜀攻略で鍾会の部下。後、鍾会に反乱する。

丘建《きゅうけん》 蜀の攻略に、鍾会の側近として従軍。元上司の胡烈と結託する。

鄧艾《とうがい》（士載《しさい》） 蜀攻略に武将として参加。土木、建築が得意。鍾会と別行動。

鍾会《しょうかい》（士季《しき》） 鍾繇の末っ子。

呂壱《りょいつ》 呉の酷吏で孫権の寵臣。専売利益を恣《ほしいまま》にして、処刑された。

孫権《そんけん》（仲謀《ちゅうぼう》） 呉の初代皇帝。魏や蜀と対峙。

孫登《そんとう》（子高《しこう》） 孫権の長男。文武に秀でたが、夭逝。

諸葛瑾《しょかつきん》（子瑜《しゆ》） 呉の策士。諸葛亮の兄。

諸葛恪《しょかつかく》（元遜《げんそん》） 諸葛瑾の長男。呉の政《まつりごと》に関わり、武将としても魏と戦った。

孫峻《そんしゅん》（子遠《しえん》） 孫子一族。諸葛恪と政に関わったが、のち不仲となり暗殺する。

諸葛亮《しょかつりょう》（孔明《こうめい》）　蜀の軍師。劉備崩御後、禅を後見して北伐を企てる。

馬謖《ばしょく》（幼常《ようじょう》）　蜀の武将。街亭の戦いで失策。「泣いて馬謖を斬る」の故事。

宙宙《ちゅうちゅう》　恢恢《かいかい》とともに、姜家の家宰。妻は苗苗《びょうびょう》。

王平《おうへい》（子均《しきん》）　叩き上げの将軍。北伐に従軍、街亭の戦い。興勢の役で活躍。

馬岱《ばたい》（伯瞻《はくせん》）　馬超の従弟。馬超亡き後、一族や羌族を率いて、蜀軍の一翼。

魏延《ぎえん》（文長《ぶんちょう》）　蜀の猪突猛進型の武将。五丈原後の行動で、蜀軍全体と対立。

楊儀《ようぎ》（威公《いこう》）　蜀軍幕僚として五丈原へ従軍。諸葛亮の後継を、魏延と争う。

蔣琬《しょうえん》（公琰《こうえん》）　諸葛亮亡き後の蜀をまとめる。

董允《とういん》（休昭《きゅうしょう》）　蔣琬とともに、諸葛亮亡き後の蜀を支える。

費禕《ひい》（文偉《ぶんい》）　蔣琬や董允が逝った後、蜀を支えるが、北伐には反対する。

郭循《かくじゅん》（孝先《こうせん》）　魏の将だったが、蜀へ亡命する。

廖化《りょうか》（元倹《げんけん》）　蜀の武将。北方の守備に貢献。

張翼《ちょうよく》（伯恭《はくきょう》）　張良の子孫。蜀の武将だが、北伐には反対の立場。

董厥《とうけつ》（龔襲《きょうしゅう》）　蜀の官僚であるが、魏の侵攻に対し、将軍として防衛に当たる。

諸葛瞻《しょかつせん》（思遠《しおん》）　諸葛亮の息子。早熟利発の評判。早い出世だが、汚職に関わった。

譙周《しょうしゅう》（允南《いんなん》）　蜀の学者。「北伐無用論」で、宮廷で談論風発した。

閻宇《えんう》（文平《ぶんぺい》）　蜀の政治家。北伐中の姜維と交替しようと、黄皓と結託した。

黄皓《こうこう》　劉禅の寵愛を後楯に、政を壟断《ろうだん》して滅亡を早めた宦官。

張皇后《ちょうこうごう》　張飛の娘二人、姉妹共に皇后となる。母は夏侯覇の族姉。

劉禅《りゅうぜん》（公嗣《こうし》）　蜀の二代皇帝。幼名阿斗《あと》。政にはあまり興味を持たない皇帝。

三国志地図

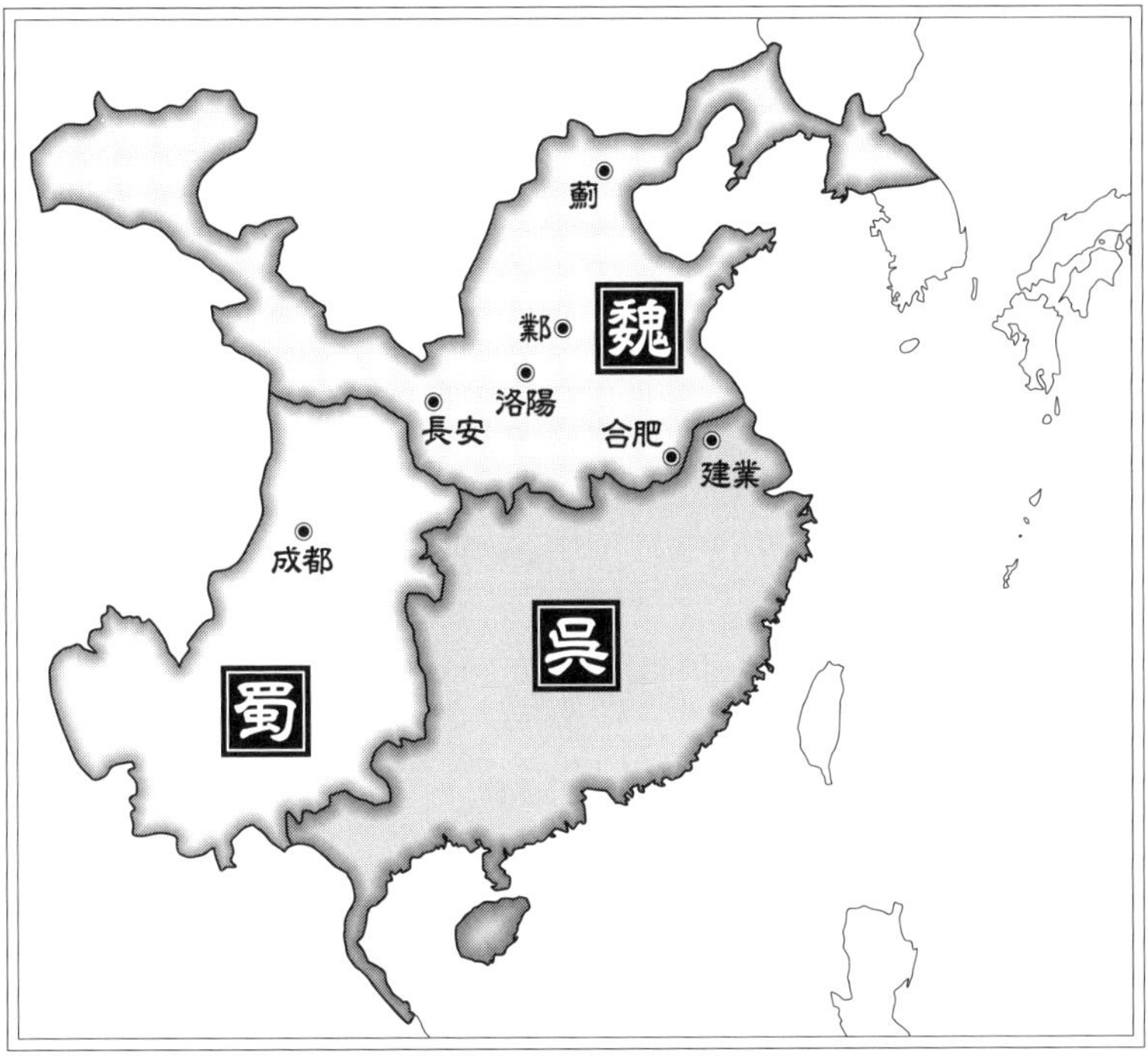

安定郡
広魏郡
南安郡
天水郡
街亭
冀城
上邽
祁山
段谷
石営
歴城
関山道
新平郡
撫夷護郡
北地郡
馮翊郡
魏
司州
蒲坂津
潼関
扶風郡
散関
陳倉
五丈原
槐里
長安
藍田
京兆郡
長城
沈嶺
故道
斜谷道
駱谷道
子午道
武関
武都郡
陽平関
(陽安口)
漢城
南谷口
南鄭
楽城
定軍山
魏
荊州北部
陰平
白水
関城
漢中郡
魏興郡
剣閣
江油
漢寿
上庸郡
梓潼郡
涪県
巴西郡
巴東郡
永安
(白帝城)
東広漢郡
江州(巴)
涪陵郡
呉
荊州中部
巴郡
江陽
江陽郡

雍州&益州北部地図

姜維

序章《プロローグ》

曹操《そうそう》

0

「官渡《かんと》の戦いで曹操《そうそう》に負けた袁本初《えんほんしょ》（紹《しょう》）が、とうとう死んだそうだぞ」

「あれから二年も経っているから、憤死ではないな。矢の古傷でも悪化したのか、将来を見切った部下の手に掛かったかだな」

「まあ、病死だとされているが、詳しいことは判らぬ。それより息子たちが、跡目相続で争っているらしいぞ」

「そんなァ、暢気な戯《じゃ》れ事をしていて好いのか。奴らが討たねばならんのは、曹孟徳《もうとく》（操）の方ではないか。身内で同士討ちしていては、今に共倒れとなろう」

「それもさることながら、袁本初の奥方が、世にも恐ろしいことをしたそうな」

「なっ、何だと？」

「本初の側室たち五人を毒殺して、死体の顔に刺青《いれずみ》したんだそうな」

「しかし、なぜそんな酷《むご》いことを。本初が死んだのなら、今後は寵《ちょう》を競うことも、もうなかろうに」

「奥方の言うことが振るっているのだ。黄泉《よみ》の国へ行ったおり、本初へ合わせる顔がないようにしたんだとよ」

「ほう、何となあ。そこまで考えるか。女の悋気《りんき》とは、げに恐ろしや」

姜維《きょうい》が生まれた建安《けんあん》七年（二〇二年）は、涼州《りょうしゅう》天水《てんすい》郡冀城《きじょう》（甘粛省天水市）のような、許《きょ》（当時の後漢の都）から随分離れた地方ででも、人々の間でこのような会話が交わされていた時期である。

世の中が動きかけていると、誰もが感じていたからだ。力を付けてきた曹操に対する恐怖が、ゆっくりと芽生えている。当然ながら姜維に、そのような記憶があるわけではない。しかし、彼が成長するにつれ、中原《ちゅうげん》のようすや袁紹の息子たちの動向は、噂としてどんどん入ってきている。

「袁紹の長男（袁譚《えんたん》）は、どうやら曹操に丸め込まれて、娘を曹操の息子（曹整《そうせい》）に娶《めと》らせたらしい」

次男（袁熙《えんき》）と三男（袁尚《えんしょう》）は、長男に対抗して披露宴になど来ないという。

「婚礼と聞いた孫権《そんけん》が、祝いに象を贈ってきたというから剛毅だな」

そんなようすまで、聞こえてきている。

「はて、象とはな。孟徳も好い迷惑だろう」

誰もが、前代未聞の進物だと愕《おどろ》いた。

「それが案外御機嫌で、宴会の最中に、巨獣の重さをどのように量れば良いかと、皆が困るような問いをしたそうな」

「いやはや、それは難問ですな。我々とて、その場にいれば返答に窮《きゅう》しましょうぞ」

噂し合っている者らも、大きな秤《はかり》に掛けて吊すとか、殺して解体してから部分部分を順番に、と言うのが精一杯だった。

「ところが、曹孟徳の息子で今年八歳の曹沖《そうちゅう》が、いとも簡単に答えを出したとか」

「ほう、どういたしますのじゃ？」

「荷を乗せていない小舟を用意して、喫水部分に印をし、象を乗せてから沈んだ処に印をするそうな」

「なるほど、そのようにすれば、何尺か沈みましょう」

彼らも、頻《しき》りに感心していた。

「象を降ろしてから、人の頭ほどの石を積み込んで、同じ処まで沈めば、その分の石の重さを一つ一つ量った合計が、象の重さだと言ったそうです」

「ほう、なかなか聡明なお子じゃ」

素直に褒《ほ》めた男を、傍にいたもう一人が強く窘《たしな》める。

「感心している場合ではありませんぞ。そのような出来の良い和子《わこ》が跡継ぎになれば、孟徳はますます力を得ましょう」

「つまりは、我らも枕を高くして寝てられぬわけですか」

姜維がまだ襁褓《むつき》に包まれている頃、彼の屋敷で郎党たちは、寄ると触るとこのような会話を交わしていたのである。

姜氏は、天水郡の名家であった。本貫は冀城にあり、その城邑は周囲を堀と斜めに差し込まれた尖った杭で固められていた。

姜家の屋敷は、版築《はんちく》で固められた高い土塀が敷地の外側にある。また、門を入ると厚くて高い影壁《えいへき》があった。だから、中を窺《うかが》い知ることはできない造りだ。

父の姜冏《きょうけい》は、天水郡の功曹《こうそう》（上級の役人）をしていた。この時代ならば、後漢の官吏ということになる。主な仕事は、郡の民の把握と収穫物の調査、それと匈奴《きょうど》や羌《きょう》族、氐《てい》族など遊牧民の管理である。

もっと正確に言えば、彼ら異民族と住民の治安を図ることだった。それもさることながら、酪農から出る肉や乳製品を税として徴収せねばならぬのだった。

いや、それよりも、彼らと対立する地方軍閥の馬騰《ばとう》や韓遂《かんすい》の動向を探って、中央へ報告することを要求されている。中央というのは皇帝（劉協《りゅうきょう》）を取り巻く文官のところだが、それを擁《よう》して取り締まっているのが司空《しくう》（副丞相＝皇帝側近の筆頭）の曹操になる。

つまり曹操に天水郡のようすを、逐一知らせねばならないのだ。

天水郡冀城は関中（渭水《いすい》盆地）の中心地たる長安のずっと西に当たる。中平《ちゅうへい》六年（一八九年）、先代の霊帝（劉宏《りゅうこう》）が崩御して、今上帝（劉協）が即位した。そのとき介添役だった董卓《とうたく》は、涼州の出身だった。

しかし、彼が洛陽《らくよう》に放火して長安へ皇帝を移して以降、この辺一帯の評判も落ちた。その後、豪傑の呂布《りょふ》が董卓を暗殺したが、彼も董卓子飼いの部将たちに、関中《かんちゅう》から中原へと追放されてしまった。

後漢の皇帝は長安にしばらく残ったが、涼州出身の部将たちは政《まつりごと》を実行する能力がなく、せっかく長安にいた皇帝も、結局は逃亡を図って中原を目指した。

だが、自らの力で天下を治める力量はさっぱりなく、結局は曹操の庇護下に入って、その武力を背景にするしかなかった。それが、後漢という国家の限界である。

「皇帝に去られるから涼州は、いつまでも田舎扱いされるのだ」

それが姜冏の口癖だったと、姜維は長じてから母の柳氏《りゅうし》に聞かされた。

姜維に記憶がある噂話は、袁紹の次男（袁熙）と三男（袁尚）の首が、曹操に届けられたという辺《あた》りからである。遼東《りょうとう》郡太守の公孫康《こうそんこう》が、頼ってきた二人を匿《かくま》わず、無情にも斬首したのだ。

長男の袁譚は既に曹操の討伐を受けて、疾《と》くに命を落としていた。建安《けんあん》十二年（二〇七年）に姜維は、五歳で初めてその事実を知ったのだ。

「公孫太守（康）にしてみれば、当然の振る舞いではないか。何ら恥じることはない」

姜家にいる郎党たちは、そのように言っていた。姜維は、まだ幼少の頃だったので、彼らの意見に対して特に感慨などなかった。

その翌年（二〇八年）、もっと沸き立ったことがあった。

「曹孟徳も、荊州《けいしゅう》へ攻め込んだまでは好かったが、烏林《うりん》へ寄せた孫仲謀《そんちゅうぼう》（権《けん》）の呉軍と、劉玄徳の連合軍にしてやられるとはな」

「兵力だけなら孟徳は二十万で、玄徳らは四分の一の五万程度だったと言うではないか。よくぞ、勝てたな」

世に、赤壁《せきへき》の戦いと呼ばれる事件である。

「玄徳の側には、滅法頭の切れる軍師がいるそうな。そいつの読みで風向きを見て、孟徳の軍船が火攻めにあったらしいぞ」

彼らが感心していた軍師とは、姜維も後に諸葛亮《しょかつりょう》だと知ることになる。

姜家は地元の有力者なので、姜維は幼少時から勉学に励むよう儒者を付けられた。すると文字を修得するのも早く、古典や歴史などもよく覚えて考えるようになっていく。

まだ世の中の絡繰《からく》りは明瞭に理解していなかったが、屋敷の状態は解りかけてきた。姜家は名家だったので、周囲の者たちが頼ってくる。それは冀県からだけではなく、天水郡全般に及んだ。

金銭の無心もあったが、多くは揉《も》め事の仲裁だった。姜維自身も何ゆえかと、疑問を持ったものだ。

「本当は、許都《きょと》へ行ってお裁きを受けるのが順当ってもんでしょう。でもね、何しろ遠くて、往復するだけで、こちとら身代も身体も潰れちまうんでさァ」

誰かが本音を吐くのを、姜維は興味を持って聞いていた。それは父姜冏の能力の高さを確認させられているようで、彼なりに心地よかったのだ。

姜冏が頼られていることは、姜家の価値そのもので、姜維は将来の自画像をなぞることができたのだ。

一方、彼が興味を持ったものに、遊牧民族がいた。彼らも、姜冏が付き合わねばならない対象だった。匈奴《きょうど》や鮮卑《せんぴ》、烏丸《うがん》などと呼ばれる連中もそこそこいたが、天水郡に多かったのは、羌《きょう》や氐《てい》と呼ばれる遊牧民だった。

当初彼には、遊牧民それぞれの違いなど、判らなかった。それでも至近距離で見ていると、言葉だけでなく、髷《まげ》や服装、轡《くつわ》に鞍《くら》、鐙《あぶみ》などにも特徴があることや、手綱の素材や長さ、所持している小刀等の武器も、皆違っているのが判った。

ただ、彼ら遊牧民が交錯していることがあった。それは、姜冏を訪ねて相談するのではなく、馬騰《ばとう》と韓遂《かんすい》という軍閥と通じている状況を意味していた。

そこには羌や氐という区別は、全く鮮明にならなかった。その辺りの事情と、曹操が虎視《こし》眈々《たんたん》と関中を窺《うかが》っていることに、姜冏が一番頭を抱えていたようだった。

第一章　馬超《ばちょう》

1

「恐らくは、考えに考え抜かれた末のことだろうが、これからの関中《かんちゅう》（渭水盆地《いすい》）は、遊牧民絡《がら》みでいろいろ揉《も》めそうだな」

姜維《きょうい》が十歳になった頃、父姜冏《きょうけい》が口走っていた台詞《せりふ》がそれだった。考えを重ねた人物は、司隷校尉《しれいこうい》の鍾繇《しょうよう》（字《あざな》は元常《げんじょう》）なる人物らしい。曹操《そうそう》が右腕と頼み、齢《よわい》還暦を超えても論理が冴《さ》えた文官だという。

かつて見《まみ》えたことのある姜冏には、深い尊敬の念があるようで、「鍾元常様が、元常様が」と親しげに名を挙げていた。

司隷校尉とは、首都（許）圏における高官の監察を司る役目だった。だが後漢も末期になると、軍事権も与えられている。

鍾繇は頭脳明晰で思慮深く、曹操から、渭水盆地へ勢力を拡大させる策を、練らされていたのである。そして、彼が知恵を搾《しぼ》りに搾って編み出したのが、漢中《かんちゅう》で猛威を振るう五斗米道《ごとべいどう》の教祖張魯《ちょうろ》の討伐だった。

この宗教は、後々道教に発展していく比較的真っ当なものなのだ。しかし、三十年近く前に黄巾《こうきん》の乱を起こした太平道と、同様ないかがわしさを疑われていた。

それゆえに曹操は、「討伐」なる一語で対処を口にしたらしい。

この策戦は、ただ漢中を攻撃するなどといった単純なものではない。漢中（現在の四川省北部）は、漢水の源泉がある場所になる。かつて劉邦が項羽に封じられたので、彼が建てた国の名を「漢」とした謂《い》われまである。

ただ、関中から漢中へ行くには、南の秦嶺《しんれい》山脈を越えねばならない。それも、険しい山腹に杭《くい》を打ち込んで設えられた桟道《さんどう》を、注意深く渡って行くのだ。

それが世に言う「蜀《しょく》の桟道」である。

とにかくそこを利用するなら、関中を背にすることになる。だから曹操は彼らから攻撃されないよう、渭水盆地を根城にする軍閥たちへ、妻子らを人質として差し出せと、理不尽な要求をしたのである。

要は、保険をかけたのだ。

「こんなことを、うちの統領が、あっさり肯《き》くと思われるか？」

姜冏の処へやって来て、溜息を吐《つ》いているのは閻行《えんこう》である。涼州の軍閥韓遂《かんすい》の古くからの家宰（執事頭）で、姜冏とはすっかり顔馴染みだ。

「それは、なかろうな。しかし鍾元常様は、既にそれすら織り込みずみで、曹丞相（操）から命令を出させたのです。拒絶すると、難しくなりますぞ」

姜冏の応えに、閻行は大袈裟に冠《かんむり》を支えて仰《の》け反《ぞ》る仕草をする。それは打つ手がないとのようすを、明瞭に伝えたいからだろう。

「とは言われますが、当方の統領は妻子を、また馬孟起《ばもうき》（超《ちょう》）様は、父上（馬騰《ばとう》）と一族を、またかく言う私めも父親を、既に人質として鄴《ぎょう》（曹操の本拠地）へ送っております。それだけで、もう充分と存じますが。如何でしょう?」

閻行が言う関中の二大勢力は、そこまでして曹操へ恭順の姿勢を示している。それにその頃の韓遂は、武威《ぶい》(甘粛省の都市)で反乱を起こした張猛《ちょうもう》の討伐に出かけ、美事役目をし果せての帰路にあった。

だから、それ以上に人質を所望するのは、酷《こく》ではないかとの言い分である。

「統領の武勲に免じて、ここは一つ、沙汰をお取り止めに願えませぬかな」

そこまで聞くと、姜冏も強くは言えない。

「では、尚書《しょうしょ》(皇帝の私的財産を扱う部署)の衛覬《えいき》様が天水《てんすい》郡を視察中なので、冀城《きじょう》へお寄りの節に掛けあってみましょう。許《きょ》へ帰って口添えしていただけようから」

姜冏の言葉に、閻行は一縷《いちる》の望みを託《たく》したのか、馬に跨《また》がって帰って行った。

姜冏が先ほど口にした許とは、当時後漢の都(皇帝の御所がある)である。二十年ばかり前、董卓《とうたく》が洛陽を破壊して以降、まだ復興が叶っておらず、当面の都にした所だ。

「おまえさま。本当に、大丈夫なのでございますか?」

姜維の母、柳氏《りゅうし》が顔を出した。不断の彼女なら、自ら茶菓子などで接待するはずだ。しかし、その日は話が難しくなり「奥方からも、お取り成しを」と話が向けられるのを察し、婢《はしため》に任せて身を隠していた。

「衛尚書(覬)は肯《き》いてくれようが、問題はその後の流れだ」

姜冏が言うのは、衛覬が許へ戻って、まずは曹操側近の荀彧《じゅんいく》へ話を通す。それに曹操は曲がりなりにも心を動かすだろうが、鍾繇がどう出るかの見立てだ。

「頭が痛うございますね。御心労、お疲れが出ませぬように」

柳氏は慰めてくれるが、姜冏の辛い立場は変わらない。一両日中には、韓遂が武威から戻って来る。

反乱者を討ち取って、意気揚々《いきようよう》としているはずだ。

そのような討伐軍の将軍へ、曹操の意向を伝えるのは実に辛い。姜冏の気持を、利発な姜維は十歳そこそこながら、理解しているつもりであった。

しかし韓遂は、人質依頼、いや、強要の話を、別の人物から逸早《いちはや》く聞いていた。伝えたのは馬超である。

「このような要求を、他の連中も突き付けられますかね？」

「冗談も、休み休みに言え。これじゃ、我らの身内を鄴《ぎょう》（曹操の本拠地）へ送ったことが全く無駄になろうってもんだ」

馬超も韓遂も天水郡だけではなく、涼州全体の軍閥を代表して人質を送ったつもりだった。その正に身を切る思いを、曹操が理解していないのが腹立たしい。

もう少し正確に言えば、曹操は理解している。だが、推し進めているのは、司隷校尉の鍾繇である。姜冏が、その辺の複雑さを説いても、彼らは聞く耳を持つまい。それは、人質を曹操へ差し出しているからだ。

「漢中の五斗米道を討つなんて、俺たちを叩《たた》くための口実だ。きっと蜀の桟道を渡るふりして、矛先をこっちへ向けるに決まってる。こうなりゃ涼州の軍閥を糾合《きゅうごう》して、曹操の軍勢に一泡吹かせてやろうぜ」

事の成り行きは、姜冏が一番心配していた方向へ進みそうだった。彼らの反応は、当然過ぎるぐらい当然だ。

ここで人質など差し出したところで、要求はそれだけで止まらない。涼州の領地を更に奥へ遣られて、渭水盆地の実り豊かな所を曹操に占領される。

軍閥たちも遊牧民も、皆が皆、そのように思っているのだ。彼らには、曹操を凌《しの》ごうなどという野心はない。その日その日を安楽に暮らせれば、それ以上の望みはないのだ。

姜冏に頼まれた衛覬も、そのような説得を荀彧《じゅんいく》にしたらしい。曹操もほぼ同意しかけていた。それでも、強引に人質を言い張ったのは、やはり鍾繇だったという。

それら総てを、姜冏は見透していた。だから漢中侵攻も、決して口実だけの嘘ではないと、充分に解っている。

曹操が漢中に拘《こだわ》るのは、劉備《りゅうび》に対抗したいからだ。赤壁《せきへき》の戦いで不覚にも後れを取った曹操は、劉備が出てきそうな所へ、早く行って待ち構えたいらしい。

一方、赤壁で曹操を追い返した劉備だったが、彼はまだ領地を持っていなかった。だから荊州《けいしゅう》を呉の孫権から借用し、それを糧に蜀（四川省）へと侵攻するつもりでいる。

この策戦は、諸葛孔明（亮）が授けた「天下三分の計」と言われている。孔明の計画どおり、劉備は蜀の地へ入っていった。その地を支配する劉璋《りゅうしょう》とは、同じ劉氏という名目で近づき、彼が手を焼いている五斗米道（張魯）討伐を買って出ていた。

劉備の行動は早晩、曹操が知るところとなる。もし劉備が張魯を討伐して漢中に君臨すれば、曹操にとって厄介だ。だから曹操は、先手を打とうとしていた。

関中（渭水盆地）の軍閥にも、曹操の考えていることは解る。だが涼州の軍閥に、一切手を出さない保証などない。

「曹孟徳が関中へ入ってきて、漢中の五斗米道だけを攻撃したりするものか」

「そうだ。きっと我々関中の軍閥を、まずは根絶やしにするはずだ」

涼州で遊牧民を仕切っている楊秋《ようしゅう》や成宜《せいぎ》、李堪《りたん》らの武人たちは、全員が曹操を信用していない。それは、彼らが統領と仰ぐ韓遂や馬超のようすを、知っているからだ。

「あの方々が人質を差し出していたら、吾らは反乱を起こすことはねえんだ」

「そうだ。そんなこと、孟徳だって解っているはずだろう」

「なのに、更なる人質を差し出せとは、真っ向から喧嘩を売ってるんだよな。それなら、買ってやろうじゃないか」

涼州の軍閥たちの意見は、このように固まっていった。それは韓遂や馬超の意向に添っていたのだ。

遊牧民を核とした軍閥の出方を予想していたのか、鍾繇は夏侯淵《かこうえん》や曹仁《そうじん》、杜畿《とき》、徐晃《じょこう》らの軍を派遣してきた。

それに対して韓遂や馬超は、決して手を拱《こまね》いてはいなかった。いや、積極的に軍を前進させていったのだ。

「こうなったら、徹底抗戦だ。長安を東へ越えて、潼関《どうかん》まで出向いてやろう」

彼らは渭水を渡って、右岸を黄河との合流点まで出向いた。そこに、潼関という関所がある。武力集団が、そこで犇《ひし》めき合った。

2

「これが、一番恐れていた事態だが、もう遅いな。なるようにしかならぬ」

姜冏《きょうけい》は、苦虫を嚙《か》み潰《つぶ》す思いだったろう。

涼州の遊牧民を私兵にする軍閥が反乱を起こせば、姜維のいる天水《てんすい》郡だけではなく隴西《ろうせい》郡、南安《なんあん》郡、広魏《こうぎ》郡などの太守たちは、全員責任を問われよう。

長安近郊の馮翊《ひょうよく》郡、京兆《けいちょう》郡、扶風《ふふう》郡の三輔《さんぽ》と呼ばれる所は尚更だ。

だが、姜冏の心配をよそに、潼関《どうかん》では戦いが始まった。韓遂や馬超の反乱軍は、遊牧民が主体である。それゆえに、騎射が得意だった。同様な対抗をすると、夏侯淵や曹仁の軍は不利なので、大きな楯を前に置いて、弩弓《どきゅう》を主体に反乱軍と対峙していた。

「戦況は潼関を挟んで、一進一退らしい。こうなると、持久戦になろうな」

姜冏のもとへは、各地の物見から報告が入ってくる。戦いが長引くなら、物資の補給に出向かねばなるまい。

姜冏は、そのように考えた。それは少年の姜維から見ても、ごく自然であった。

「曹丞相御自身が、潼関まで指揮を執りに来られるそうだ」

そんな報告まで入ってきた。それならば尚更、輜重《しちょう》や武器を運ぶ必要がある。問題は潼関という場所が、渭水の右岸（南側）に位置するということだ。

韓遂や馬超が布陣するのと同じ側なら、あっさり通してくれるはずがない。

「曹丞相は、軍と一緒に左岸（北側）へ陣を移されたということです」

実際には、勇猛な部下の徐晃《じょこう》と朱霊《しゅれい》を先に蒲《ほ》坂津《はんしん》へ渡らせ、曹操は後からそちらへ徐《おもむろ》に軍を移動させたのだ。

ただその際、殿軍《しんがり》を受け持った曹操へ、馬超が攻撃をかけてきた。一斉に矢を射かけられて、曹操は窮地に陥っていったという。攻撃されて慌てた兵どもが曹操の舟に群がったため、危うく沈みそうになったという。

その機に臨んで豪傑の許褚《きょちょ》が、雑兵を渭水へ叩き落として事なきを得たという。中には斬《き》られた兵もいたというから、同士討ちは決して感心できる話ではない。

「陣地が渭水左岸へ移ったのなら、補給し易くなったな。輜重を運ぶのは今だぞ」

姜冏がそのように思っていると、涼州刺史《しし》（監察）の韋康《いこう》から食糧と衣類、薬品の運搬を命じてきた。彼にも保身の必要があるので、何らかの協力をせねばならぬと考えたようだ。

「荷車を十輛使ってくれ。それから、武器の類いは持って行かぬ方が無難だ」

韋刺史が言うのは、反乱軍と遭遇する可能性である。武器を積載していれば、反乱軍に捕まった場合、彼らの怒りを買うからだ。それ以外の輜重なら役目柄と理解して、大目に見られると踏んだのである。

「お心遣い、痛み入ります」

姜冏は韋刺史に礼を言い、従者と奴僕からなる輜重隊を率いて、冀城から蒲坂津へと向かった。総勢五十人ほどである。とにかく、渭水の左岸を下って行けばいいだけだ。

反乱軍のほぼ全軍は、右岸の下流に集まっている。だから道中、彼らと擦れ違うこともなかった。上邽《じょうけい》、陳倉《ちんそう》、郿《び》を通って、長安の対岸辺りへ差しかかったとき、血塗《ちまみ》れの反乱軍十数名に遭遇した。一瞬襲われるかと思ったが、渭水の氾濫原《はんらんげん》で、傷付いた部下が野営しているという。

彼らは、曹操軍の徐晃と朱霊に撃退され、一団が救助を待っているらしい。

「すまぬが、血止めや切り傷に効く薬を分けてくれぬか」

辞《じ》を低くして薬草を乞うてきたのは、梁興《りょうこう》なる隊長だった。韓遂と昵懇《じっこん》で、姜冏とも面識はあった。

「その程度の物なら、お分けできる」

姜冏は従者に命じて、積み荷の一部を降ろさせた。薬を出すよう指示して、荷を解きかけたとき、梁興が剣を抜いた。同時に部下十数名が姜冏一行に襲い掛かってくる。

「我らは、武器の輸送はしておらぬ。薬品と食糧、衣類のみを丞相閣下へ届けるのだ。おぬしらが欲しければ、総て渡そう」

姜冏はそのように叫んで、一行を助けるよう懇願した。だが梁興の一団は、何も言わず斬り付けてくるのだ。怒声と悲鳴が入り混じる中で、一行のほとんどは惨殺された。

悲報が柳氏と姜維にもたらされたのは、三日ほど後である。命からがら這々の体で逃げ帰った従者の一人が、敗残兵の襲撃をようやく報告にきたのだ。

「旦那様は、皆を助けようとして、梁興に交渉なされましたが」

話を聞いた郎党以下婢や下僕は、全員が涙《なみだ》した。それは姜冏が、慕《した》われていた人物だったことを示している。姜維も、いったい何が起こったのか、受け止められずにいた。

しかしその中にあって、柳氏は背筋を伸ばし、毅然としていた。

「父上が亡くなられたのだから、伯約《はくやく》（姜維の字《あざな》＝通称）殿が姜家を守り立てなされ。それが、何よりの供養となりましょう」

柳氏に言われ、姜維は我に返った。確かに母の言うとおりである。ここで、自分が決然と家の中心人物とならねば、一家も人生も掻《か》き消える気がした。

まずは、姜冏の亡骸《なきがら》を引き取らねばならない。それには従者たちだけでなく、少年の姜維も荷車を牽《ひ》いて現場へ行った。棺桶も積んで全員が葬儀用の白装束であったため、途中で擦れ違った反乱軍側と思しい遊牧民も、姜維らを避けて通っていった。

曹操軍と反乱軍が潼関周辺で睨《にら》み合っているので、長安辺りでも死体の始末は後回しになっている。姜維が現場に着いたとき、荷車も引っ繰り返ったままであった。

「父上、さぞ御無念でしたでしょう」

従者で身寄りのない奴僕らは、河原に埋葬した。姜冏と家族のある者の遺体は、使える荷車に積んで運ぶことにした。

壊れた荷車を重ねて、その場で焼いた。

姜冏の骸《むくろ》は棺桶へ入れたが、他の者らは莚《むしろ》に包んで、五体ずつ荷台に括《くく》り付けたままだった。白装束の者らが遺体を運んでいるので、帰りも擦れ違う反乱軍の騎馬兵は黙認してくれた。

それでも陳倉を過ぎた頃、遊牧民の兵に呼び止められる。

「棺桶の中にも、死体が入っているのか？」

「はい、父の遺体がございます」

少年ながら姜維がしっかり応えるが、遊牧民は表情を歪めて言い募る。

「ふん、そんなことを言いながら、食糧どころか、金銀や財宝を詰め込んでいることもあるのだ」

遊牧民はそう言って、棺桶の蓋を槍で突いて開けた。すると、中から斬殺された姜冏の遺体が現れる。白装束の従者たちは、口で呪文らしい台詞を唱えている。

遊牧民に、内容は理解できないようだ。

「こっ、こいつらは何を言っているのだ？」

彼が姜維に問うと、少年は応える。

「故人の冥福を邪魔する者には、悪霊《あくりょう》が取り憑《つ》くぞと言っています」

その途端、遊牧民の表情が蒼褪《あおざ》めた。成仏できずに怒った死体が動きだす。そんな迷信が、彼らには浸透しているらしい。

「死体が悪霊を放ち、そなたに憑依《ひょうい》する」

「はっ、早く閉めろ」

遊牧民は開けた棺桶から遠離《とおざか》り、馬の腹を蹴って手綱を巡らせた。亡骸《なきがら》を露《あらわ》にしたことを後悔しているようだった。

それ以降、白装束の一行は、誰からも咎《とが》められることなく冀城へ戻った。

「立派な殉職《じゅんしょく》でございました」

屋敷へ戻ると、柳氏が葬儀を取り仕切り、無事に墓へ姜冏を葬った。

「さあ、そなたが正式に姜家の当主です。これから、しっかり頼みますぞ」

姜維は母の言葉を、よそよそしく感じた。その一方で、冷静さや意思の確かさと清々しさもあった。

潼関の反乱軍は休戦状態になって、曹操に韓遂と馬超が、潼関から少し西での会談を申し込んだという。内容は、いかに人質交換に持っていくかである。

場所は華山《かざん》の北、華陰《かいん》であった。かつて姜冏と話し込んでいた閻行と、曹操の護衛をする許褚らが、周囲を固めていたという。

「話が、奇妙な形で決裂したらしいですぞ」

郎党の恢恢《かいかい》が、話を聞き囓《かじ》ってきた。

反乱軍側から三者会談を持ちかけたのは、馬超が得意の武術で曹操を暗殺しようと謀《はか》ったかららしい。だが、傍で控える警護役の許褚が強いと踏んで、馬超も躊躇《ちゅうちょ》したのだ。

一方の曹操は、それすら織り込みずみだったようで、対策は、傍に許褚を置いていただけではなかった。もし馬超が、妙な動きをした場合、弩弓を一斉に浴びせる態勢も別途取っていたのだ。

馬超が何もせず会談が終わりかけたとき、曹操は韓遂の方へ向き直り、付き添いの閻行に声をかける。

「親孝行をなされよ」

それは、曹操へ差し出している父親の首が飛ぶという意味だ。その後で曹操は馬を巡らせ、韓遂だけを誘って話し始める。

「儂《わし》は、おまえの父親と同期の孝廉《こうれん》（中央官僚への選抜制度）でな。懐かしい」

曹操は、思い出話を小声でし、二人の背が馬超へ向くように、巧みに馬を巡《めぐ》らせる。すると、先ほど曹操に手も足も出なかった馬超が、疑心暗鬼に陥った。

自分が曹操を討たなかったので、韓遂は謀《はかりごと》を洩《も》らしたのではないかと。

3

「韓遂と馬超が、大敗を喫《きつ》したようです」

恢恢が、そのように報告してきた。敗れた原因は、馬超が韓遂を疑って、双方の足並みが大いに乱れていたからだ。

彼らの連携が上手くいってないと見て取った曹操は、軽装の兵で前衛を叩《たた》いたらしい。それに慌てて、韓遂らは反撃する。その隙に対岸から渡ってきた精鋭部隊が、韓遂と馬超の軍を挟み撃ちにしたという。

こうして二人の連合軍は、散々に撃たれて退却したのだ。この戦いの最中に、楊秋《ようしゅう》は降服している。

「成宜《せいぎ》殿と李堪《りたん》殿は討ち取られたようです」

「父上を殺害した梁興《りょうこう》は、如何した？」

厳しく訊いたのは、姜維である。少年とは思えぬ通った声だった。

「夏侯《かこう》将軍（淵《えん》）に追われて、藍田《らんでん》辺りに籠もっているということです」

「さすがに義理が廃《すた》ったとはいえ、こちらへは逃げてこなかったのですね」

柳氏の表情も硬いが、恢恢の唇は震える。

「実は馬超殿が、まだ冀城を通過せず、上邽《じょうけい》付近にいるとのことです」

恢恢が煮え切らぬ言い方をするのは、韓遂が涼州深く遁走したのに、馬超は未練がましく逡巡《しゅんじゅん》していると、警戒しているのだ。

「曹操の追撃を、気にしているんですかね？」

恢恢はそう言ったが、間もなく馬超は隴西《ろうせい》へ引き揚げて行った。

周辺が落ち着いて、涼州刺史の葦康《いこう》と参軍《さんぐん》（戦時に軍事的献策を行う者）の楊阜《ようふ》が屋敷を訪《おとな》ってきた。

姜冏の殉死を、改めて悔《くや》みに来てくれたのだ。

「郡の功曹だった姜冏殿を喪《うしな》って、我らの打撃は計り知れませぬ」

「そう仰《おつしや》っていただければ、主人も浮かばれるというものですわ」

柳氏は姜維を横に置き、丁寧に応対した。

「ついては、新たに当主となられた御子息には、殉職された父上の特権がございます」

葦康は姜維に、将来刺史の従事に取り立てると言ってくれた。今直ぐというわけではないが、まずは見習いからだと言う。つまりそれが、葦康から姜冏への供養なのだ。

「ありがたいお話をいただいて、主人も喜んでおりましょう」

柳氏は丁寧に礼を言って、姜維を見る。

「そのときまで、文武に励みます」

少年ながら明瞭な声で応えると、葦康と楊阜が目を細めていた。

「そうだ。一つ、言い忘れておりました」

楊阜が葦康に代わり、唇を湿して口を切る。

「姜殿を殺《あや》めた梁興は、今は藍田に立て籠もっておりますが、夏侯将軍（淵）に囲まれている由にございます」

やがては近い将来、曹操側の軍門に降《くだ》ると言いたいらしい。葦康は、それも贈物と考えて、楊阜に告げさせたようだ。

その後の涼州は、何となく落ち着かなかった。遊牧民の移動が頻繁で、生活物資たる穀物や野菜、乾物、竹製品（笊《ざる》や籠《かご》、熊手《くまで》、筌《うけ》）、それに武器（矢）などの輸送が滞っている。

建安十七年（二一二年）になって、曹操が剣履上殿《けんりじょうでん》を許されたと聞こえてきた。

それは、彼が後漢皇帝（劉協）に拝謁《はいえつ》する際、剣を持って靴を履いたままでも構わないとする特権を、付与されたことを意味する。そこに見えるのは、彼と皇帝の距離が、必要以上に縮まりつつあるということだ。

ただ姜維にとって、それはまだ遠い世界の話に見える。近くを見れば冬になって食糧が不足し、遊牧民が農民を襲って穀物や野菜を掠めたり、農民が遊牧民の家畜を奪ったりする事件が頻発《ひんぱつ》していた。

やがて春になり、窃盗《せっとう》などという小さな揉め事は少なくなってきた。

「聞いたか？　何と隴西、南安、広魏の郡太守や県令たちが、この天水郡冀城に、ぞくぞくと集まって来ているそうだ」

それらの事件への対処なのか、涼州郡太守の会議でも始まりそうだ。しかし、よくよく噂を集めれば、揉め事を解決しようとする動きとは程遠い現実が見えてくる。

「馬超が隴西で、反乱軍を集めているとのことです。しかも今度は、漢中の五斗米道《ごとべいどう》教主の張魯《ちょうろ》と、連携しているってことです」

曹操と対立している者同士の、軍事同盟ならあり得ることだ。

姜家の従者が柳氏へ報告しているのを、姜維は傍で聞いている。まだ十一歳の若輩《じゃくはい》とはいえ、姜家の当主なのだ。

事の成り行きが、以前の潼関で起こった戦《いくさ》のようになるのかどうか、姜家も周辺も情報収集に努めていた。

「たいへんです。もう冀城以外は、馬超の軍門に降っているようです」

「なぜ、そうだと判ります？」

柳氏が厳しく訊くと、恢恢も真剣な表情で応えた。

「上邽県令《じょうけい》代行の閻伯倹《えんはくけん》（温《おん》）殿が、こちらへ逃げてこられて」

上邽なら、冀城よりも長安に近い城邑だ。そこから馬超に追われたとなれば、周辺は馬超の支配下にあると考えるべきだろう。

そう言えば、周辺の太守や県令が大勢冀城に集合している。それは会議などではない。攻められて耐えられず、思い余って逃亡してきたと考えるのが妥当だ。

冀城も他の城邑同様に、城壁で囲繞《いにょう》されている。ここが落ちなかったのは、他よりも高くて城門が堅固だからだ。逆に言えば、馬超がここを最後に残したと言えよう。

やがて、当の本人が一万の軍勢を引き連れて城門の前へやって来た。

「冀城には、涼州の刺史がいるそうだが、顔を出して貰えぬか」

馬超の所望とあって、葦康が顔を出す。

「涼州刺史の葦元将《げんしょう》である。用件を聞こう」

城門上部にある楼閣の欄干から姿を見せ、葦康は徐《おもむろ》に返事をする。

「よう応えてくれたな。俺の事情を話しておきたくてなァ。どうだ、聞いてくれるか？」

「ああ、聞こう。お話しなされよ」

葦康が快く応じたので、馬超は唇を湿す。

「俺は昔、曹丞相とも会って、涼州の遊牧民とどのように付き合っていただけるか、腹を割って話し合ったこともあった。だから、俺は父親や一族を説得して鄴にやったのだ」

「おお、聞いておる」

「ところが、奴《やつ》は遊牧民との融和なんて、これっぽっちも考えちゃいなかったんだ」

「なぜ、そう言えるのだ？」

「武威の張猛が身の程も知らずに乱を起こしたとき、韓文約（遂）の親爺が鎮圧に行ったろう？」

「そうだった。美事に蹴散らしてくれた」

「その最中に、鍾《しょう》司隷校尉（繇《よう》）が俺に使いを寄越しやがった。涼州刺史のあんたは、奴が何を言ってきたか判るか？」

「鍾元常殿の意向まで、推察いたしかねる」

「まあ、刺史殿には、そう応えるしかなかろうな。教えてやろう。奴は俺に、韓文約を暗殺すれば、涼州牧《ぼく》（知事）の地位を遣ろうって言いやがったんだぜ」

「それは御出世を、逃されましたな」

「巫山戯《ふざけ》るな。俺が文約を殺れば、次は俺自身が曹丞相に討たれるに決まってる。だから文約に洗《あら》い浚《ざら》いぶちまけて、反乱を起こしてやったんだ」

「そのような事情が、ございましたか」

　葦康は、尚も丁寧に応える。

「だから、涼州で暴れるのだ。涼州の西側は俺の意見に賛成してくれた。冀城はどうなんだ。俺に城邑を明け渡さないか？」

　馬超はゆっくり背後を見返して脅しを掛けてくるが、葦康は首を縦に振らない。

「そうは参らぬぞ。長安には、曹将軍（仁）が駐屯しておられるから、遠からず討伐軍が差し向けられましょうぞ」

逆に葦康が馬超を脅《おど》かすが、彼も全く怯《ひる》まないで反論する。

「夏侯《かこう》将軍（淵《えん》）は、藍田《らんでん》で梁興《りょうこう》を攻めているが、随分手子摺《てこず》っているってことだ。ここまで、なかなか手が回らぬと思うがな」

馬超は、柳氏と姜維が聞きたいことを言ってくれた。

「それは、そこもとの希望的観測だ。もう、おっつけ、曹将軍の援軍は来ますぞ」

「強がりも、そこまでにしておけ。いいか、三日遣るから、それまでに降服するかどうかを、決めておけ。それ以上の日が過ぎたら、遠慮なく攻撃する」

馬超はきっぱり言うと、騎馬隊を率いて去っていった。そこで涼州刺史葦康と参軍楊阜らの会議が始まった。

成り行きを見守っていた姜維には、彼らがどう出るか想像も付かない。柳氏も不安そうに、城壁の巡回路から階段を降りていく。

「家の中の不用な物を、城門の外へ持って来るように。できるだけお願いしたい」

翌日、そのように叫ぶ役人が十人ばかり、大通りから横町の道へやって来た。その中心にいるのは、参軍の楊阜だった。

「卓や木切れでも好いのかね？」

住民が訊くと、彼は大らかに応える。

「大きめを歓迎するが、必ずしも拘らぬ」

何に使うのかと、姜維は役人の後を追っていった。柳氏は遠目に見ていたが、もう付き添っては来なかった。

楊阜を中心とした役人たちは、城邑内の青壮年を見かけると熱心に説得していた。

「冀城を護るのに、一役買ってくれ」

そのように、物と人が城門前に集まってきた。姜維は城壁の巡回路へ行こうと、階段を駆け上がった。

そして、矢狭間《やざま》の凹部から下を見る。すると城門を中心に、我楽多《がらくた》が半円形に積み上げられていた。

4

後日、甕城《おうじょう》と呼ばれる城邑防禦《ぼうぎょ》の雛形《ひながた》が、そこにある。我楽多は更に運び込まれ、中心を城門から十歩（約十四．五m）外して半径四十歩ほどで半円形の防壁が聳《そび》えていた。

防壁の中央に、薄い門扉が付いた出入口がある。そこから一直線には、城門に辿《たど》り着けなくしている。それは、一気に突破されぬための工夫だ。

防壁の外側には、堀ができていた。掘り出して余った土は、防壁に高く盛り上げられている。即席で造った土塁にしては、なかなか仕上がりが良い。

そのとき、鯨波《ときのこえ》が上がった。参軍楊阜《ようふ》の集めた壮丁が、訓練を受けているようすだ。城壁と防壁は、鈍角に接している。その部分二ヶ所に兵士の見習いを集め、左右に展開させて突撃練習をさせているらしい。

指揮を執っているのが楊阜だ。姜維は少年ながら、彼は有能だと尊敬した。

やがて、馬超の言う期限がやって来る。葦康は無論のこと、降服の宣言などしない。冀城の民も、馬超に屈することを潔しとせず、戦う準備に余念がない。

馬超の軍勢が姿を見せる前に、楊阜は城壁上の巡回路から指揮刀を振っていた。眼下の防壁には従弟の楊岳《ようがく》がいて、彼が俄《にわか》仕立ての軍を率いていた。

姜維が二日前に見た防壁外の布陣は、二ヶ所あった。ようすが違うのは、彼らの前に荷車があって、棘の付いた植物の蔓を巻いたまま乗せられていることだ。

蒺藜《しつれい》と呼ばれる防禦用の障碍物《しょうがいぶつ》で、移動も手軽にできるよう長い取手が付いている。

また、もう一つ以前と違ったようすは、防壁上に弩弓部隊が配置されていたことだ。いや、まだあった。防壁と城壁に囲まれた広場のような空間には、酒でも入っているのか、甕《かめ》が三つばかり置かれている。

それらは、薄い門扉から城門へ一直線に行けぬよう、途中を遮る恰好で置かれている。そのため何がどのように起こるのか、少年の姜維には解らない。

やがて羌《きょう》や氐《てい》で構成される遊牧民を中核にした馬超の騎馬隊が、防壁へ向けて土煙を巻き上げ、地響きとともに迫ってくる。

彼らも、正面のようすが多少変わっていることに気付いたであろう。だが、それに戸惑ったり攻撃を躊躇《ちゅうちょ》しているようすもない。とにかく、真っ向から突撃してきた。

「展開しろ」

楊岳の命令で、蒺藜の取手を持ち上げた軍勢が、防壁の門よりも遠い兵から順に拡がって動きだす。彼らは馬超の騎馬隊を包むように延びて、陣形がまるで左右に並ぶ二つの三日月のように見えている。

「偃月《えんげつ》の陣だ」と、楊阜が城壁上で叫んだ。

馬超の軍は防壁の入口へ向かって、まっしぐらに進んで行く。彼らはそのまま、防壁の薄い門扉を蹴破って広場へと吸い込まれていく。その途端、防壁の内側に陣取っていた弩弓部隊が引き金に指をかける。

勢いの強い矢が馬超軍へ襲いかかり、騎馬軍の兵が朱に染まっていく。彼らは馬とともに広場に倒れ、後から侵攻してくる味方に踏まれている。

並べられていた甕が倒れ、中から液体が流れ出ていた。そこに向かって、城壁上から火矢が放たれると、炎が上がって遊牧騎馬軍から断末魔の声があがる。

「退却だ！」

馬超が、ようやく状況を把握して命令を下す。騎馬軍が広場から去ると、残っているのは死んだ馬と落馬した死体か負傷兵だけだ。まだ息をしている者らは、一人一人が弩弓の的になって絶命していった。

遊牧民の、焦げたり矢に貫かれたりした死骸は、防壁の出入口の傍に次々と積まれ、そこへ尚も土を被せて高くしていった。始末と建設の一石二鳥である。

これは「京観《けいかん》」と呼ばれる勝利の記念碑でもある。古代中国では、よくあった敵方死骸の有効利用であった。この度は、防壁にも転用したということになる。

「楊参軍（阜）の策戦が、図に当たりましたな。しかし、次にはどうされるのか？」

「さようです。相手も考えましょうから」

周囲は、早くも次の心配を始めていた。

三日後に馬超の軍は、またもや一気に攻めて来た。城壁から眺めていた楊阜が「偃月の陣」と叫ぶや、防壁に控えている楊岳が、左右の蒺藜を以前のとおり展開させる。

「同じ策で良いのか？」

また、防壁内の中央に油を入れたと思しい甕が以前と同様な位置に並べてある。同じ策のままで、大丈夫なのか？　相手も、馬鹿ではあるまい。決して同じ策になど？

誰もが、そのように思っていた。だが、楊阜も指揮下の楊岳も、一向に策戦を変更するようすはない。

そう思っているうちに、馬超の騎馬隊は突進してきた。

まるで三日前の再現のようだった。

馬超の軍は蒺藜車に囲まれ、また防壁の薄い門扉を突破していった。以前広場で弩弓の餌食になったので、厚手の盾でもまとっているのかと気になったが、鎧に至っても獣皮のままだった。

彼らの攻め方は、正に猪突猛進だった。

この前の攻撃と何の変化もなく、ただ防壁の薄い門扉を蹴散らして、ひたすら城壁の正門を抉《こ》じ開《あ》けようと迫ってくるのだ。

余りの策のなさに、偃月の陣を編み出した楊岳は、一瞬拍子抜けを感じながら、案の定とも思っていた。

「遊牧民族は、同じ方法を繰り返し繰り返し使ってくるぞ」

それは従兄の楊阜から聞いたことだが、当初は信じていなかった。さまざまなことを試すのが、策戦の常道だからだ。だが、実際に戦ってみて、遊牧民の情念を直《じか》に感じた。彼らに理屈など通用しないのだ。人と人の心意気だけが、彼らと交わせる唯一無二の伝達手段らしい。

だから楊岳は、今回の策戦は成功すると踏んだ。蒺藜の兵士は、遊牧民の軍を袋に閉じ込めるごとく展開していく。騎馬兵たちは、防壁で囲まれた広場へ吸い込まれていく。

そこでは弩弓兵が待ち構えていたが、今度は矢を受けながらも遊牧兵たちも矢を射かけてきた。そこが以前と違うところであるうえに、彼らの騎射は正確だった。

また、今回は甕を蹴倒すこともなかったので、火矢炎上策戦は使えなかった。

冀城側としては弩弓兵の三割近くが、射殺されるか深手を負った。そこが遊牧民側の新たな展開だったのだ。

楊岳は作戦成功と踏んでいたが、遊牧民側としては転んでも只では起きなかったことになる。彼らの死傷者は、以前に比べて半分以下に減《へ》っていた。

間髪を容れず、三回目の攻撃が来たと思われた。地響きを立てた軍馬の群れが、三里（約一・三㎞）先から聞こえてくる。だが、節を立てた数人の使いが、軍勢を二百歩（約二九〇ｍ）ばかり後に置いてやってくる。

「我は、五斗米道の楊昂《ようこう》と申す。是非とも葦《い》涼州刺史（康《こう》）殿にお取り次ぎ願いたい」

今回、馬超が五斗米道の張魯たちと結んだのは、かねてから聞いていた。だから、漢中の兵が来ていても不思議はなかった。

「少しお待ちを」

防壁の上から、楊岳が叫ぶ。彼は部下を城内へ奔《はし》らせながら、敵の指導者が同姓であることに、軽い憎しみと将来への明るい展望も見ていた。

もっとも楊昂なる敵将が、同様な感想を持っているかは判らない。すると意外なことに、相手の方から話しかけてくる。

「おぬしは、我と同姓の者だったな?」

楊岳が声に出さず頷くと、相手は更に声をかけてくる。

「どうだ、この戦が終われば、漢中へ遊びに来ぬか。同姓の誼《よしみ》で歓迎するぞ」

思わぬ誘いに、楊岳は返事を躊躇した。だが、黙っているわけにもいかなかった。

「まずはお互い、生き残っていればだがな」

「ふっ、違いないな」

対立している軍の将官が軽口を交わしている間に、葦康がやってくる。そして、楊昂に顔を見せる。

「また、降服を勧めに来たのなら、お役目をふいにさせて悪いと言っておこう」

葦康が素っ気なく言うと、楊昂が微笑みながら言う。

「我の、役回りにまで気を遣って貰って痛み入る。だが今回は、降服の督促なんかじゃないんだ。曹操側の動向を、一寸知らせに来ただけだ」

楊昂に言われて、葦康は背中に冷や汗が流れた。長安や洛陽と、最近全く連絡が取れていなかったからだ。

「ほう、どのようなことかな?」

悟られてはならぬと、葦康はできるだけ平静を装った。その真意を見抜いたかどうか判らないが、楊昂は唇を湿す。

「尚書令《しょうしょれい》の荀文若《じゅんぶんじゃく》（彧《いく》）が、寿春《じゅしゅん》で他界したそうだ」

「嘘だ。荀尚書令は曹丞相の命で、濡須《じゅしゅ》へ行っておられる」

「ところが、病を得て寿春で療養していたってことだ。だが、自害の疑いもあるのだ」

楊昂が何を言いたいのか、葦康にはよく解った。荀彧は、曹操が漢帝室を乗っ取ろうとしているのを恥じて、皇帝劉協への詫《わ》びとして自ら命を絶ったと言いたいのだ。

「このような男のために、おぬしらは冀城の防禦に力を尽くすのか?」

葦康は、言葉を喪っていた。

5

少年の姜維は、荀彧《じゅんいく》の存在など知らなかった。ただかつて父姜冏が、彼の名を言いながら、変わった字「彧」を書いていたのを思い出すだけだ。

この字はさまざまに交錯した模様や、盛んに繁るとか物事が隆盛するさまを意味している。姜維が意味を理解するのは、まだ少し先だが、とにかく曹操の側近が死んだらしいことだけは解った。

反乱軍の使節楊昂《ようこう》がまたもや降服を勧め、期限を三日後と言い置いて踵《きびす》を返した。

「やはり曹丞相（操）は、皇帝の座を狙っておられるのか？」

楊昂の姿が消えた後で、韋康がぽつりと吐《は》いた。周囲も、曹操の気持を推し量ると、やはりそうだったのだろうと納得している。

「総てを勘案して察すると、荀尚書令（彧）の死は、御自害になりますかな？」

「可能性はありましょうが、かといって、曹丞相を非難するに当たりましょうや？」

このように噂する官吏たちは、そもそも後漢の皇帝（劉協）が頼りなく政《まつりごと》ができないから、有能な曹操が頭角を現したと言いたいようだ。

「ならば尚書令殿は、無駄死になされたか」

「そこまでは言いませぬ。しかし、尚書令殿も、何が世のためになるのかを、もう少しお考えになるべきだったのでは？」

官吏は、荀彧のごとく後漢に忠実なだけでは、もう決して世のためにならぬと言いたいらしい。

城邑内を歩いて人々のようすを見ていた姜維は、少年ながらも、それに代表される意見が一番合理的に聞こえた。並の少年ならば荀彧の死について、そもそも本来の意味を考えたりせぬものだ。

「しかし冀城としては、ここでどのようにするのが得策ですかな？」

馬超の降服要求は、不義の曹操に同調してまで命を賭けるのかという非難だけでなく、反乱への勧誘と抵抗への脅迫である。それはそれで一理ある。

「まずは、援軍要請だろうな」

誰もが、「まずは」と思おう。

涼州刺史の葦康にしても、考えは官吏らと同じだった。そして取り敢えず、閻温《えんおん》にその役を仰せつけた。彼は上邽《じょうけい》県令の代行で、その地から西の冀城へやって来たのだ。

それゆえ東の長安なら帰り道も同然で、抜け道や間道の類いに詳しかろう。

白羽の矢を立てられた閻温は、特に厭がる素振りもなく、旅支度を調《ととの》えた。食糧は十日分ぐらい要るだろう。長安まで、ゆうに七百里（約三〇〇㎞）はあるからだ。

普通に考えれば、それでも不足するかもしれぬのだ。敵に見つかりそうになれば、隠れて何日か遣り過ごすために、更に余分な時間が要るからだ。だが閻温は、途中で馬を奪って行くと、威勢良く壮語していた。

夜陰に紛れて、彼は裏門から出て行った。後は運を天に任せるしかない。

そして三日経つと、馬超は攻めて来た。

攻撃の方法は、全く変わらない。常に防壁の正面突破を狙ってくる。すると、これまでどおり楊阜が城壁に立ち、楊岳が防壁での指揮を執る。

「偃月の陣」で手押し車の蒺藜《しつれい》を展開させ、遊牧民軍を漏斗《ろうと》に入れる水のごとく入口へ誘っていく。そこで、弩弓と彼らの弓の矢が交錯するのだ。

二回目から違うのは、遊牧軍が油を満たした甕を、決して倒さないことだった。それゆえ、冀城の籠城軍は火攻めが全くできなくなってしまった。

「奴らの弓の腕は、こちらの弩弓に引けを取りませぬな」

城邑を護っている葦康や楊阜らが、舌を巻いていた。普通、弩弓の方が威力があって、当たると貫通するほどの重傷を負う。馬でも、地響きを立てて倒れるのだ。

だが、遊牧民の矢は正確無比な分、冀城の兵は急所を射られている。彼らは倒れた馬を盾にしてでも射ってくる。だから、いくら楊阜の策戦が図に当たっているようでも、少しずつ押されている気がしてくるのだ。

少年の姜維にも、その状況が何となく解っている。確かな証拠は、冀城側の死傷者がどんどん増えて、遊牧民側が少なくなっていることだ。彼らが引き揚げた後、残っている死傷者を数えれば、事実は明確に判る。

同じようなことが、また後日に起こった。防壁の広場に誘い込まれて弩弓が唸《うな》っても、遊牧民軍は馬もほとんど倒れなかった。それは馬も、新しく編まれた竹の鎧を、すっぽり着せられていたからだ。

「このうえ正確に射られたら」

誰もがそのように思ったとき、遊牧民たちは広場から出ていった。

代わりに、節を括《くく》り付けられた捕虜らしい男が、首から袋を被せられて裸馬に跨がったまま、防壁の広場へ入ってくる。

「あれは、まさか」

葦康が言ったとき、馬超（遊牧民側）の使節が大声で呼ばわった。

「そいつの縄目を解いて、話を聞いてやれ。それは、おまえらのためでもあるんだ」

使節が姿を消してから、楊阜は楊岳に命じて裸馬の所へ兵数人を奔《はし》らせた。まず馬から降ろさせ首に被せられた袋を取る。すると現れたのは閻温の顔だった。

「申し訳ない。このような姿になって」

彼は縄目を解かれながら、葦康や楊阜、楊岳ら、いや、冀城の住民に大声で謝っていた。

「とにかく、城内へ入れて、身繕《みづくろ》いをさせてやれ。それに、食事と飲み物だ」

湯を使って着替えして、たらふく食べてから、閻温は葦康らの前に罷《まか》り出《で》た。

「いつ、奴らに捕まったのだ？」

「ここを出て、五日後です」

「では、夏侯淵殿には、会わずじまいか？」

「会いはしておりませぬが、もう梁興《りょうこう》を滅ぼし、三日以内に援軍を率いて、冀城へ向かわれるかと」

閻温の返事に、一旦周囲は沸き立った。だが、葦康だけは、閻温の言うことに裏付けがないと感じていたようだ。まず第一に、援軍の到着を伝えさせるため、馬超が彼を使わすはずがないからだ。

だから、もう少し質問してみた。

「それで、馬超はどんな言伝《ことづて》を託した？」

葦康が訊くと、閻温の表情が曇る。

「奴が言うのは、常に降服しろだけです。冀城は難攻不落だと言ってました。つまり、自らの拠点としたいのです」

そこまでは言わなかったようだが、馬超の心中は見え透いていると、閻温は言う。

「それで、降服せねば、また攻撃をかけると言うんだな？」

「そうでしょうな。吾には、そこまで」

確かに、馬超が閻温を使わせたのは、冀城を完全に包囲していると言いたいからに他ならない。だから、援軍要請など無駄だと言外に臭《にお》わせているようだ。

「断ると、伝えてもらうしかないがな」

「そうなりましょう。馬超には、吾を使わした甲斐がなくて気の毒ですがね」

「では、頼んだぞ。今度は、途中で捕まることはない」

　葦康が嫌味を込めて言っても、閻温は待遇の礼を篤く述べ、冀城の門から出て行った。彼が乗ってきた馬には、誰かが轡《くつわ》や鞍《くら》、鐙《あぶみ》、手綱《たづな》を付けてくれている。

「さらばです」

　閻温の顔は、心持ち引き攣《つ》っているように見える。それは、何らかの決心をしているからのようだ。

　それからしばらく、馬超の方から何事も仕掛けてこなかった。降服の伝言は持たさなかったのだから、戦闘状態が解除されたわけではない。

「さすがに、策戦を練っているのかな」

「いや、夏侯将軍が援《たす》けに来たんだろう」

　冀城内では、あれこれ取り沙汰された。

　約束の期日が来ても、馬超の遊牧民軍は現れなかった。冀城の防禦軍が一安心していると、翌日は強風になった。

「こんな日は馬に乗りにくいから、奴らも休んでいいような」

　油断とまでは言わなくとも、少し心に緩みが出た頃、馬超の騎馬隊が突如姿を見せた。それは、風上の方からだ。

「偃月の陣」と楊阜が叫び、楊岳が蒺藜軍に指揮刀を振り下ろそうとした。だが、いつもとようすが違った。遊牧民軍が同じ攻撃を仕掛けてくると思いきや、これまでとは全く違う策戦を取ってきた。

　蒺藜を乗せた手押し車部隊が展開しかけたとき、遊牧民軍は何頭かで丸太を横倒しに引き摺《ず》ってきて、回転させてぶつけてきた。すると、勢いよく転がっていった丸太が、手押し車を薙《な》ぎ倒した。それが何ヶ所でも起こったため、蒺藜部隊は壊滅状態になった。

正面突破の騎馬部隊は薄い門扉を突破すると、並べた甕を横倒しにした。そして自ら持参した松明《たいまつ》を抛《ほう》り、広場を火の海にして去っていく。

この状態になって迎撃の弩弓部隊は、なす術がない。それどころか、強風に乗った火に炙《あぶ》られ、防壁へ登るしかない。だがそこを、馬超軍の風に乗った矢に襲われる。

戦いは、二刻もすれば決着した。

防壁に拠った楊岳麾下《きか》の兵は、半分以上が討死にした。城壁内に兵は残っているが、遊牧民の正確な矢に射られ、かなりな負傷者が出ていた。

「降服する」

葦康が、遂に決断した。

6

「楊参軍（阜）は、涙を流して降服すべきではないと、葦刺史（康）に諫言《かんげん》したが」

郎党の恢恢《かいかい》が柳氏に説明しているのを、姜維は傍で聞いていた。

葦康は、冀城の民を救うために決断したと言う。だがそれは一時凌《しの》ぎで、遊牧民軍が城邑内へ大挙して入ってくれば、略奪暴行が繰り広げられると、誰もが不安を抱いている。

説明されている柳氏にも、不安の色はありありと見える。

「ここへも遊牧民が、押し寄せるのか？」

姜維も、恢恢に訊いていた。

「そのときは、及ばずながら吾らも必死に御家を護ります」

彼らも必死なのだ。今更、馬超の軍へ入隊したところで、最前線で盾の代わりにされるのが落ちだ。同じ死ぬなら、義を全うするまでと、腹を括っているのが頼もしかった。

「我も剣か槍を取りましょう」

少年の姜維にも、覚悟らしいものが湧きあがっている。家を護ろうとする男たちの言葉を、柳氏は目頭を押さえて聞いていた。

それから何日か経ったが、遊牧民が乱暴狼藉を働いたという形跡も噂もなく、城内は例外を除いて比較的平静を保っていた。

「葦刺史（康）殿が、五斗米道の楊昂に首を刎《は》ねられたそうです」

他にも同様な憂き目を見た側近が数人いたようだが、戦いの指揮を執っていた楊阜と楊岳は軟禁されたままだという。

「遊牧民が、暴れるようすはありませんね」

柳氏が朝餉《あさげ》の用意をしながら、屋敷の外を心配している。

「それは夏侯将軍の討伐軍が近づいてきて、城内で暴れている暇がなさそうなんです」

恢恢は、聞き囓ってきた話を始めた。

「今頃になって」

柳氏でなくともそう思うが、姜維は少年ながらも、夏侯軍は役立っていると感じた。

馬超の遊牧民を主体とした反乱軍は、当然ながら夏侯淵が率いる官軍と戦わねばならない。そうなると、冀城を砦代わりに使うことになる。

冀城の民を敵に回せば、遊牧民軍は内と外の双方に敵を持つことになる。城邑内へ入った彼らが大人しく羽目を外さないのは、そのような訳があるからだ。

馬超も、その辺りの呼吸は心得ている。

恢恢が聞いた噂では、娘たちを手籠めにしようとした遊牧民の兵が、即刻首を刎ねられたらしい。それは、五斗米道の楊昂に任せておいたとはいえ、葦康だけでなく、側近まで殺めたことへの詫びの意味もあるという。

「そこは、馬孟起（超）殿の御勝手。ただ、我らとしては一安心です。なれど決して、御油断めされますなよ」

柳氏は毅然と言い、屋敷の戸締まりを厳重にするよう言いつける。

「遊牧民軍の半数が、西を目指して出陣していったようです。どうやら、夏侯将軍の援軍が更に接近してきたようです」

恢恢の報告に、柳氏は舌打ちしながら溜息を洩《も》らす。

「なぜに、もう少し早く」

不満げに言いながらも、はっと気を取り直して訊く。

「ならば、梁興は討ち取られましたのか？」

「多分。でなければ、夏侯将軍は動かれますまい。でも、詳しく探って参ります」

恢恢は拱手して、屋敷の外へ飛び出した。

しかし、なかなか帰って来ない。体よく外出許可を取ったとばかり、その日は遅くまで帰ってこなかった。しかも、取り立てての報告はないと言う。

そんな日が、四、五日つづいた。

「今に、蔵の穀物を出せなどと、命じてくるかもしれませぬぞ」

柳氏は現実的な心配をし始める。決して、あり得ぬことではない。すると件《くだん》の恢恢が、息急《せ》き切って門から飛び込んでくる。

「たいへんです。遊牧民軍が、夏侯将軍の援軍を蹴散らしたそうです」

報告を受けた柳氏も他の従者らも、唖然としていた。馬超が冀城で、遊牧民たちに羽目を外させなかった効果が、如実に表れたと思ったのだ。

だが姜維は、少年ながらも冷静に言う。

「梁興は、どうなったのだ？」

「ああ、言い忘れておりました。夏侯将軍の軍が、遂に討ち滅ぼしたそうです」

「だからだろう」

討伐した返す刀で、馬超の反乱を鎮圧に来たようだ。恐らく馬超の反乱軍が、涼州西部を占領していると聞いて、じりじりしながら反撃の時を探っていたはずだ。

それゆえ、疲れが取れていなかったにもかかわらず進軍して、思わぬ後れを取ったものと解釈できる。

少年姜維は、そこまで看破していた。

数日後、別の従者が買い物すべく出かけた先の市で噂を聞いてくる。

「なんでも楊参軍（阜）が、郷里へお帰りになったとか」

馬超に軟禁されていたはずの彼が、なぜ釈放同然の扱いになったのか。「寝返ったのだ」と、誰もが怨みを募らせる。

しかし、意外な真相が判った。楊阜の妻が他界したので、弔うため郷里へ帰ったのだ。

「奥方は、歴城《れきじょう》にお住まいでした」

柳氏は近隣の女同士の井戸端会議から、詳しい事情を知っていた。歴城は、冀県から南方へ一七五里（約七六㎞）、秦嶺山脈中腹にある城邑だ。

「奥方の葬儀にしても、馬孟起殿は、よくも楊参軍を城外へ出して遣られましたな？」

柳氏が半分不満げに言うと、恢恢が透かさず言い募る。

「夏侯軍に勝ったことで、ますます冀城を大事にせねばという気持になられたようです。それゆえ、寛大な処置をなされたとか」

理屈としては通る話なので、柳氏も姜維もそれなりに納得している。

それから数ヶ月が過ぎたが、楊阜が冀県へ戻ってきたようすはなかった。そうなると、馬超の周辺に不穏な空気が流れ始める。従弟の楊岳は、まだ軟禁状態なのだ。

「楊参軍（阜）が帰ってこないのなら、従弟は処刑すべきです」

勇みたった隊長衛寛《えいかん》ら数人が、馬超に迫ったらしい。だが馬超は、彼らを嫌というほど殴り飛ばした。

「あいつ（楊岳）をどうするかは、儂《わし》が決める。能なしのおまえらは黙ってろ」

中でも衛寛は、鼻骨を折られるほどの重傷だった。罵倒された遊牧民の隊長らは、馬超を睨んで執務室を黙って出ようとした。ところが馬超は、その彼らに更なる追い討ちの台詞を浴びせる。

「おまえら、勝手に城邑内の民から穀物を出させたりしてないだろうな」

その一言に、隊長らは頭を振る。それを見た馬超は、もう一言添える。

「女たちを、力尽くで押さえ込んでもいまいな。もし知れたら、一物を落としてくれる」

言い放った馬超の目は血走っていて、衛寛をはじめ隊長らは、逆らう気にもなれなかった。彼らは、ただ黙って部屋から出ていったのだった。

冀城には門衛の兵は何人か並んでいたが、他の城邑からの訪問者が特別訊問を受けるでもなかった。名さえ告げれば、出入りは比較的自由となった。

それは馬超の、夏侯淵を追い払った自信の裏返しと、物解りの良さを示す見せかけだった。その噂だけが、ぱっと周辺へと伝わっていく。

すると、ある不文律が生まれてきた。

「お頼み申します」

そう挨拶して、歴城の民が何人か入っていった事実はある。その中に、楊阜から楊岳への使いもいたことを、馬超の部下は確かめておくべきだった。

いや、馬超が冀城の民に甘く、遊牧民軍に厳しい態度を取ったため、麾下の隊長らが見張りに熱心でなくなったのだ。

やがて秋口に差しかかった頃、歴城を中心に馬超の遊牧民軍に対する抵抗軍が組織され、それが周辺の武都、安定、南安などの城邑へ飛び火した。

鹵城《ろじょう》なる城邑もその一つで、楊阜自ら軍閥姜叙《きょうじょ》へ、馬超打倒を直接働きかけに行ったらしい。このように、一旦は馬超へ靡《なび》いたかに見えた所も、反旗を翻していった。

それらの原因は、馬超自身が一番警戒していた遊牧民軍の驕《おご》りであった。冀城内でこそ、彼の目が行き届いていたものの、他の城邑では略奪や婦女子への拐《かどわ》かしが横行していたのである。

そんな者どもに、好意を寄せる城邑在住の者はいない。遊牧民らが馬で出かけて留守を決め込めば、直ぐさま追い出す算段に奔《はし》るに決まっている。

その中心となったのが、歴城であり鹵城であった。特に鹵城からの兵が多く、彼らは冀城を目指した。すると馬超は、空き家になった歴城を攻撃する。

彼は出陣するが、留守居を任された衛寛らの隊長が、逆に冀城を封鎖した。つまり、馬超の妻子を人質に彼と決裂したのだ。

馬超は歴城を攻撃して、一挙に占領した。だが楊阜が、鹵城から冀城へ軍を進めてくると、防壁の入口も城門も、彼らを歓迎するように開いていた。

一瞬、罠ではないかと鹵城や武都、安定、南安の者らは疑うが、楊岳が厳めしい鎧を着込んで笑顔で迎えると、一斉に歓声があがった。馬超を追い出せたのだ。

第二章　司馬懿《しばい》

7

「鹵城《ろじょう》の姜叙《きょうじょ》なる人物は、当方の血縁者なのですか？」

楊阜《ようふ》が、大軍を引き連れて凱旋よろしく冀城《きじょう》内へ戻ってきたとき、鹵城の軍閥姜叙も一緒にやって来ている。姜維《きょうい》は少年ながらも、同姓の男に興味を抱いた。

「さあ、あのお方（姜冏《きょうけい》）の遠い親戚が鹵城にいるとかつて聞き及びましたが、とんと親交はありませぬゆえ」

母の柳氏《りゅうし》は、最後を言い淀《よど》む。どうも、縁者ではあるらしい。かといって、わざわざ名告《なの》りに出るのも憚《はばか》られるのだ。

「これで、終わったわけでもありませぬし」

彼女の言葉どおり、今度は楊阜が冀城から歴城《れきじょう》の方へ進軍して、馬超《ばちょう》の遊牧軍と一戦交えることになっていた。

それはそれとして、冀城の城内には馬超の妻子が残っている。彼女たちを管理していたのは、馬超と袂を分かった衛寛《えいかん》である。

「馬孟起《ばもうき》との、取引に使えばどうかな？」

彼はそう言うが、城内の雰囲気が以前と変わっていた。馬超と縁を切ったつもりでも、城内の者の衛寛への目は違っているのだ。

「遊牧民軍とおさらばしたからって、我らの仲間になったわけじゃないぞ」

軟禁状態から解放された楊岳《ようがく》が、剣を突き付けて迫ってくる。

「いや、俺たちは孟起を閉め出して、楊参軍（阜）を引き入れたんだ。もう少し大目に見てくれてもよかろう」

「おまえだけなら、それですむかもしれぬ。だがなァ、遊牧民に娘を手籠めにされた親たちは、絶対に許しはしないのだ」

衛寛自身は、決してそこまでしなかった。だが、不埒《ふらち》な部下がいたことも確かだ。その若い何人かは、既に捕らえられている。

「我らは馬孟起と取引などせぬ。さあ、おまえの武器で奴の妻子を殺《や》ってもらおう」

そう言って剣を突き付けてきたのは、葦康《いこう》の部下たちだった。

「怨みは馬孟起に対してなれど、今は妻子に責任を取ってもらうのだ」

彼らの据わった目に脅され、衛寛は馬超の妻子が閉じ込められている部屋へ入り、黙ったまま全員を斬殺した。

「終わったぞ」

衛寛が溜息を吐《つ》いて外へ出たとき、葦康の部下たちから、彼は全身を縄でぐるぐる巻きにされた。

「仲間も一緒だから、寂しくないぞ」

周囲を見渡すと、隊長だった者どもが同様に、身動きできぬよう縛られている。

「不始末をしでかした若いのは、先に逝ってもらったわァ」

言われたまま、彼らは城壁の巡回路まで登らされた。馬超が攻めて来たら、妻子が死んだと叫んで、戦意をなくさせようとでもしているのか？

衛寛は暢気にそう考えたが、矢狭間《やざま》から下を見て判った。不始末をした若い遊牧兵が、突き落とされて死んでいたからだ。

「おまえらは、我らも同じ穴の貉《むじな》と考えているのか？　それは、なかろう」

衛寛が更に声を出そうとすると、楊岳が喉仏へ剣の切っ先を突き付ける。そして、周囲でどたばたと物騒な跫音《あしおと》がする。彼の仲間だった隊長らが、縛られた身体を数人の男に持ち上げられている。

そして次の瞬間、矢狭間の向こう側へ投げられた。数秒後、どさっと地面に叩《たた》き付けられる音がして、彼らが血反吐に塗《まみ》れて死んだのが判る。

次には、彼自身の身体も宙に浮く。止めろと叫ぶ前に、全身が城壁の外へ泳ぐのが判ったが、もう間に合わなかった。

馬超の妻子が殺害されたことは、秘密にされていた。そのうえで、楊阜は歴城へ向かっている。やがて、双方が対峙したとき、楊阜軍は弩弓《どきゅう》部隊を下馬させ、遊牧兵の射程圏外から弩弓を一斉に射たせた。すると大きく放物線を描いた矢が、次々に馬超軍へ鋭く降り注ぐのだ。それでも、傷付かず抜けてきた馬超軍の正確な騎射で、楊阜軍も大いに討たれた。

弓と戈《ほこ》、剣が交錯する白兵戦までの烈しい戦いに、結局決着は付かなかった。その中から、楊阜は背中に大怪我をして冀城内へ戻ってきた。

大勝できなかった馬超は、よほど怒り心頭に発したのか、歴城に残っていた楊阜の親族を皆殺しにしている。

建安《けんあん》十八年（二一三年）を迎えるまで、馬超から離れる城邑が増えていった。楊阜も傷が癒《い》えて、長安へ退却していた夏侯淵《かこうえん》に、援軍を何度も要請している。

そのような情勢が周囲に伝わっていて、馬超の遊牧民軍への輜重《しちょう》が滞り始める。皆、彼への協力を惜しむようになっているからだ。

「馬孟起は、漢中の張魯《ちょうろ》へ援軍を頼んでいるようです」

郎党の恢恢《かいかい》が、役所から聞き齧《かじ》ってきたことを伝えている。

「この前には、五斗米道《ごとべいどう》の張魯が派遣した楊昂《ちょうこう》なる部将が来て、葦刺史《しし》（康）らの首を刎《は》ねたと聞きますが、この者がまた？」

柳氏が訊くのを、恢恢は応えに窮した。すると、あらぬ所から声が響く。

「それは、ございますまい」

柳氏がそちらを向くと、意外な男が久し振りに顔を見せた。

「あっ、そなたは彦明《げんめい》殿」

韓遂《かんすい》の側近だった閻行《えんこう》が来たのだ。だが彼も、後漢の秩序を乱そうとした者の、片割れ扱いのはずだ。それゆえ恢恢が、彼の前に立ち塞《ふさ》がろうとする。

「お控えなされ。昔馴染みの閻彦明殿のことじゃ。大事ない」

柳氏の言葉に、閻行は深く拱手する。

「五斗米道の張魯は、本気で曹丞相（操）へ反抗する気は、もうございませぬ。それは、吾が主《あるじ》だった韓将軍（遂）と同じです」

張魯は当初、漢中《かんちゅう》から関中《かんちゅう》へも五斗米道を広めたかったらしい。しかし、馬超が落ち目になった今は、ただ教団を潰したくない一心だと、閻行は言う。

「ところでそなた自身、冀城へ来ても大丈夫なのかえ？」

柳氏が言うのは、韓遂とて許しが出ている存在ではないからだ。閻行は、そこを説明に来たらしい。

「吾の父は、曹丞相へ人質に出されておりました。この前の反乱で、もう命はなきものと覚悟しておりましたが、使いが来て、まだ生きていると聞きました」

つまり曹操が、彼に寝返るよう説得しているのだ。それは閻行を引き抜くことで、韓遂を潰しにかかっていることになる。

「そこで韓将軍は、吾に娘を娶《めと》れと」

つまり、繫《つな》ぎ止《と》める策戦に出たらしい。それも、あまり美人ではない娘だという。

「今は、鄴《ぎょう》へ行きやる途中かや？」

柳氏の問いに、閻行は黙って頷《うなず》く。このとき少年の姜維が、思わぬことを訊いた。

「昨年、冀城が降服せぬと馬孟起に使いした閻上邽県令代行《えんじょうけい》（温《おん》）は、御縁者ですか？」

閻という苗字は、決して珍しいわけではない。だが、何となく気になることである。

「遠い祖先が同じかもしれませぬが、特に付き合いもございませなんだ。ただ」

何か付け足そうと、閻行は言葉を切る。

「どうしたか。とんとその後のことが」

姜維も、どうなったか気になっていた。

「馬孟起が、彼を殺害したそうです」

使いに出て捕らえられ、また元の城邑へ使いに行き、また返事を持ち帰って殺害されたとあれば、非情な馬超が与えた憐れな最期だ。

「吾も、馬孟起殿の部下らから聞いたのですが、あの方は冀城で嘘を吐かれたとか」

それは、夏侯淵の援軍が近々やって来るとして、冀城の士気を上げたことである。馬超の元へ帰ってからも、「城内は降服せぬ」と言ったきりだったという。

馬超が、城内で自らに協力しそうな人物の名を訊いても、命が要らぬのかと脅しても、閻温は一言も口を利かなかったらしい。そして遂に、堪忍袋の緒が切れた馬超に、首を刎ねられたという。

「閻氏一族の、鑑《かがみ》と言うべきです」

柳氏をはじめ少年の姜維も、心の底で気になっていたことが解決できた思いだった。

「彦明殿。韓将軍（遂）のもとへは？」

「もう一度、挨拶に戻ります。韓将軍は……」

その言葉の後を、閻行は呑みこんだ。どうやら、韓遂の悪口になりそうなので言わなかったようだ。

これまでどおり後漢政府と、その代行者たる曹操に刃向かいつづける所存なのだろう。韓遂は没落する後漢と、日の出の勢いの曹操の区別すら付かないことになる。

柳氏も郎党も少年の姜維でさえ、閻行の行動は当然だと思った。

「今度は本当に夏侯将軍（淵）が、遠征軍をこちらへ延ばすはずです」

それは蜀へ入った劉備《りゅうび》が成都《せいと》を制圧するかもしれぬという不安があるからだ。もし彼が益州牧《えきしゅうぼく》の劉《りゅう》璋《しょう》に取って代われば、必ず北の漢中を取りに来て、そこから桟道《さんどう》伝いに、更に北方の関中を狙うと読める。

鬼（劉備）が来ぬ間に漢中を取りたい。その前には、関中を平定せねばならない。曹操の仕事も、一筋縄ではいかないのだ。

そのような興亡の中で、少年の姜維はおのれの進む道が決して簡単ではないと、ようやく感じ取れるようになってきた。

8

柳氏と姜維が、姜叙《きょうじょ》に会うこともできないまま、彼は鹵城《ろじょう》へ帰ってしまった。明確な縁者でもなさそうなので、柳氏は特に残念がっているわけではない。

城内の壊れた家屋の瓦礫《がれき》や木片を集める作業が急がれ、それを母子で手伝った。

夏侯淵の官軍が冀城周辺まで来たのは、それから数ヶ月後である。馬超は、漢中の五斗米道教祖の張《ちょう》魯《ろ》から兵を借りて反撃を試みようと、一旦桟道を越えていったという。

だが、夏侯淵の援軍として張郃《ちょうこう》まで出張ってきたので、もう関中への挽回《ばんかい》は諦《あきら》めたと聞こえてきた。

「噂では、馬孟起の遊牧民軍が、劉備軍に合流していったとのことです」

郎党が、市場で聞いてきた噂話をしてくれた。それによると、劉備は益州牧の劉璋《りゅうしょう》を攻め倦《あぐ》ねているらしい。だから武力が必要で、馬超軍の合流は渡りに舟だったのだ。馬超にしても、曹操と対峙する劉備は、身を寄せる打って付けの軍閥だったことになる。

ただ彼が冀城から、遠く去った感だけは拡がった。それとともに、関中（渭水盆地《いすいぼんち》）に平和も戻った。

姜維の屋敷には、楊参軍（阜）の従弟楊岳《ようがく》が使命を帯びてやって来た。

「姜伯約《はくやく》（維）というは、そこもとか？」

呼ばれて、柳氏が姜維を伴ったまま、楊岳の伝達を聞く。

「亡くなられた葦《い》前刺史（康《こう》）の記録が出てきてのう。姜功曹《きょうこうそう》（冏《けい》）の殉死の特権が書かれていたのだ」

言われて、そんな話があったと思い出した。姜冏が長安の対岸で梁興《りょうこう》一味に殺害されたので、将来姜維を刺史の従事《じゅうじ》に取り立てるとされていたはずだ。

そのときは、涼州《りょうしゅう》刺史の葦康と参軍の楊阜が直々に来てくれた。柳氏が卒なくそれを告げると、楊岳は書き付けの裏が取れたとばかり納得してくれる。

「ついては、役所で見習いをしてもらいたいが、どうかな？」

反乱が一段落して、冀城も立て直さねばならない。戦乱で死傷した者も少なくない。だから、官吏が少なくなったのだろう。それならば、公《おおやけ》にも自分のためにも、断る理由は全くなかった。

柳氏と姜維が揃って諾《うべな》うと、楊岳は翌日から出仕しろという。

「衣裳は如何いたしましょう？」

「まあ、不断役人がしているような恰好に近ければ良いが、何せ反乱の直後だから無理は言わぬ。けばけばしくさえなければ。頭の冠は、巾で代用してもよい」

一軍の将をしていた男にしては、随分大らかな指定をする。これには何事にも律儀な柳氏の方が困って、姜冏が残した出仕用の衣裳を仕立て直すと言う始末だった。

「これ母御。姜功曹の衣裳などとんでもないことぞ。周囲の反撥を招く。それは息子殿がもう少し出世なさってから、そのままお使い召されよ。今は見習いゆえ、却《かえ》って普段着の方が働きよいと存ずるがのう」

楊岳の助言に、柳氏は赤面していた。

「これは、わたくしが粗忽《そこつ》でございました」

柳氏が拱手すると、楊岳は「明日の朝」と言い置いて去った。

「伯約《はくやく》（姜維の字《あざな》）殿。明日の朝からですぞ。大丈夫でございましょうな」

「はい、間違いなく参ります」

まだ少年の姜維が役所へ出むいても、できることは知れている。だから、分相応な仕事を与えられるだろうと踏んでいた。

翌日、朝から出仕して役所の門前に佇《たたず》んでいると、三、四歳年長と思しい小鼻に黒子《ほくろ》がある少年から声をかけられる。

「今朝から仕事するは、おまえか？」

「はい、さようです」

返事をすると、小鼻黒子の年長者は鎌を突き出した。姜維が柄を握ると、役所敷地の一隅を指す。

「草を刈ってこい」

そう言えば、夏の最中はまだ馬超の遊牧民軍が暴れていて、植物の手入れなど全く考えられなかった。それゆえ姜維は、これも世が安定してきた証左だと思った。

姜維は鎌を振るって、繁っている草を端から順序よく刈った。そして粗方《あらかた》仕上げた頃、役所の門前へ戻って、次の指示を仰ごうとした。周囲を見渡していると、件《くだん》の小鼻黒子が現れる。

「馬草を刈ったら、馬小屋へ運ぶのは当たり前だろう。この惚《ほ》け茄子《なす》が」

随分剣呑《けんのん》な言い方だと思ったとき、楊岳が意外そうな表情で、少年三人を連れて現れた。三人とも、姜維と同年代に見える。きっと、自分と同様な駆り出され方をして集まったのだろうと思えた。

「どうした。今頃来て？」

「いえ、朝から今まで」

姜維は鎌を持って、ここまでの仕事をそのまま話した。離れた所に高々と積みあげられた草を見て、楊岳はおおよその経緯を理解したようだ。

彼は、姜維に鎌を渡した小鼻黒子に向き直った。小鼻黒子はそれに構わず、姜維を見て命令する。

「鎌を寄越せ。それから」

だが、鎌は楊岳が姜維から捥取《もぎと》り、連れていた少年の一人に渡す。楊岳に睨《にら》まれた恰好の小鼻黒子は要領が呑みこめず、おどおどした態度になった。

「脩《しゅう》。おまえ、今朝方草刈りにきた餓鬼小僧どもではなく、伯約を連れていったのか？」

小鼻黒子の脩は、啞然と楊岳を見つめる。

「お蔭で役立たずばかりが役所に入って、さっぱり仕事が片づかなんだわァ」

言うが早いか、楊岳は小鼻黒子を拳《こぶし》で殴《なぐ》りつけた。彼が転がっている横へ、鎌が抛《ほう》り投げられる。

「この伯約は、おまえやこんな餓鬼小僧どもとは、全然頭が違うんだ」

睨み付けられて、小鼻黒子の脩は平身低頭している。どうやら彼は姜維を、新入りの餓鬼小僧と言われた少年たちと、同様の存在だと勘違いしていたようだ。

「これからは、気を付けろ！」

楊岳に叱られて、小鼻黒子の脩はすごすごとその場を去ろうとした。だが楊岳は、更に一声浴びせる。

「伯約の顔を、よく覚えておけ。もう二度と鎌なんか渡すんじゃないぞ！」

小鼻黒子の脩は姿勢を低くして、餓鬼小僧三人を刈られた草の方へ連れていった。

楊岳は怒鳴り終えると、姜維を役所の中へと入れる。卓が並んでおり、その上には書類が堆《うずたか》く積まれていた。

「伯約に頼みたいのは、書類の整理だ」

そう言われても、何をどうするのか解らない。当然ながら方法や要領は教えてもらえるであろうが、十代初めの彼が請け負わなければならないほど、人手が不足しているのであろう。要は、文字を書ける人材が、余りにも少ないことに尽きる。

先ほど「餓鬼小僧」と蔑《さげす》まれていた少年たちは、きっと読み書きができないのだ。当時なら、そのような少年、いや、人々は人口の七割方いたであろう。

「この書類を区分けして欲しい。一つは戦費の関係、つまりは輜重だ。もう一つは作物の関係、あと一つは職人が作りだした工作物の関係だ。まずは、分けてみてくれ」

言いつけられて、姜維は書類を見てみる。楊岳の要求は、さほど難しくはない。項目を見れば、戦費か作物、工作物の違いは一目瞭然だった。

「明日は、その数字を足してもらおう」

要は総額を示すのだ。それによって、これからの冀城や天水《てんすい》郡の軍事費や農業と産業の生産高などが割り出せることになる。それ以上になると、涼州全般の情勢を把握できる立場になれるのだ。

姜維は少年ではあるが、ここまで母の柳氏が父（姜冏）の仕事を嗣《つ》がせるべく、輜重の調達や農業、産業の生産性のことなどを話して聞かせていた。

無論のこと、読み書きと算術についても、役人に必修科目として手解きしていた。それゆえ、書類を一瞥《いちべつ》しただけで、楊岳の要求を満たすことができたのだ。

姜維は楊岳や、周辺の役人に挨拶して帰途に就いた。門を出てしばらく行くと、物陰から、今朝鎌を渡した小鼻黒子の脩がぬっと姿を現した。彼の傍には、餓鬼小僧が三人黙って控えている。

「おい、今日は間違って悪かったな」

横柄ではなく、神妙なようすだった。何が目的なのか判らず、姜維は相手を見据えたまま黙っていた。

横合いから、仲間が組み付いてくるかもしれないからだ。

「でも、おまえも悪いんだ」

「なぜだ？」

姜維は、相手の断定口調に苛《いら》ついた。

「吾ら下働きと、同じような恰好をしているからだ。役人の仕事をするなら、せめて下っ端の冠でも被るがいいんだ」

つまり、小鼻黒子の傍にいる丁稚《でっち》小僧と、間違われても仕方がない姿をしていると。脩はそのように言うが、それはそれで一理あった。

「判った。そうしよう」

「何が判った？　俺たちの仕事がか？」

姜維は屋敷へ帰ると、父姜冏が被っていた冠を探し、改めて似せて作って翌日から被ることにした。母の柳氏も目を細めていた。

こうして姜維の、官吏見習いが始まった。手作りの冠も評判がよく、仕事振りは楊岳が期待した要領の良さを示す。文字の能力もさることながら、計算も正確だった。

9

冀城の役所では姜維が若過ぎるゆえに、決まった机を与えられなかった。それでも役所にいると、さまざまな話が聞こえてくる。

「成都で劉璋が、劉玄徳《げんとく》に降服したそうだ」

「馬孟起が加わって、玄徳に幸いしたか」

今までと違うのは、事件から耳に入るまでが短くなったことだ。間もなく、夏侯淵が韓遂軍を破ったとも聞こえてくる。

「韓文約（遂）は、行方不明らしいぞ」

役人から直に聞くと、郎党が市で仕入れてきたものより、信憑性《しんぴょうせい》が高く感じられた。

「伯約。これを現場へ届けてもらおう」

役所で文書ばかり書いている一人が、やって来る。手渡されたのは、薄い板に描かれた城門の図面と、細かい指示のようだ。

城門を改築する作業所に、尹賞《いんしょう》なる監督がいるから渡せとのことだった。姜維は、それを布に包んで抱えた。それは他人に見せぬための工夫だ。それを姜維は、同僚から教えこまれたのではなく、自ら思いついた。

姜維は、役所から出るとまず南の城壁まで進んで、そこから城門へ向かった。

馬超の遊牧民軍は、城内を荒らさぬと言ってはいた。しかし、自らを律しえない荒くれ者が、窃盗《せっとう》、姦淫《かんいん》、破壊《はかい》の無軌道ぶりを、少なからず発揮していたのだ。

勢い城壁も、壊《こわ》され崩《くず》された所が多々あったのだ。現場監督なら、修繕する箇所を丹念に巡っているであろう。それゆえに姜維は、遭遇する確率が高いと踏んだのだ。

「おうい。版築《はんちく》の土は、そんなに積みあげちゃ駄目だ。その半分ぐらいで固めろ」

柄が四本も取り付けられた横槌《よこづち》を扱っている男らに、髭面の男が叫んで指示している。

「尹監督で、いらっしゃいますか？」

姜維が訊くと、髭面は一瞥《いちべつ》してくる。そのとき足場の上から、弟子が声をかける。

「リュウ棟梁、お嬢さんが届け物ですぜ」

リュウ棟梁は、やって来た娘から包みを受け取って、姜維に向き直る。

「役所から来た使いか。監督なら、防壁に囲われた広場にいるぜ」

髭面のリュウはそう言うと、足場で作業している男らに、またぞろ発破をかけにいく。姜維は拱手して先を急いだ。もう、半里ばかり（二二〇m足らず）だからだ。

城門までの途中、掌《てのひら》より大きな束子《たわし》で壁を磨いている少年たちがいた。汚れた作業着で、強《こわ》い棕梠《しゅろ》の毛を植えた物を使って、十人ほどが一心に煉瓦《れんが》を擦《こす》っていた。

多分、先ほどの髭面辺りの命令だろう。

「役立たずは、そんな仕事をしてろ！」

濁った罵声が、聞こえてくるようだった。

「尹監督」

ようやく城門を潜って、防壁の広場へ出た所に、禿頭の大男が大きな板に描かれた図面を睨んでいた。場所によって、いろんな物を見ているようだ。

姜維が名と地位を呼びかけると、彼はぎょろっと視線を向ける。

「こっ、これを届けるようにと」

姜維が、包みから薄い木に描かれた図面と指示を取り出す。それを見た尹監督が、にやっとする。

「役所は、次々に仕事を寄越してきやがる。それで、おまえは新入りか」

あまりない二重瞼を真面《まとも》に向けられて、姜維は二、三歩後退《あとずさ》りしたくなった。だが、尹監督の人相は陰険なそれではない。

「姜維、字《あざな》を伯約と申します。以後、よしなに願います」

歳に似合わぬ挨拶をされて、尹賞は笑う。

「そうか、御苦労。向こうに乾した棗《なつめ》があるから、喰っていけ」

姜維は、食べずに帰るのも礼を失すると思い、防壁の陰の籠に乾棗を盛ってある所へ行ってみた。甘い香りが漂い、実を二つばかり取った。

乾燥して皺《しわ》の寄った実を噛《か》み締めると、甘さがゆっくり拡がる。

「どうだ。動いた後は、旨いだろう？」

陰で座り込んでいた作業着の男が、急に声をかけてきた。頷きながら見やると、小鼻に黒子があった。

「なんだ、あんたか。言われたとおり、安物だが冠を着けてきたぞ」

「それは、感心なこった。だがな、おまえは図面を届けに来ただけだろうが？」

「ああ、それが役目だからな」

姜維が応えると、小鼻黒子はふんと嗤《わら》う。

「おまえは、俺たちがどんな仕事をしているか、知ってるのか？」

先日の別れ際にも、同様なことを言っていた。そこで、目にした光景を思い出す。

「そう言えば、先ほど城壁を磨いてた少年がいたが、あれか？」

「まあ、それもあるが、あいつらがなぜ磨いていたかを、知ってるのか？」

「それは、黄砂で煉瓦が汚れていたから」

「汚れていたのは、砂のせいではなく血だ」

血と言われても、意味が判らなかった。

「衛寛《えいかん》の部下が、城内で殺されたんだ。知らんのか？」

衛寛は、馬孟起から寝返った部将だが、楊阜らに処刑された。そして部下どもも、城内で無法を犯したので、馬超が城外へ出たときに捕らえられたのだった。

そのうえで、街の者らから私刑を受けたという。妻や娘を犯された男らは、恨み骨髄でいきり立っただろう。だから城壁には、彼らの血が飛び散ってへばりついていたのだ。

た。

「そういうことか」

姜維が感嘆すると、小鼻黒子の脩は小馬鹿にして更に言葉を継ぐ。

「俺が先ほどまでしていたのは、遊牧民兵どもの死骸運びだ」

「墓に葬ってやったのか？」

「まあ、似たようなことだ」

そう言いながら小鼻黒子の脩は、防壁の外を指差した。そこには、もう一つの防壁が築かれつつあった。

「街中で出ている瓦礫《がれき》を積みあげて、堀にするため掘り起こした土を被せているんだ」

最初の防壁も、そうして造っている。

「中へ、遊牧民の死骸も埋め込んでいる」

小鼻黒子は、姜維を見ながら事もなげに言う。それは「京観《けいかん》」の造り方である。小鼻黒子と連れて来られた少年たちは、死の現場で作業をさせられている最中なのだ。

「こんなことも、知っておいてくれよ」

小鼻黒子の言い方は、懇願のようだった。彼らは病死ではなく、殺戮《さつりく》された者らの遺体を運んでいるのだ。そこには姜維などと違って、社会の裏面をつぶさに見せつけられている現実があった。

「解った」と、姜維は言うしかなかった。

彼はそのまま、布を畳んで役所へ帰った。

「おう、伯約。この前に伝票を計算してもらったなァ。農業に関して、あの数字のとおりの石高があがってきたんで、それを運んで数字の報告もせねばならぬ」

役所の上役が、そんなことを言ってくる。いったいいなぜなのか、不思議だった。

「ついてはな」と、上役が言葉を継ぐ。

「洛陽経由で都の許《きょ》まで、その一部を運びながら、報告に行かねばならんのだ」

それは上計吏《じょうけいり》という役人の仕事だが、姜維を掾《えん》（補佐役）にしてやるという。要するに平たく言うと、長安や洛陽を通って許まで付いていけとの命令である。

「まずは、三つの都市を観察するのだ」

命を言い渡したのは、参軍内裏の楊岳だった。彼は、父姜冏《きょうけい》を見知ってくれていて、何かにつけて少年姜維に目を掛けてくれた。

「喜んで拝命いたします」

少年姜維は父の後を嗣ぐため、長安経由で許へ行こうと思った。

「しっかり、見聞を広めなされ」

母の柳氏も、喜んで旅支度をするという。

彼の出発は、翌建安十九年（二一四年）の春となった。天水郡として、本来は前年に行わねばならなかった報告だが、馬超の遊牧民軍の反乱に巻き込まれたことで、遅れも大目に見られたようだ。

荷車二十輛と人員二百名ばかりで、一行は一路長安へ向かった。渭水右岸を、流れに沿って東へ行くことになる。その出発する間際になって、護衛を兼ねた随行を申し出てきた者があった。

「韓文約の首を取って、曹丞相への土産にしようと思うたが、気付いて逃げやがった。あいつは羌《きょう》族に庇護を求めて街を捨てたぜ」

そう言ってきたのは、韓遂の家宰だった閻行《えんこう》である。

いっとき韓遂の娘を押しつけられそうになって、曹操へ人質として預けた父を処刑されかけた。だから何ヶ月か前に、鄴へ父親の命乞いに行ってきたのだ。

引き留めようと諦めない韓遂に愛想を尽かし、その首を取ろうかと考えたという。それに恐れをなした韓遂を尻目に、妻子や部下を引き連れて許から鄴へ行くらしい。

閻行の行動については、姜維の郎党だけでなく、遊牧民の動向を探っていた監察からも信用できるとの報告がきていた。

「是非、一緒にお願いしたい」

楊岳は、かつて敵対していたことを帳消しにして、閻行の同道を許可した。

姜維は昔馴染みの彼に懐《なつ》いていたので、途次《みちすがら》許都のようすを訊いてみた。すると、皇帝と仮御所のようすや、曹操その人の身形《みなり》などを事細かく説明してくれた。

「豊水《ほうすい》まで来れば、もう一息で長安だ」

上計吏の長（報告の責任者）が叫んだとき、姜維は父姜冏が斃《たお》れた地が渭水の対岸にあると思い出した。だが、その具体的な場所がどこなのか、もう誰にも判らなくなっている。

10

長安へは、豊水（渭水の南から来る支流）を西から東へ橋で渡る。

この副都では、曹操の右腕といわれる夏侯淵や、五虎将の一人とされる張郃《ちょうこう》に挨拶しなければと引率者が言った。だが、彼らは大散関《だいさんかん》方面に出払って留守らしい。

上計吏の長はほっとしたようすで、荷車三輛を切り離す。それが、長安への納入分らしい。引率者は二泊して、長安での事務手続きを済ませると、そそくさと洛陽経由で許都に向けて出発する。

「潼関《どうかん》と函谷関《かんこくかん》を越えれば、もう一息だ」

口に出せばそのとおりだが、門が破られたり街道が崩れたりしたままの所が随所にあった。それらは、韓遂や馬超ら遊牧民軍の反乱の爪痕である。それらのことは、閻行《えんこう》が逐一姜維に教えてくれた。

旬日《じゅんじつ》かかって洛陽に着いた。

二十数年前、董卓《とうたく》に放火されて廃墟同然になった旧都は、その後徐々に復興されて、今ではかなり元の姿に戻りつつある。それでも皇帝が都の許に移っていると、やはり精気が抜かれたようにも感じられる。

荷車は、半分以上の四輛がここに留め置かれることになる。残りが許へ運ばれるのであれば、洛陽が同等以上の扱いになってきていると踏める。

「倉庫が、あと二戸前以上は必要でしょう」

「仲達《ちゅうたつ》、おまえは事を急ぎすぎるぞ。伯達《はくたつ》のごとく、どっしり構えたらどうだ」

「はい、心いたします」

姜維が、閻行から洛陽のことを聴いていたとき、少し離れた広場付近で、高級官僚らしい男らが遣り取りしている。初老の男と、四十代と三十代、二十代といった年恰好だ。

彼らの周囲には屈強な供がいるところを見れば、身分はかなり高そうだ。

「今、話し合われているのが、司馬家の御長男（朗《ろう》）と御次男（懿《い》）です」

若いのが曹操の長男曹丕《そうひ》で、初老は鍾繇《しょうよう》だという。それは、父姜冏《きょうけい》が「元常《げんじょう》様、元常様」といって立てていた高官である。

閻行の説明では、廃墟同然になった洛陽の立て直しも、彼の尽力が著《いちじる》しいらしい。

「董卓が連れ去った商人を、こちらへ連れ戻したり、罪人や浮浪人を呼び集めて人口を増やしたりされたようです」

姜維は前者に納得したが、後者など役立たずではないかと思った。

「廃墟と化した洛陽を整理するための、労働力です。無論、賃金も支払い、食糧も充分支給してやります。そうすれば」

「都が、元の形になるのですね？」

姜維なりの応えを聞いて、閻行は大きく頷く。だが、そのとき言いたかったのは、女が集まってくるということだった。それを思春期の少年に言ってもと、閻行も二の足を踏んだようだ。

「街が調っていけば、やがて住民も増えて、御所もこちらへ移ってくるでしょう」

閻行は、取り敢えず真面《まとも》な説明をする。それは、曹操が後漢の皇帝に取って代わるときである。

その程度のことは、姜維にも判るようになってきた。向こうに見える曹丕とは、曹操の後継らしく、他とは違って随分煌《きら》びやかな身形《みなり》をしている。

姜維がそう思っていたとき、突然信じられぬ場面に出会《でくわ》した。

「おうい、閻彦明《えんげんめい》ではないか」

初老の鍾繇が、わざわざ名を呼んでくれたのだ。高官からの声がかりに、聞こえぬふりを決め込むわけにはいかない。

「ちょっと、失礼」

閻行は言い置き、駆け足で鍾繇に近づく。その姿を見ていると、曹丕を紹介され肩を叩かれていた。おそらく、韓遂を見限って曹操へ忠誠を誓ったことを評価されているのだ。

姜維が尚も見ていると、司馬家の次男が護衛兵に何か言いつけている。その兵は、姜維の方へ走ってくると、「そこもとが、姜伯約殿でしょうか？」と問いかけた。

姜維が頷くと、「御同道下さい」という。

どのような話になっているのか、さっぱり判らない。だが、逃げ出すわけにもいかないので、腹を据えて付いていった。

「この度は、お父上が御不幸に遭われて、たいへんでござったな。面識のあったお方だけに、我も悲しい限りじゃ」

韓遂と馬超の反乱で、姜冏《きょうけい》が梁興《りょうこう》に殺害されたことが伝わっていたようだ。鍾繇が、労《いたわ》るように優しく言ってくれた。

「御心配いただき、恐縮に存じます。父はいつも鍾閣下の御字《あざな》を言っておりました」

年端に似合わぬ受け答えに、周囲は感心する態度を示した。

「この度は、上計掾《じょうけいえん》での上洛とか？」

意外にも、次に声をかけてきたのは司馬家の次男（懿）であった。

「我は河内《かだい》郡の温《おん》県出身だが、初めて上洛したのは、そこもとと同じ上計掾としてであった。奇遇であるな」

「はい、同じと言っていただき、身に余る光栄と存じます。今後とも、お見知りおきを」

ここまですらすら応えられたので、司馬懿だけでなく曹丕も鍾繇も微笑んでいる。

「これからも、励みなされ」

四人からそのように言われると、姜維は深々と拱手して低頭するしかなかった。やがて閣行に促されてその場を辞す。その背に向かって、鍾繇が閣行に再度声を投げる。

「彦明殿。許都で曹丞相に挨拶がすまれたら、早う鄴《ぎょう》へお行きなされ。父上が、首を長うしてお待ちですぞ」

この後、姜維はこの場面を何度も思い出すことになる。それは、曹丕や鍾繇、司馬懿に対する好印象としてである。

洛陽での荷下ろしがすむと、一行は許へ向かった。仮とはいえ都であるが、洛陽の規模と比べると造作は小さい。

許での作業を終えて、御所に近い大司農の属官たる太倉の役所へ出むいた。そこは「大司農」と看板を掲げられた高楼の、一階の隅にある一室であった。

「荷車三輌分を届けにこられたか。御苦労に存ずる。では、検分に参るで」

係官は荷車を見て回り、穀物を袋詰めした荷の一つを抜き打ち的に開けてみる。一掴《つか》みして一部を口に含み、味を確かめている。

「この荷は良し」

言われた荷車は、指定された倉庫へと向かう。係官は同じ検査を他の二輌にもして、一連の検分を終えた。

上計吏の長は事務室に呼ばれ、書類に判を捺してもらって役目を全うする。ここまでの事務手続きを、姜維は目の当たりにした。上計吏の長が、楊岳に言いつけられていたようで、総てを姜維に見させていたのだ。

大司農の館から出て大通りに向かうと、仮御所らしき建物があった。衛士も立ってはいるが、どこか華やかさに欠けた雰囲気が感じられた。

それは御所の装飾が地味なことだけではなく、出入りする人々の表情が暗いことにもある。見ていると大門が開き、馬車が一輌出てきた。周囲を騎馬八人が囲んでいる。

「伏《ふく》皇后の御尊父だぞ」

皇帝協《きょう》（後の献帝《けんてい》）の皇后は伏寿《ふくじゅ》といい、その父親伏完《ふくかん》である。いわゆる外戚の頂点に立つ人物のはずだ。しかし、そのような権威の重みが伝わってこない。

姜維には、そこが不思議だった。

「伏元屯騎校尉の護衛は、皆が皆、曹丞相が派遣した部下だな」

閻行が独りごちた言葉で、姜維にも総てが解った。伏完は、終始見張られているのだ。それは取りも直さず、明らかに皇帝も曹操に監視されている証しでもある。

姜維は、曹操の勢力の強さを如実に見せつけられる思いだった。

「我はここでお別れする。母者を大切にしてくだされ」

閻行はそのように言い置いて、随行者を引き連れて鄴へと向かっていった。そこには、人質として曹操に預けた父親が待っている。

姜維は、騎馬で大路を駆けていく彼を、いつまでも見送っていた。

上計掾の仕事を無事に終え、姜維は冀城へ戻ってきた。無論、役所への出仕はつづいており、さまざまな話が飛び込んでくる。

「伏皇后が、処刑されたそうな」

「そんな莫迦《ばか》な。なぜ、皇后がそんな？」

「父親の伏元屯騎校尉が、政変を謀《はか》ったためらしい」

「そう言えば十六年以前にも、曹丞相暗殺などという物騒な話が、ございましたな」

「ありました。そのおりには劉玄徳《げんとく》まで一枚嚙《か》んでいたといいますが」

それらの話を総合すると、伏皇后と父親の伏完らの政変の企《くわだ》てが事前に洩《も》れ、一味は一網打尽《いちもうだじん》にされたらしい。

だが、姜維は考える。あの許で感じた御所の陰気さは、いったい何だったのだろう。もし政変の謀議が渦巻いていたのなら、もっとぴりぴりした雰囲気が御所を覆っていたはずなのだ。

伏完の馬車を見たあのとき、感じたのは陰湿な圧迫以外の何ものでもなかった。姜維は、あのような空気の中で、謀議など生まれるはずはないと直感した。

それは、少年といえども悟れたのだ。

「曹操の娘三人が、入内《じゅだい》するらしいぞ」

要するに、皇帝協の側室になるということだ。逆に言えば皇帝協は皇后を引き離され、無理やり誰か一人を皇后にせねばならない状況に置かれている。これこそが陰気の正体、曹操の目論見だったに違いなかった。

11

「長安まで、使いに立ってくれ」

あれから三年が過ぎ、姜維も役所の仕事に慣れ、上計掾《じょうけいえん》から雍州刺史《ようしゅうしし》の従事《じゅうじ》（秘書兼世話係）に出世していた。

これまで、夏侯淵《かこうえん》に負けた韓遂《かんすい》が勢力を回復することなく、とうとう進退窮まって部下に暗殺されている。

したがって渭水盆地の関中に邪魔者がいなくなった曹操は、張郃《ちょうこう》や朱霊《しゅれい》に桟道を越えさせて漢中へと進撃して、張魯《ちょうろ》を叩いて五斗米道《ごとべいどう》の解散に成功していた。

このとき張魯は、各地から集めた金銀財宝を、倉庫にぎっしり保管していたという。

「曹操に取られるぐらいなら、焼いてしまえば如何でしょう？」

周囲はこのように勧めたが、張魯はそれを潔しとしなかった。

「我らが集めたといえども、これは国家に寄与すべき物である。曹操が我らを追い詰めたのなら、これも天命だ。奴にくれてやる」

このようにして後に降服したため、曹操は彼や部下たちを厚遇してやった。そして一昨年（建安二一年＝二一六年）、張魯も漢の貴族として天寿を全うしている。

その年、曹操は魏王に昇格した。（後）漢帝国内にある国は、基本劉一族が王となる。これは高祖劉《りゅう》邦《ほう》以来の鉄則である。それを異姓の曹氏が王位に即くなど、いかに漢帝室の権威が失墜しているかを物語っている。

伏皇后が処刑されたとき、皇帝協の側室になった曹操の三姉妹（憲《けん》、節《せつ》、華《か》）のうち、中の節が皇后位に即《つ》いていた。

こうして見ると、曹操の野望は日一日と達成の高みに近づいている。

ところで、姜維が今回命じられたのは、長安へ農産物生産高の報告と穀物輸送の時期と場所を決めることだった。彼は天水郡太守の親書を携《たずさ》えて、長安の庁舎を訪れた。

「曹将軍（洪）は、おわしますか？」

姜維は自らの名と身分を明らかにして、案内を乞うた。すると、執務室から鎧《よろい》姿の部将が、若手参謀と思しき男と出てくる。

「おっ、姜伯約ではないか」

若手参謀が叫ぶので、姜維はよくよく相手の顔貌を確かめた。それは洛陽で声をかけてくれた司馬懿（仲達）であった。

「なんだ。おぬしらは知り合いか？」

曹洪は二人の間柄を聞き、姜維からの報告を先にさせた。彼は、書類に目を通す。

「では一月以内に、荷車五輛分の穀物を運び入れてくれるのだな？」

「はい、間違いなくお納めします」

「では、状況が変わったので、少し場所を変更したい。長安へは二輛分でいいので、途中の陳倉《ちんそう》、郿《び》、槐里《かいり》の倉庫に一輛分ずつ入れてくれ。場所と責任者名は、明日までに係員から書いた物を渡すよう言いつけておく」

曹洪はそう言い置いて、執務室へ戻ってしまう。司馬懿は姜維を誘って、長安の繁華街へ繰り出した。

「いいんですか。まだ、執務中でしょう？」

「我の執務時間など、決まっていて決まってないようなものだ。昨日など、穀物の計算で深夜まで働いたからな」

だから今日は早めに切り上げよと、曹洪も気を利かせてくれたらしい。

「ところが天水郡太守の従事が来るので、そいつが持ってきた書面を見てからだと。そうしたら、まさかおぬしだったとはな」

司馬懿は屈託なく事情を話し、姜維を酒場へ連れていった。

「馴染みの店ですか？」

「それはなかろう。我は洛陽住まいで、長安は出張だ。ここは、朱将軍（霊）にお教えいただいた所だ」

さすがに不断の姜維も、酒場に足繁く通ったりしない。精々が、催しの打ち上げに参加するぐらいだ。

司馬懿は一通りの酒肴を注文して、姜維に話しかける。

「この三年、おぬしも成長したろう」

「御覧のとおり、上計掾から刺史従事です」

「あのとき、我々と一緒におられた曹の御長男（丕《ひ》）は、魏国太子だ」

同じ出世でも格が違う。それは取りも直さず、将来の魏帝国皇太子であり、ゆくゆくは魏皇帝になるのだ。

「ところで、仲達様のお兄上もいらっしゃったと存じますが」

姜維が思い出して言うと、司馬懿の顔が少し曇った。

「去年、流行病が洛陽を襲ったろう」

「はい、確かに」

冀城までその影響はなかったが、許や洛陽を含む中原《ちゅうげん》地方では、斃《たお》れる者が続出したと聞いていた。

「兄は、それにやられてのう。享年は四七だったのだ」

「これは、余計なことを申しました」

「いや、それはよい。兄は薬で養生すれば助かったのに、決して飲まなんだ」

「それはまた、何ゆえ？」

「我らは何かにつけて恵まれておるゆえ、薬は他へ回せとて」

司馬懿は、やや涙ぐんで話している。

「そのようなお方にこそ、生き残っていただきたかったと存じます」

姜維の言葉に、司馬懿は頷く。

「我は生涯、兄には頭があがらぬ」

司馬朗が逝ったため、司馬氏の家督は司馬懿が嗣ぐことになる。彼にはその重みも、のしかかってきているはずだ。

「話は変わるが、おぬしの荷車の荷が、何に使われるか解っておろうな？」

司馬懿は訊くと、姜維の顔を覗き込む。知らねば、見損《みそこ》なったと言われそうだ。

「はい、漢中へ行かれた夏侯将軍（淵）と張将軍（郃）への援助物資になろうかと」

「うむ、解っておるのう。成都の劉備も漢中への進出を企《たくら》んでおろうから、先手を打って牽制《けんせい》しているのだ」

司馬懿の説明は、簡単明瞭だった。

「そのお役に立てて、嬉しゅうございます」

「しかし、まだ十代半ば過ぎだというに、よくぞ大役を果たしているな」

「上司に恵まれておりますゆえ」

姜維は、楊岳《ようがく》を持ちあげて言ったつもりだったが、司馬懿の応えはやや違っていた。

「楊太守（阜《ふ》）の声がかりだろう」

楊阜は馬超との戦いで数々の武勲を立て、曹操の推薦で関内侯（准貴族）に出世し、今は漢中内にある武都《ぶと》郡の太守という肩書きである。それゆえ、冀城や天水郡の人事に係わっていないと思われる。

だが、司馬懿の見立ては違う。

「楊太守は、おまえのことを案じて、いや、それよりも能力を買っておられ、それを従弟の楊代行に伝えておられたようだ」

楊阜が、どこで姜維の能力を見極めたのかは判らない。きっと、父姜冏への追悼の意味が大きいのだ。

それを司馬懿に告げると、彼は酒を呷《あお》りながら笑う。

「世に出る切っ掛けなど、どのような理由でもいいのだ。要は、与えられた仕事を熟《こな》せるかどうかだけだからな」

司馬懿も、政府高官を輩出した家系に育っている。だから、世に出る機会に随分恵まれていたはずだ。かつて下働きに徹していた小鼻黒子の脩や、彼が連れていた餓鬼小僧らより、当初から地位を確保できていた。

だが最終的には、仕事ができるかどうかだけだ。司馬懿は姜維と、随分懸け離れた身分だが、あの小鼻黒子にしたところで、与えられた仕事の出来不出来で、将来が決まる。

「生まれた状況など、今更どうしようもないが、業績はおのれ次第だからな」

司馬懿の言葉は、そのとおりだ。今は鳴りを潜めているが、皇帝の血を引く劉氏一族の横暴も、時として囁《ささや》かれていた。

「また、他人の妻を攫《さら》ったらしいぞ」

「また、飲み代だけじゃなく、借金まで踏み倒したそうだ」

「他人の土地へ、勝手に屋敷を建てて住み着いたようだ」

かつて、このような非難が引っ切りなしにあったのだ。それに大鉈《おおなた》を振るったのが、曹操だった。

彼は、刺客を繰り出して不届きな皇族を部下ごと拉致し、後方手《しりえで》に括って数珠繋ぎにして、片っ端から洛水へ叩き落としたのだ。

たとえ無惨な水死体があがっても、不断の横暴が祟《たた》って、庶民は快哉《かいさい》を叫ぶだけで憐愍《れんびん》の情など催さなかった。

このように大胆な制裁を加えられるのが誰か、誰もが知っていて口には出さなかった。だから庶民たちは、陰ながら曹操の登場を待望していた節がある。

「下らぬ皇族のごとく、自ら行く末の展望を壊す輩もおる。だが……」

司馬懿は「だが」の後を言わなかった。姜維に、「言わずとも解るであろう」と、省略したのだろう。

我々は生まれ云々よりも、能力の質が違うことを周囲に見せつけてやるのだ。

司馬懿が言外に漂わせているのは、だからこそ姜維を買っているということ。敢えて最後まで言わなかったと見るべきだ。

「これから曹家は、日の出同然になろう。だから我もおぬしも、懸命に働けば必ず報われる。これだけは、心しておけ」

司馬懿は漢朝（劉氏）よりも、曹家への忠誠を言っているようだ。確かに、ここまで権威失墜した漢朝では、自分らにも心許《こころもと》ない。

「我は、おぬしのごとく、将来の曹家を担う若者を探しておった。そうしたらどうだ。他にもおったではないか」

12

「そいつは、潁川《えいせん》郡の襄城《じょうじょう》、つまり都の許に近い所だが、上計吏として我の前へやって来おってな」

姜維は、司馬懿が評価する男に、どのような特技があるのか興味を持った。

「何か、提案でもしたのでしょうか」

姜維が訊くと、司馬懿はにやっと笑う。

「奴は、測量が趣味なのだ」

「測量と言いますと？」

「奴は屯田の仕事をしていたが、休み時間になると、砦になりそうな所を探して、高さや距離を測っていたらしい」

「それは、また何ゆえに？」

「おそらくは、軍に入りたいとの希望を持っていたのだろう」

「だから、砦をどのように造るか、いつも考えているのですか。それは、変わった御仁ですが、面白い方だ」

「そうだろう。我は、こいつにも期待しているのだ」

姜維は、司馬懿の注目を集めている男に、軽い嫉妬を覚えた。

「それで、この男の名は？」

「ああ、言い忘れておった。確か、鄧士載《とうしさい》といったな」

諱《いみな》は艾《がい》らしい。姜維は、その鄧艾なる名を、しっかり記憶に刻み込んだ。

「我も負けずに励みます」

姜維が対抗意識を燃やしたと見たのか、司馬懿は一言付け加える。

「鄧士載はなァ、吃音《きつおん》があって、ここまで随分苦労したようだ」

そう聞いて、姜維は鄧艾の心の奥深さを感じた。そのように肉体的な不利を克服しようとする男は、必要以上の過度な情熱を燃やす傾向がある。

吃音で世に出た有名人には、かつて韓非《かんぴ》がいる。彼は、秦王時代の始皇帝（嬴政《えいせい》）に心酔されたことで、名を馳せている。

その日、姜維は「鄧艾」なる名前を、何度も反芻するように唱えて旅籠の床《とこ》に就いた。

冀城へ帰った姜維は、五輛の荷車とそこへ乗せるべき穀物の調達に奔走した。実際には運送員の食料や護身用の武器など必要な物資を乗せるため、合計七輛がいる。

それらを用途別に分け、人員を集め物資を積み込むのだ。それだけでも、既に五日はかかった。

いよいよ出発する段になり、姜維は運送の人員を呼び集めた。護衛の武人と馬を扱う者ら、それに荷車を押したり引いたりする者たちである。

姜維は、これから立ち寄る城邑の名と、最終の目的地などを告げた。このとき、初めて全員の顔を見た。すると、小鼻黒子の脩が手綱を握って立っている。

彼と一緒にいた餓鬼小僧と呼ばれていた少年たちが、そこに混じっているのかは判らなかった。冀城から陳倉、郿、槐里そして長安へ着く間、彼と言葉を交わすことは一切なかった。そして、盗賊との遭遇も内輪揉めもなく、無事に荷は届けられた。

長安の庁舎には、もう司馬懿も曹洪も姿はなかった。

それから一年ほどが経ち（建安二四年＝二一九年）、姜維には中郎《ちゅうろう》の官位が贈られた。表向きは宿営の管理、つまり庁舎や倉庫などの建物や、車馬の出し入れに関する管理職ということだ。

穀物の出し入れや運搬を、よく熟《こな》したという褒美《ほうび》らしい。いかに彼が読み書きや計算、人員の目配りに長けていても、まだ十代の若造である。

そんな姜維が重宝されるほど、冀城には知識人の若者が少なかった。いや、戦乱がつづいて、後漢全土に不足していたのだ。

「これは、どういうことなのだ？」

突然、庁舎内が慌ただしくなったのは、曹操が漢中からの撤退を表明したからだ。曹洪が出陣してから、漢中は曹操の手に落ちたかに見えた。だが、益州（四川省＝蜀地方）北部を取られれば、成都の劉備は喉元に匕首《あいくち》を突き付けられた状態だ。

だから、必死になって反撃に出たようだ。間の悪いことに、いや、そのような劣勢が少し見えだした頃、都の許で政変未遂事件があったようだ。

首謀者は京兆《けいちよう》（長安知事）を拝命する金禕《きんい》だという。武帝時代の忠臣金日磾《きんじつてい》の子孫である。他に処刑された少府《しようふ》の耿紀《こうき》や司直《しちよく》の韋晃《いこう》、大医令《だいいれい》の吉本《きつぽん》なども、後漢帝室の熱心な信奉者であった。

「曹丞相に反感を持つ者の蹶起《けつき》ですか？」

「許都警備の、王必《おうひつ》殿が鎮圧されたとか」

その王必も、一ヶ月後に傷が悪化して他界している。そのような不祥事が、間者によって劉備にもたらされたようだ。

だから勢いづいて、漢中を取ったのだ。この戦いの最中、定軍山《ていぐんざん》で夏侯淵が劉備方の黄忠《こうちゆう》なる老将に討ち取られている。

「曹丞相は、漢中を『鶏肋《けいろく》』と仰《おつしや》って、早速に陣を畳《たた》まれたとか」

「出汁《だし》は取れるが、結局は捨てる物の意ですな。つまり、張魯の財宝が手に入ったのだから、治める土地ではないとのこと」

「漢中への警戒は、蜀の桟道を見張っていれば事足りるわけですか」

庁舎の役人たちの話は、そのようなことで一旦終わっていた。そうであれば、姜維が運んだ五輛の穀物も、桟道の出入口を見張る兵士の食糧として役に立っている。

「しかしでございます。玄徳が漢中王を自称し始めましたぞ」

「つまり、地図の上では勢力範囲を拡大させたわけですな」

役人たちの噂話には、つづきがある。

「そうだ。涼州全般や雍州の隴西《ろうせい》辺りは、漢中から玄徳の勢力が出張っていくぞ」

つまり、姜維がいる天水郡の西方である。彼はこのとき初めて、そのような心配をせねばならぬと自覚した。

曹操軍にとって、またしても不都合な事態が発生した。

劉備が益州（蜀）へ入ろうとしたとき、当面の領地（収益）がないため、孫氏（呉）の支配地たる荊《けい》州《しゅう》を租借した。だが、成都を攻略し漢中を取った今も、返還していない。

それどころか関羽が総大将となって、曹操が勝ち取った荊州北部へまで進攻している。それに対抗するため、于禁《うきん》なる将軍が兵を進めていたのだ。

于禁は不運にも大雨に祟《たた》られ、鉄砲水で分かたれた中洲に軍勢三万と取り残されてしまった。放っておけば、囲まれて兵糧攻めと矢の雨を受けて全滅しかねない状況だった。

「それで、なんと全軍投降とは、何とも情けないことですな」

庁舎内は、于禁を非難する言葉で溢《あふ》れた。だが、思わぬ意見を言う者も現れる。

「三万人もの捕虜たちに、食糧を宛《あて》がうのは大変ですぞ」

「では、飢えさせますかな？」

「しかし、それでは捕虜たちも、伸《の》るか反《そ》るかの反乱を起こしかねませぬ」

誰かがそこまで言ったとき、年輩の一人がはたと膝を叩く。

「そう言えば戦国の世に、四十万人を捕虜にした秦将白起《はくき》は、それを懸念して全員を坑殺《こうさつ》（生き埋め）にしたとか言いますぞ」

そう言われ、姜維までも悪寒が走った。

「もし、関雲長《かんうんちょう》がそのような蛮行に走れば、曹丞相には好都合ですぞ」

また誰かが、奇妙なことを言う。何ゆえにと、皆の視線が集中する。

「于将軍（禁）にはお気の毒なれど、虐殺が周囲に知れ渡れば、劉玄徳の評判は地に落ちましょう。それは逆に、曹丞相の評判が上がるも同じことです」

その説に納得せぬ者はなかった。こうなると、荊州北部のようすを、誰もが我先にと知りたがった。だが、なかなかようすが伝わってこない。

それが判ったのは、ようやく年末になった頃であった。何と、関羽の首が曹操宛に届いたのである。送り主は、孫権（呉）の新任都督《ととく》、陸遜《りくそん》であった。

「どういうことなのだ？」

冀城の庁舎でも、持ちきりの話題だった。

「関雲長は捕虜に食べさせるため、呉の倉庫を襲ったらしい。それを陸都督《りく》（遜《そん》）が手薬煉《てぐすね》引いて待っておったのだ」

荊州を租借しながら、返還に応じなかった報いが、このような形で返ってきたのだ。

「しかし、関雲長の窮地に援助の手を差し伸べる友軍は、おらなんだのかな？」

「いましたが、そこが関雲長の難しさで、下手に援助しようものなら、余計なお世話だと怒鳴りつけられるそうです」

そのような性格も禍《わざわい》して、結局捕らわれて斬首となったらしい。それは、誰もが啞然とする結果となった。

「于将軍（禁）は、どうなったのだ？」

「陸都督（遜）の捕虜になって、三万人と一緒に呉の都（建業《けんぎょう》）へ送られたとか」

「それはお気の毒な」

庁舎の役人は姜維も含めて、沈痛な面持ちだった。しかし、そんなことよりも、もっと驚愕すべきことが起こりだす。

「呉の呂《りょ》虎威将軍（蒙《もう》）が他界したそうだ。どうやら関雲長の呪《のろ》いだとか」

そんな莫迦なと、誰もが思った。だが、新年（建安二五年＝二二〇年）が明けて間もなく、曹操が急死した。

過労が内臓を蝕《むしば》んでいたのだろう。

しかし、呪い説が再び流れだす。

「曹丞相も、呂虎威将軍（蒙）同様、関雲長に黄泉《よみ》の国へ引き摺《ず》り込まれたのだぞ」

第三章　諸葛亮《しょかつりょう》

13

姜維《きょうい》は天水《てんすい》郡の軍事参与となったが、これは奇妙な人事である。雍州刺史《ようしゅうしし》の従事から中郎《ちゅうろう》の職は文官系だが、今回の役職は明らかに武官である。

曹操《そうそう》が病没して、太子の曹丕が魏王となった。永年つづいた「建安《けんあん》」から「延康《えんこう》」へと改元された。ところが一年もせぬ同年の暮れ、「黄初《こうしょ》」と再度改元されたのだ。それは、後漢から魏に帝位が禅譲《ぜんじょう》されたことによる。

「禅譲」とは皇帝位を、より相応《ふさわ》しい異姓の有徳者に譲るという意味である。その際、皇位継承の氏と共に国名も変わる。

だから後漢から魏になり、ついでに元号も変わったのだ。

「延康元年の間に譙《しょう》県に黄龍が、また饒安《じょうあん》県に白雉《しろきじ》が現れたそうな」

庁舎の役人たちは、そんな噂話をする。それは「禅譲」の雰囲気を醸《かも》しだす演出であろう。そこは姜維にも解った。

「お聞きになりましたか。新皇帝と対立していた御三男（曹植《そうしょく》）の取り巻きが、左遷の憂き目に遭っておられますぞ」

最右翼だった丁儀《ていぎ》は職務に託《かこつ》けられて投獄され、彼の兄弟も同罪とされた。挙げ句の果てに、全員が処刑になったらしい。

「そういえば、鍾元常《しょうげんじょう》（繇《よう》）殿が政界に復職されたようですな」

庁舎の噂に、姜維ははっとする。それならば、いつ免職になっていたのだろう？　噂していた官吏にそれとなく訊くと、昨年鄴《ぎょう》で政変騒ぎがあったという。

「魏諷《ぎふう》なる説客《ぜいかく》が、周りを煽動しようとしたようです。大事に至る前に捕らえられて、処刑されましたがな」

つまり、大言壮語の芸人のような男ということだ。そんな男を面白がって、引き立ててやった一人に、鍾繇がいたらしい。とんだ迷惑を蒙《こうむ》ったのだ。

曹操も曹丕も鍾繇を買っていた。だから、遠からず復帰すると、誰もが思っていた。それゆえ、大して口端に上らなかった。

姜維は鄴での出来事と聞き、その地へ行った閻行《えんこう》を思い出す。まさか、彼が巻き込まれたとも思わなかったが、元気でいてくれと願うばかりだった。

ところで、後漢から魏に代わって、庁舎内の変化は看板の掛け替えが主だった。つまり国名で「漢」とあったものは、「魏」と書き改める必要に迫られた。

今回、姜維が軍事参与に昇格したのも、一連の事務手続きの流れからと思える。

「伯約《はくやく》殿。母が文武に励むよう申しつけておったのは、このようなこともあろうかと存じてのこと。役に立ちましたな」

柳氏《りゅうし》は誇らしげに、口へ掌をあてて笑っていた。姜維としても、彼女の態度が決して癪《しゃく》に障《さわ》るわけではない。むしろ、槍や剣の修行が役立って良かったとさえ思っている。

「こうなれば、嫁御も貰わねばなりませぬ」

柳氏が言うのは、武人になれば何時命を落とすやもしれぬから、家の跡取りを作れとの意である。

「役所近くの酒場に、眉目麗《みめうるわ》しい女性《によしよう》が」

姜維が先輩に教えられた冗談を言うと、柳氏がきっとした口調で返す。

「そちらは、妾になさいませ」

姜維は、天水郡の軍部へ出仕した。すると雍州刺史が冀城《きじよう》へ出張って来ているので、そちらへ先に挨拶することとなった。

郭淮《かくわい》という男であった。

「我は主上（曹丕）から、仮の刺史を賜《たまわ》っておる。雍州刺史なら、本来は長安にいるが、仮であるから、冀城へ来た。おぬしも、よう挨拶に来てくれたな」

仮の刺史とはいえ、姜維にここまで遜《へりくだ》って言葉をかけてくれるのは、よほど腰の低い人物か、この地方の人材が乏しいかのどちらかだ。だが、何となく嫌味にも感じた。

彼が皇帝丕から直々に命を受けたのなら、司馬懿《しばい》とも顔馴染みなのかもしれない。しかし、そのようなことを訊くのは、自慢たらしくて烏滸《おこ》がましいので、黙っていた。

「ここから先については、隊長の馬遵《ばじゆん》に軍の配置命令を聞くがよい」

命じられたまま、馬遵なる大隊長に赴任の挨拶をした。すると、早速一箇小隊を任すと言われる。無論、ここまで軍関係の仕事がなかったので、日々の勝手が解らない。

そこで、副長と紹介された上官子脩《じようかんししゆう》なる男の所へ行き、丁寧に訊いてみる。

「本日赴任してきた姜伯約（維）と申す。今後ともよしなに。早速だが、不断からどのような仕事をしているのだ?」

　副長の上官子脩は、小隊の兵舎で素直に答えてくれる。

「我らの仕事の主なことは、遊牧民と城邑の間のいざこざを鎮めることと、桟道《さんどう》の出入口から烽火《ほうか》が上がってないかを、しっかり見張ることです」

　烽火とは、狼煙《のろし》とも言う。劉備魔下《りゅうびきか》の軍が攻めて来ることを意味する煙を上げる合図だ。

　彼は隊長専用の部屋へも案内してくれた。そこの隅には木簡が、山のように積まれている。今までの軍命が、それで明確に判る。

　姜維は、それらを手に取って読んでみた。《羌《きょう》族と氐《てい》族の動向を探れ》とか《韓遂《かんすい》の動向不穏につき、斥候《せっこう》をたてよ》などといったものが残っている。また、《主上の崩御を狙った反乱が起きるやもしれぬので、隴西《ろうせい》の軍閥に注意せよ》などというのもあった。

　必ずしも、年代順に残っているわけではなさそうだ。

「小隊長は、文字が読めなさるんで?」

　上官子脩が、不思議そうに訊く。

「ああ、もともと文官だからな」

「そりゃ、大したもんだ。前の小隊長なんざ、伝令の口頭を何度も言葉に出して繰り返して覚えてたもんでねェ」

「しかし、ここに木簡が、夥《おびただ》しく残っているではないか?」

「そりゃ、伝令が来たって証しみたいなもんでさァ。誰も読んじゃいねえんで。寒いときにゃ、暖取りに失敬して燃やしてんでさァ。本当は、いけませんかね?」

　怒るわけにもいかず、姜維は大目に見ることにした。ただ、これ以降の木簡は、三年を目途に保管をすると言い渡した。

「それじゃ、古いのは燃やしても?」

「ああ、暖取りに使っても好いぞ」

すると、上官子脩は扉を開けて大声を出す。

「おうい、野郎ども、来るんだ」

彼が叫ぶと、部下たちがやって来て木簡を抱えて運んでいく。皆、嬉しそうだった。

「巡察の順序は、決まっているのか?」

「必ずしも順路はございません。そのときに問題がありそうな所からってことで」

「そうか。ならば、歴城《れきじよう》の烽台を見ておきたい。昔、遊牧民の反乱で、因縁があってな」

「そうですかい。今は楊武都《ようぶと》太守(阜《ふ》)がおわします」

楊阜と聞いて、姜維は驚いた。確か武都郡は漢中《かんちゆう》の郡だから、曹操の鶏肋《けいろく》発言で見捨てられたはずだった。

楊太守(阜)は、確かにまだ武都太守の称号で呼ばれている。それは決して飾りではなく、いつでも返り咲ける位置にいるからだ。

「私の恩人でもあるから、挨拶したいのだ」

「それじゃ、明後日にでも」

周辺の巡察ではなく、一七五里(約七五km)ばかり離れた所へ行くのだから、それなりの準備もいる。だから、中一日措《お》くようだ。

姜維の小隊は歴城まで巡察に行くと、隊長の馬遵に届け出た。

「ほう、端《はな》から遠出するのか。それも経験だから、励《はげ》んでこい。しかし、上官子脩の助言だけは、よく肯《き》いてやれ」

新任の小隊長に、馬遵はきつく言った。姜維も、そのような意見は素直に肯く方だ。

一日措いたので、食糧と水は充分に確保できている。途中で渭水《いすい》の支流を渡って、小隊の一行五十人は、歴城の門前に着いた。

「天水郡軍事参与の姜維と申します。楊武都太守（阜）にお目にかかりたく、参上いたしました。お取り次ぎを」

城門の衛兵は待つよう言い措いて、誰かを庁舎へ奔《はし》らせた。しばらくすると「通過許可」が出て、庁舎までの案内が立つ。

「こちらへ馬を留め置かれて、どうぞ庁舎内へお入りを」

言われるまま、姜維は副長の上官子脩を連れて執務室へ行く。衛兵に来意を告げると、秘書官が案内してくれた。

「おう、姜功曹の息子殿か。立派になられたうえに、巡察隊で歴城まで来ていただき、畏れいる」

「馬孟起《ばもうき》（超《ちょう》）が反乱したおりには、冀城でいかいお世話になりました。更に、その後も何かとお気遣いいただき」

姜維がそこまで言ったとき、楊阜は手を挙げて話を遮《さえぎ》る。副長の上官子脩の前では、個人的な内容を避けたかったようだ。

「あの遊牧民軍には手を焼いたが、今は何とか平和が保てておるな」

楊阜は感慨深げに言う。

「劉玄徳《げんとく》は、攻めて来ましょうか？」

姜維が不安げに訊くと、楊阜の顔が曇る。

「玄徳は当面、雲長《うんちょう》の弔い合戦に心血を注ごう。だが、冷静にそれに反対する出来の良い策士がおる。この先々は、その男に専《もっぱ》ら注意せねばならぬ」

劉備が、関羽の首を曹操へ贈った呉を目の敵にするであろうことは、姜維にも解る。だからしばらくは、関中《かんちゅう》の巡察は楽だと踏んでいた。しかし、そうは簡単にいかぬらしい。

14

楊《よう》武都太守（阜《ふ》）は、まず劉備が魏への対抗意識から、蜀の皇帝位に即くだろう。その後に、呉へ戦いを挑むはずだと分析する。

皇帝位に即くのは、劉姓の自分が正式な漢の後継者だと喧伝《けんでん》するためらしい。だが、呉への宣戦布告は私怨だから、趙雲《ちょううん》ら知性ある側近は止めるだろうと説明してくれた。

とりわけ反対するのは、諸葛孔明《しょかつこうめい》（亮《りょう》）だと、楊阜ははっきり断言する。姜維がその名を聞いたのは初めてではないが、彼がどのような人物かは知らなかった。

「赤壁《せきへき》の戦いで、武帝《ぶてい》（曹操）の侵攻を防げたのも、劉玄徳が蜀へ入れたのも、この男の策謀なのだ。全く油断できぬぞ」

楊阜は、諸葛亮が一番手強《てごわ》い敵になると説いていた。「天下三分の計」も、彼の考えだと言われたが、姜維は知らなかった。

「奴が劉玄徳の軍師になったとき、授けた生き残り策だ。赤壁以降、劉玄徳の身の振り方を、的確に言い当てているのだ」

呉からの荊州《けいしゅう》租借も、蜀への侵攻も、漢中確保も、総て諸葛亮の発案だという。それらは、総て成功しているのだ。

「なかなかの策士ですね」

姜維は軽く応えたが、楊阜は目を鋭くして付け加える。

「あいつが武帝（曹操）に付いておれば、今頃は魏が全土統一をなし遂げておった」

楊阜は、そこまで諸葛亮を買っている。いや、恐れているのだ。

「だとすれば我ら魏には、不倶戴天《ふぐたいてん》の敵でございますな？」

「その程度ですめばいいがな。玄徳は今でこそ感情的に呉を攻めようが、呉と蜀が力を合わせてこそ魏に対抗できることを知っておるはずだ。さすれば、やがては呉と連携して魏への軍事行動を考えるだろう」

さすがに楊阜は、先々まで見越している。つまり何年後かに、蜀が桟道を越えてくるというのだ。言われた姜維は半信半疑だった。それでも楊阜の考えは、注目に値した。

「その蜀の攻撃を、心待ちにしている男がおってな。もう三日も前から、桟道の見学に行っておる。そいつも、もう、そろそろ帰ってこよう。会っておけ」

楊阜の言う男に、姜維は興味を持った。菓子など食べていると、秘書官が楊阜の耳元で何事か囁《ささや》いた。

「噂をすれば影じゃ。戻ってきよった」

楊阜の言葉からしばらくして、魚鱗状の札《さね》を光らせた鎧《よろい》姿の青年がやってくる。既に高い階級に就いている。

姜維も上官副長も、さっと直立不動になる。そこを楊阜が、「この者たちは」と二人の名を紹介した。普通なら、「そうか」と言って後は歯牙《しが》にも懸けない態度を取られるものだが、その男は違った。

「夏侯仲権《かこうちゆうけん》と申す。以後、関中へはしばしば参るので、見知ってもらいたい」

字《あざな》に仲が付いているなら、次男坊だ。それも身分の高い人物と思える。それなら、一昨年定軍山《ていぐんざん》で討死にした将軍夏侯淵《かこうえん》の子息と推測できる。だとすれば、なぜここまで辞を低くするのか解らなかった。

彼の本名は、夏侯覇《は》といった。

姜維は最敬礼して、その場を去った。さすがにそれ以上は気後れして、いたたまれなかったのだ。

「郭《かく》（淮）雍州刺史代行に、夏侯仲権殿に会ったと伝えておこうか？」

姜維は二人が知人と察し、上官副長に訊いた。「是非とも」との返事が来ると思ったのだ。

「いや、止めておかれた方が。お二人は」

上官副長が理由を濁したのは、不仲なのだ。

年を越え黄初二年（二二一年）、楊阜の見立てどおり劉備が蜀の皇帝となり、章武《しょうぶ》という元号まで立てた。そして、必ず魏を倒すと誓ったと伝わってきた。

都洛陽からは、奇妙な噂が流れてくる。

「新皇帝が、甄《しん》皇后を自害に追いやったらしいぞ。あの河北一の美人を」

「曹臨淄侯《りんしこう》（植《しょく》）と浮気したからだと」

「衆人環視の宮中で、それはあるまい」

「臨淄侯は、安郷公《あんごうこう》に格下げらしいぞ」

侯から公なら一見昇格に思えるが、臨淄と安郷では穀物の生産量が格段に違う。安郷は臨淄の半分以下になろう。

要は曹操の後継者問題での対立が、ここまで尾を曳《ひ》いているのだ。その一方で山陽公《さんようこう》に封じられていた劉協（献帝《けんてい》）は、衣食住とも優遇されていた。

曹丕としては、平和裏に禅譲されたと演出したい狙いがあったのだ。皇后になった曹節《そうせつ》も、別れることなく仲睦まじいらしい。もっとも、監視しているとの穿《うが》った見方もある。

それから一年経った黄初三年（二二二年）、姜維は隊長の馬遵に呼ばれた。

「郭雍州刺史代行（淮）が、直々に訊きたいことがあるそうだが、何か覚えがあるか？」

隊長は、何事かと心配してくれている。姜維としては、特に心当たりがない。それを告げると、行ってこいと命じられる。

姜維が刺史代行の執務室を訪れると、郭淮は突然話しだす。

「蜀が、呉に出兵したは知っていよう？」

姜維が諾《うべな》うと、彼は更に言い募る。

「その蜀では張益徳《ちょうえきとく》（飛《ひ》）が、部下に寝首を搔《か》かれておる」

そう言えば、そんな噂も聞いていた。

「それに今度は、馬孟起が死んだらしい」

馬超の死を、楊阜に伝えてこいと言いたいのか？　姜維は、郭淮が自分を呼びつけた真意を測りかねた。

「先般、楊武都太守に会ったおり、誰を紹介された？」

そのことかと思った。副長に尋ねたとき、彼は報告を勧めなかった。その不手際を詰《なじ》るため呼んだようだ。

「申し訳、ございませんでした」

姜維が謝ると、郭淮は「何を言っておる？」と、不思議そうな表情をする。

「夏侯仲権（覇）のことなど、いちいち報告するに値せぬ。だが、これだけは教えておこうと思うてのう。身内の件だが……」

父親は夏侯淵だと言うのかと思った。しかし、違った。

「あいつの族姉はな、寝首掻かれ男、張益徳（飛）の妻だ。知っておったか？」

意外な話に息を飲み、姜維は声も出なかった。夏侯氏の一族を娶《めと》っているのであれば、両家は親戚ということになる。だが、夏侯氏は曹氏とも繋《つな》がっている。

「それは、真《まこと》でございますか？」

「ああ、だがなァ、曹家や夏侯家が、張益徳と縁《えにし》があったわけじゃない」

郭淮は、持って回った言い方をする。

「では、どういうことで？」

「官渡《かんと》の戦いというのを、知っておるか？」

「はい、武帝（曹操）が、袁本初《えんほんしょ》殿と戦ったとか、聞いてはおります」

「このとき玄徳も、本初の側に付いておったのだ。だが、前線へは回されず、後方支援をさせられていた。そんなとき益徳は、譙《しょう》県で攪乱《かくらん》戦を始めおった」

譙県（安徽《あんき》省亳《はく》県）とは、曹操や夏侯氏の本貫である。つまり、曹操側重鎮の故郷を焼き討ちしたのだ。

「そんな中で益徳は、逃げ惑う女を拐《かどわ》かしおったとよォ」

「それが、夏侯仲権殿の族姉だったと？」

「そうよ。身内の女が、敵方に攫《さら》われたってわけだ。どうだ、とんだ恥晒《さら》しだろ」

郭淮の表情が、実に嬉しそうな相好に変わっていく。この話をするのが、楽しくて堪らないのが判る。

「蜀の側にはお父上も討たれ、二重の意味で仇をお討ちになりたいのでは？」

「親父の仇は黄漢升《こうかんしょう》（忠《ちゅう》）だろう。あいつも、延康元年（二二〇年）に他界した。だから、仇を討とうにも相手がおらぬのだ」

郭淮はここまで言うと、さも愉快そうに大声で笑いだす。それが余りにも大きかったので、姜維はこの刺史代行に明確な嫌悪を覚えた。

仇と目する者が他界したのなら、蜀という国を相手にするつもりだろう。そう思うと、夏侯覇が桟道を見ていたことは、決して不思議ではなかった。

要は郭淮が、夏侯覇を嫌っているのがよく判った。歴城でのことを報告しようかと副長に質したところ、彼が応えを濁した。その理由は、正にこれだったのだ。

それから数ヶ月後、劉備が大火傷を負ったと噂が立った。関羽の復讐とばかり、呉へ攻め込んだのはよかったが、それは大都督陸遜《りくそん》の策戦だった。

向かい風の天候になった途端、文字どおり火攻めにあって敗走したのだ。劉備自身も炎に巻かれて、這々の体で白帝城《はくていじょう》（後に永安《えいあん》と改称）へ逃れたのだ。

「夷陵《いりょう》の周辺は、呉の兵や焼けた軍船で埋まっているらしい」

「死傷者が数万人出ているそうだ」

「これで、蜀はしばらく動けまい」

そのように安心する声まで聞こえた。

戦勝を記念したのか、孫権は呉独特の元号を立てることにした。しかし笑える。

「黄武《こうぶ》」なる名称は魏の「黄初」と蜀の「章武」を足して二で割った恰好だ。

「能のない名だ」

「いや、わざとでしょう。きっと、魏、呉、蜀の三つ巴の天下だと、満天下に知らしめたいのですよ」

姜維にはこの意見が、最も説得力が持つように思えた。その間に、また一年が過ぎる。

15

黄初四年（二二三年）、白帝城で臥《ふ》せっていた劉備が、遂に崩じた。

「劉玄徳は身の程も弁《わきま》えず、関雲長の仇を討つなどと、よくぞ言えましたな」

珍しく怒りを露《あら》わにして言うのは、母の柳氏であった。

「あのお方が蜀を領土にできたのは、呉から荊州を租借できたお蔭ではありませぬか。なのに恩義を仇《あだ》で返すから、このような目に遭うのです」

柳氏は、恩義に対する礼を言う。姜維はその剣幕に、少し弁護したい気になる。

「荊州では、関雲長や趙子龍《ちょうしりゅう》（雲）が、まだ帰順してなかった軍閥を、苦労して手懐《てなず》けた実績があったやに聞き及びますが」

だが、柳氏は収まらないようだ。

「それは、商人がいう利子のようなもの。そこまで上乗せして返すのが、大人《たいじん》の礼儀でございましょう。それを出し惜しみするなど人徳がないこと甚だしい。それゆえ、天の采配で大火傷したのです」

柳氏は、そのように言い募った。

「まあ、母上のお気持はよく解ります」

姜維は、柳氏の言葉に幾分か納得する。すると、彼女の態度が少し変わった。

「伯約殿。以前も申しましたように、武官になられたのですから、もうそろそろ身を固められませ」

要は、柳氏が嫁の候補を見立ててきたと、姜維に覚悟を迫っているのだ。彼自身、ここまで意に染む女性はいなかった。また、結婚を願ってもいなかった。

「わたくしの里と遠縁の娘がおります。伯約殿を見かけて、よき殿御と思われたとか」

「はて、我をどこで見かけられたのか？　巡察に出ておるところでしょうかな？」

姜維は、今まで他人が自分に注目するなどと、考えたこともなかった。

「確か城壁の辺りを、使いしている姿を見たと仰せでした」

そのようなことをしていたのは、上計掾《じょうけいえん》になる前の、使いっ走りのときだ。まだ、十代の初めである。

「母上、冗談が過ぎますぞ」

「何が冗談なものですか。その娘御も十歳かそこらでしたが、少年ながらもしっかり使いするそなたを見て、心がときめいたと」

嘘も甚だしいと、姜維は思う。

「まあ、いいです。我でもいいと仰せなら、一度お目にかかりましょう」

柳氏は、また何か思い出したようだ。

「おお、そうじゃ」

「あのおり伯約殿は、薄い荷物に布を懸けて持っておられて、その丁寧さに気が惹かれたと仰せであった」

柳氏の言葉に、姜維の方が大いに愕《おど》いた。彼自身も忘れかけていたことだからだ。

「確かにあの頃、板に描かれた図面や書面は汚れぬよう、布を懸けて持ち歩いておりました。それに注目していただけたとは」

姜維はそう言われ、どこで誰に見られているか判らないと思った。

「そういうことじゃから、この縁談は大いに進めますぞ」

姜維の同意を得ると、柳氏の動きは迅速だった。ものの一ヶ月もせぬ内に娶る日まで決めてしまった。

その日取りは、庁舎にも伝えられる。

「ほう、婚礼とな。それはめでたい。そういえば鍾廷尉《ていい》（最高裁判所長官）殿（繇）が、新しい妾をお貰いになるらしい」

刺史代行の郭淮に報告すると、そのようなことを言われた。隊長の馬遵、副長の上官子脩にも伝えた。

姜維が、花嫁になる柳茘《りゅうれい》に初めて逢ったのは、婚礼の三日前である。口数の少ない娘だと思ったが、それは猫を被っているからに違いなかった。

「十年前の我を、城壁沿いの道で御覧になったのは、本当でしょうか？」

「はい、父が城壁普請の棟梁をしておりましたので、水と食事を届けに行きました。丁度そのおりに、布を懸けた荷を抱えておられた貴方様を見かけた次第です」

あの場で尹《いん》監督の居処を訊いた棟梁は、「リュウ」と呼ばれていた。劉か立か豈か判りかねたが、確かに娘が父へ届け物をする現場でもあった。

「まさか、そのような奇遇があろうとは」

遠い昔からの縁《えにし》でもあったのかと、二人の気持は盛りあがった。

遠い蜀の南方では、蛮族と一括《くく》りにされる異民族が、支配者である蜀へ反乱を起こしていた。裏では、呉の孫権《そんけん》が武器などを供与しているとの噂が絶えなかった。

婚礼には刺史代行の郭淮、隊長の馬遵、副長の上官子脩らも出席して、盛大に行われた。

城壁普請の棟梁だった父親は、柳達《りゅうたつ》といった。髭は健在で、彼は今も職人たちを引き連れて、雍州内のさまざまな普請場を渡り歩いているらしい。

姜維が「あのおり」と言っても、柳達には明瞭な記憶はないらしい。それでも十年以前の、思わぬ邂《かい》逅《こう》を喜んでくれた。

「婿殿が尋ねた尹《いん》監督（賞《しょう》）は、今じゃ長安近辺の軍事施設を束ねてなさる」

こうして、思わぬ近況も聞けた。

新婦の柳茘は、半年ばかり過ぎた黄初五年（二二四年）に懐妊した。腹を突き出して歩く姿を、姜維は誇らしく感じた。彼女の所へは、柳達の弟子という宙宙《ちゅうちゅう》なる小者が、ときおり小さな荷車で何かと土産や必需品を届けに来る。

彼は必ず裏口から静かに入ってきて、そっと荷を降ろしていくのだ。柳茘と場所の取り決めをしているらしく、彼女は直《す》ぐにそれと気付いている。

この頃、呉と蜀が関係改善に向けて、使節の交換を行っていた。呉は長江下流で魏と対立していて、これ以上蜀と事を構えるのを避けたかったのだろう。

「鍾廷尉（繇）の妾が、御懐妊ですと」

「何と、廷尉殿は、幾つにお成りじゃ？」

「確かァ、御年七四と承ります」

「お盛んですな。では、お子様がお生まれになるのは、七五歳にしてということに」

「ああ、肖《あやか》りたいものです」

庁舎の官吏たちは、半分皮肉を込めて噂しあっている。姜維としては、新婚の懐妊をとやかく冷やかされずにすみ、鍾繇に感謝したい気持だった。

曹丕が長江下流へ、再び出兵している内に黄初六年（二二五年）を迎えた。姜維には女児が誕生し、嬉《き》と名付けた。あまり日を離れず、鍾繇に男児が生まれたと聞こえてきた。名を会《かい》としたらしい。

この頃、馬遵が天水郡の太守に出世し、繰り上がって姜維が大隊長となった。上官子脩も中隊長と呼ばれるようになっている。

相変わらず、反乱も蜀から攻撃される気配もなかった。

「蜀は南に兵を集中させて、南蛮を手懐けようと躍起だ。これでは、北への侵攻など決して覚束《おぼつか》ぬな」

庁舎内での官吏の噂は、おおむねこのようなものだった。だが、武都太守の楊阜が突然やって来て、雍州刺史代行の郭淮と会談していた。姜維も、それに注目している。

「諸葛孔明は、南蛮の孟獲《もうかく》なる反乱者を、七度捕らえて七度逃がしてやったということです。そろそろ、北へ攻め上がる算段ですぞ」

楊阜の助言に対して、郭淮は受け流す。

「捕らえずに逃がしたということは、処刑する自信がない、つまり軍事力が脆弱だという証拠に他ならぬ。恐るるに足りませぬ」

「いや、そうではなく、人徳を示して融和を図ったと見るべきです。最近は呉との関係も改善しており、注意すべきかと」

「呉は、南蛮を支援しているとの話もあり、孔明も裏ではそれを警戒しているはず」

双方の会談は決して相容れず、結局はそのまま終わったようだった。

「楊武都太守（阜）の意見も判るが、俄《にわか》には信じ難いな」

武人たちの意見は、そう集約される。結論は出ず、姜維は屋敷へ帰ろうとする。すると途中で郎党の恢恢《かいかい》に出会った。

「どうした？」

訊くと、唇に人差指を立てる。彼の見る方向に、小さな荷車を牽《ひ》いている男がいる。それは、宙宙であった。

「あいつが、奥様に荷を届けに来るのは知っておりました。ところが、最近全部を降ろさず、半分積んで街中をうろつくんです」

「ほう、どこかへ売るのか？」

「それが、そうでもないようなんで、いったい何をしているのかと」

下手なことをして、姜氏の家名を汚してはとの配慮をしているのだ。こうして眺めていても埒《らち》が明きそうにないので、姜維は宙宙の前へ姿を現した。

「おい、どうしたのだ？」

姜維が突然現れたので、宙宙としてもばつが悪そうだった。そして突然肌脱ぎ（土下座に当たる）になって謝る。

「勝手をして、申し訳ありませぬ。実は、旦那様の寓居《ぐうきょ》を探しておりました」

それは妾宅《しょうたく》の意味らしい。かつて、柳氏に「眉目麗しい女性が」と冗談で言ったのが、そのまま伝わっているのだ。

「それで、その御方に差し入れせよと」

宙宙の真剣な眼差しを見て、姜維と恢恢は腹を抱えて笑いだす。

「本当に妾ができれば必ず知らせるゆえ、今日のところは退《ひ》き返すとしよう」

宙宙は狐に抓《つま》まれたような表情で、姜維と恢恢に付いて屋敷まで来た。彼は荷物を降ろすと、柳茘に事情を話す。

「必ず知らせるですって？」

16

「諸葛孔明は、やはり只者ではありませぬな。南蛮の首長どもを地方の太守に出世させ、不満をすっかり吸い取りましたぞ」

兵舎でも、庁舎から流れてきた噂で持ちきりだった。要は蜀の矛先が、魏へ向くのではないかということだ。戦場となるのは、荊州北部や蜀の桟道という説が専《もっぱ》らだった。

更に悪いことに、最近曹丕の容態が芳しくないという。彼は父曹操を真似て、呉への親征を繰り返した。それが、祟《たた》ったのではないか？　そんな観測もある。

こんなときこそ、諸葛亮の動きに注意せねばならない。郭淮は雍州刺史に昇格して、長安へ赴任していた。そのため姜維は、天水郡太守の馬遵に進言する。

「ようすを見るしかないだろう」

「いえ、もう少し積極的に、隴西や桟道深く斥候を遣らねばなりますまい！」

姜維はそこまで心配するが、馬遵は郭淮並みに暢気だった。

「おぬしは郭雍州刺史が苦手だったかもしれぬが、あのお方はああ見えても、羌族との意思疎通に長けておられて、もし隴西へ蜀軍が動きだせば、必ず知らせがもたらされる。それぐらい、肌理《きめ》の細かいお付き合いをしておられるのだ」

天水郡太守の馬遵がここまで言うのなら、信用するしかない。後は、なるようにしかならないのだ。

「伯約様。眉目麗しい女性を見つけられれば、どうぞ御遠慮なく寓居へお囲いください」

妻の柳茘が、真面目な表情で言う。

「おい、宙宙から聞かなかったのか。我にはそのような女性はおらぬと」

「はい、承知しておりますが、わたくしは、また懐妊いたしましたゆえ、何かと御不自由かと存じまして」

だから正面切って妾を見つけよと言われても、素直に探しに出る気にもならない。

「まあ、そのような機会があればだがな」

劉備の崩御後、息子の劉禅を支える諸葛亮の三面六臂《さんめんろっぴ》の政治手腕を見ていると、悠長《ゆうちょう》なことは言っておれない。

それに黄初七年（二二六年）、遂《つい》に恐れていた事態が起こった。

「主上（曹丕）が、お隠れになられました」

これは魏にとって、無論一大事である。葬儀を滞りなくすると同時に、新皇帝を即位させながら、呉や蜀の攻撃があれば排除せねばならぬからだ。

新皇帝には、曹丕の太子叡《えい》が即位した。自害した甄《しん》皇后との間にできた息子で、母の美貌をそのまま鏡に写したような姿だという。周辺では「天姿秀出《てんししゆうしゆつ》」と讃えられているらしい。

大喪から即位式とその他の儀式などで、数ヶ月は過ぎていく。

「蜀が、桟道に向けて軍を動かす気配は、全くありませぬぞ」

兵舎では、姜維を含む軍幹部が、天水郡太守馬遵のもとに集まっていた。諸葛亮は、動かないと断定される。

「それに比べ、呉は江夏《こうか》や襄陽《じょうよう》、尋陽《じんよう》辺りから侵攻してきたようですな」

「大喪に乗じるとは、これが孫仲謀《ちゅうぼう》（権）と孔明の違いですかな」

軍参与たちは、おおむね諸葛亮を仁義の士と持ち上げる論調だった。

「それにしても、呉に対する魏の対抗策が美事でしたぞ」

「さようです。江夏での撃退策は、何と新皇帝が授けたというではありませぬか」

「周辺の山から烽火を上げさせたところ、呉軍は援軍と思ってさっさと退散したとか」

「襄陽には撫軍《ぶぐん》大将軍の司馬仲達殿が、尋陽では曹《そう》征東大将軍（休《きゅう》）が、それぞれ敵将を討って撤退させたらしいです。我が魏の強さを喧伝してくれているようなものですな」

この一言で、兵舎内は沸き立った。

こうして魏は難局を乗り切って、手柄のあった者らには論功行賞があった。鍾繇が太傅《たいはく》になり、曹休を大司馬、曹真が大将軍になって、姜維が注目していた司馬懿は、驃騎《ひょうき》大将軍となっていた。

それに隠れて、陰の噂も流れてくる。郭皇太后が処刑されたという。このようなことの真偽は、軍事関係者よりも庁舎の官吏の方がもっと詳しい。

「甄皇后の、あらぬ噂を流されたとか」

「それは、どのような？」

「甄皇后が、陳王（曹植）と不倫関係にあるなどと、根も葉もないことを、まことしやかに吹聴したらしゅうございます」

宮廷でそのようなことが、大っぴらにできるわけがない。少し頭を捻《ひね》れば判りそうなことなのに、信じる曹丕も曹丕である。

母親へ理不尽な死を与えた郭皇太后に、曹叡が復讐したことになるが、姿に似ぬ醜い一面が曝《さら》け出されたことになる。

それにつけても、姜維はかつて洛陽を訪れたおりに、鍾繇と司馬朗、司馬懿、それに曹丕と出会ったことを思い出す。それぞれ一廉《ひとかど》の人物だったわけだが、もうその内の二人があの世へ旅立ったのだ。

新皇帝曹叡が、母たる甄皇太后の霊廟を建立したのは、年が明けた太和《たいわ》元年（二二七年）であった。姜維が、二人目の女児を授かっていた頃だ。「嬬《じゅ》」と名付けている。

この年には、姜維をはじめとした軍関係者たちが、「遂に来たか」と叫ぶ出来事が報告されてきた。

蜀領になった漢中で、諸葛亮が兵七万を従えて「出師《すいし》の表」を上書したのだ。それは、趙雲《ちょううん》や魏延《ぎえん》、張嶷《ちょうぎょく》、楊儀《ようぎ》などの名だたる部将を据え、魏を攻める決意文のはずである。

「魏は《禅譲》と称しているが、皇帝協（献帝）の喉笛に匕首《あいくち》を突き付ける恰好で皇位を手に入れている。これでは簒奪も同じで、到底皇帝として認められない。よって、漢の正統な後継者たる劉禅《りゅうぜん》を拝する蜀が、魏を討つものなり」

普通、出師の表なるものは、宣戦布告の大義名分を、檄文《げきぶん》のごとく士気を高めるよう書くものである。

しかし、間者からの報告によると、全く違ったものになっているらしい。諸葛亮のそれは先行きを憂いて、国内の引き締めを図る遺書に近かったという。

例《たと》えば、留守居役に張裔《ちょうえい》と蔣琬《しょうえん》、呉との外交担当は費禕《ひい》にするよう成都《せいと》に残すとある。これでは、頼りない劉禅に対しての、訓戒に近い注意書きだ。

「逆に言えば、諸葛孔明は死を賭して魏へ攻め込んでくるつもりですぞ」

「楊武都太守の言う、最大の警戒を要する事態が推測できます」

やはり諸葛亮は、魏にとって危険な存在になりつつあるのだ。

「桟道の警戒を、怠ってはなりませぬ！」

それは関中たる渭水盆地を預かる武人の、合い言葉のようになっていった。楊阜の部下は、連日連夜桟道に異常はないか、ずっと警戒の目を光らせていた。

ところが、翌太和二年（二二八年）の一月に、思わぬ所から蜀の魏侵攻（北伐）の前哨戦が始まった。

「司馬驃騎大将軍（懿）が、新城郡《しんじょう》太守の孟達《もうたつ》を、電撃的に襲って斬ったらしいぞ」

新城とは、荊州北部の中央で襄陽の西に位置する。孟達はもともと劉備の部下であったが、関羽が捕虜三万人を抱えて立ち往生していたとき、劉備からの救援要請を躊躇《ちゅうちょ》した。

それは、自尊心の強い関羽の性格を考慮してのことだが、彼が首を刎《は》ねられたことで、劉備の強い怨みを買った。それゆえ身の安全を考え、魏に降《くだ》っていたのだ。

しかし、諸葛亮から北伐の一翼を担う役を示され、再度の鞍替えを画策していたと思しい。無論、大きな見返りを示されたはずだ。

それらの経緯を、間者を通じて驃騎大将軍の司馬懿は見抜いたのだ。それゆえ、朝駆けをしたのである。

「さすがに、司馬仲達殿は利《き》け者だ」

「感心されるのはよろしいが、冀城は大丈夫でしょうね」

柳茘が、最近流行の茶を煎《せん》じて出してくれた。このような風習は、もともと蜀にあったらしい。だが、軍事的対立とは無関係に、建康増進すると聞けば、商人が運んできて活用法を説くのだろう。

瞬く間に魏でも呉でも、茶を飲む光景が見られるようになっていった。姜維の家でも、母と妻が茶を取り入れてしまう。

「どうです？　飲めば、心身ともにすっきりいたしましょう」

柳茘はそう言って、翌日も姜維を見送ってくれた。孟達の一件以来、次は漢中から関中への攻撃だとの予想が立てられている。

勢い最近の巡察は、桟道の出入口からの烽火がないかどうか、遠目を利かせることが多い。

だが、その日のようすは随分訝《いぶか》しかった。早朝には、桟道を伝って蜀軍が進攻してきたとの知らせがあったので、冀城からも関山道《かんざんどう》の出口に当たる歴城へ応援の兵を出した。だが、こちらと東隣の故道《こどう》へ蜀の出兵はない。

一方、斜谷道《しゃこくどう》と駱谷道《らくこくどう》、子午道《しごどう》へは蜀軍の進攻があるものの、桟道の途中で止まって進軍してこないという。

「魏兵を釘付けにしたいのか？」

蜀兵の桟道半《なか》ばで動こうとしない静寂ぶりは、二、三日つづいた。そして、諸葛亮の意図が解ったとき、それは取り返しの付かない事態へと発展していった。

「郭《かく》雍州刺史（淮《わい》）が、羌族と誼《よしみ》を通じていて、異変があれば直ぐに通報があるなどと言ってた奴は誰だ？」

姜維が叫んだときには、既に手遅れだった。

17

緊急事態を察知した郭淮が、冀城へやって来た。土地勘があることと、羌族との関係が考慮されたのだろう。

そこへ巡察隊からの連絡が入る。

「諸葛丞相は祁山《きざん》に陣取って、馬幼常《ばようじょう》（謖《しょく》）なる将軍を単独で派遣しているそうです」

馬謖が押えたのは、街亭《がいてい》だという。

「よく、そこまで入ってこられたな」

だが、姜維がいる冀城は、丁度祁山と街亭の間に位置する。これでは、敵味方が入り乱れた地帯にいることになる。

「街亭は広魏《こうぎ》郡の東側で、冀城の東北だ。さすれば諸葛孔明は、西側を傘下《さんか》に押えたということか？」

「そんな莫迦《ばか》な。それなら進攻してくる姿が見えて、報告があるはずだ」

兵舎で議論が百出したが、埒が明かないので巡察に出るしかなかった。

「街亭へは、張《ちょう》将軍（郃《こう》）が当たられる」

他には曹真《そうしん》と郭淮自身が、副将軍として補佐するらしい。しかし馬謖が、どうしてここまで深く進攻してこられたのかを、入念に探る必要がある。

「冀城にいる軍兵を動かすので、順次祁山と街亭の間を巡ってくれ」

郭淮が大まかな指示をすると、巡察隊の隊長を、馬遵が発表する。

それには、姜維や上官子脩、梁緒《りょうしょ》、梁虔《りょうけん》らの名があがり、最後に「尹賞《いんしょう》」なる馴染みのない名が高々と読み上げられた。しかし、それらしい隊長格の顔がない。

「尹隊長は、どちらに？」

誰かが不思議がって訊くと、馬遵が頭を掻きながら付け加えた。

「長安から、異動になって隊長で赴任する者だ。おっつけ、やって来ると聞いている。この際は連れ立て、いろいろ教えてやってくれ」

尹賞は、一刻ほど遅れて兵舎に着いた。見覚えのある禿頭と二重瞼だった。確かにあのときの現場監督だが、十年以上の時の隔たりを感じさせる風貌の変化はある。

彼は他の隊長に向かって、遅れてきた詫《わ》びを入れ始める。

「出発前に、武関から諸葛軍が侵攻との報告があって、待機を命ぜられたのです。誤報と判りましたが、蜀の陽動作戦に乗せられてはなりませぬ」

彼は挨拶をすませ、姜維の隣へやって来て並ぶ。巡察へ行く段になって、徐《おもむろ》に隊の勝手や慣習などを尋ねてきた。

「細かく応えるより、我と一緒に巡察へ参りましょう。その方が、宜しいかと」

姜維の誘いに、尹賞は喜んで乗ってきた。巡察などの経験が、乏しいようだ。そして姜維に付いていって小休止をとったとき、ぼそりと言う。

「儂《わし》は、築城などの技術畑の者なのだ。巡察とか警戒とか言われても、さっぱり要領を得ぬのだ」

尹賞は実に正直だった。そこで、姜維は一言添える。

「我の義父《ぎふ》は、柳達《りゅうたつ》と申します」

そういうと、尹賞の表情が大きく崩れる。

「そうか。あいつは城壁だけでなく楼閣も作れるので、最近は長安で活躍中だ。今にきっと洛陽へも呼ばれよう」

「でも、城塞専門の尹監督が、どうして武官になられたのです?」

「なったのではない。人事が間違ったのだ」

「城塞造りを城塞守備の専門家と、係官が書き間違ったためだ」

一度出した異動は、おいそれと撤回できないのだ。それは、聞いていた姜維が笑ってしまうお粗末さだ。

「訴え出られなかったのですか?」

「無論、郭雍州刺史（淮）に即刻申し出た」

「換えてくれなかったのですか?」

「人事は変更できないから、相応の部署へ配置しようと約束してくれたんだがな」

郭淮は油断しきっていて、彼にとって降って湧いたような蜀軍の北伐に翻弄され、尹賞の待遇にまで手が回っていないのだろう。

「されば我に付かれよ。馬隊長（遵）にも話を通しますので」

姜維の言葉に、尹賞はほっとした表情になるが、十五、六年前に図面を届けたことは、もうすっかり忘れていた。

ところで、祁山は歴城の北に位置する。普通なら蜀軍は、関山道を通っているはずだ。そうなると、当然歴城は蜀軍に囲まれていることになる。それでも、歴城の楊阜も、援軍要請の烽火は上げていない。その日の巡察でも蜀軍に囲まれて籠城しているようすもなく、関山道の出入口を押えているほどだ。

「それなら蜀軍は、どのような道を通ったのでしょう?」

「武都の西から隴西の境を巡って渭水を越えたに違いありません。でないと冀城の北を通って街亭まで行けますまい」

武官の隊長たちは、そのような議論に落ち着いた。それならば、諸葛亮は隴西周辺から涼州《りょうしゅう》（甘粛省）南部の遊牧民を懐柔している可能性もある。

そのことについても、確かめねばならなかった。そのためには、街亭から祁山を結ぶ線より西に行かねばならなかった。

「しかし、街亭と祁山を結ぶ兵站線《へいたんせん》があるはずだから、その辺《あた》りを考えた武装をせねばなりませぬ」

「街亭の馬幼常には、張《ちょう》将軍（郃《こう》）と曹将軍（真）らが当たっておられますが、睨《にら》み合ったままでしょうか?」

「まだ、そのままだな」

隊長たちが質すのに、馬遵が応える。

「膠着状態なら、我らが街亭の側面へ詰めましょうか？」

「それも好いが、決して先に手を出すな。戦術を決めるのは、我らではない」

張郃の邪魔をするなということだ。それほど、魏の五虎将といわれる彼の武官としての地位が、高いということである。

「では、兵站線を睨む恰好で巡察してみろ。補給部隊を見つけたら、攻撃せよ」

馬遵はそのように命じて、翌日に姜維や尹賞、上官子脩、梁緒、梁虔らを送り出す。輜重《しちょう》を送るのなら、祁山の西側からと思われた。そこで姜維は、渭水沿いに右岸を遡《さかのぼ》ってみる。すると、何か慌ただしく蜀軍が動いているのが見て取れた。

「あれは、補給部隊ではないぞ」

「はい、探って参ります」

上官子脩が部下を連れて、蜀軍の動きの先を探りに行った。

「ところで、柳棟梁の娘御はお元気か？」

尹賞は、今一つ軍事面での緊張が体感できないらしく、場違いな質問をしてくる。

「娘を二人産んで、元気にしております」

「そうか。親爺の柳棟梁は、仕事一筋でなかなか本宅には帰りよらなんだが、仕事の出来映えは、いつもピカ一だったな」

このような調子で、蜀の兵站線を見張る重要性は理解の外だったようだ。

やがて、街亭方面を見に行った上官子脩が帰ってくる。彼は、満面に笑みを湛《たた》えていた。

「姜隊長（維）。味方の大勝利です」

美事に張郃《ちょうこう》が、馬謖《ばしょく》の蜀軍を手もなく撃退したのだ。

「烈しい攻防は、なかったのか?」

「はい、街亭の泉を守っていた馬幼常が、何を思ったのか、近辺の山に陣地を移したのです」

「泉にも、兵を残してのことであろう?」

「それが、泉には一兵も残さず全軍です」

「莫迦な。魏兵が泉を射程内に捉えれば、彼らは渇きに苦しもう」

「食事も作りにくくなります。自ら兵糧攻めを仕掛けてくれと言っているようなもの」

馬謖は、諸葛亮の秘蔵っ子だと喧伝されていたという。それが、こんな初歩的な失敗をするとは、姜維は不思議でならなかった。

「山の裾から、火を掛けられたそうです」

こうなれば、老練な将軍張郃の独擅場《どくせんじょう》だ。炎は下から上へ、あっと言う間に拡がっていく。水のない丘の上では、為す術がない。

馬謖は撤退せざるを得なくなって、祁山の方へ軍を返していった。姜維へ蜀軍の動きに関する報告が入ったのは、正にこの場面であったのだ。

「蜀軍の側面から、攻撃をかけるか」

そうすれば、蜀軍は総倒れになる。

「張将軍(郃)の手柄を、横取りすることになりませぬかな?」

上官子脩から進言されて、姜維は軍を東西に分けた。下手に援軍を出せば、関羽でなくとも機嫌を損ね、虻蜂《あぶはち》取らずになろう。

姜維は、馬謖の撤退軍が丁度間を通れるよう軍を双手《ふたて》に分けて、張郃軍にも進路を譲る配置に苦慮した。

少し離れて見ていると、銅鑼《どら》や太鼓を盛んに打ち鳴らしている一隊があった。彼らの気勢に気圧されて、攻め手が勢いを失いかけている。馬謖の殿軍《しんがり》を務めている部将は、なかなかの駆け引き巧者だ。

そうする内に、張郃の追っ手は深追いを諦《あきら》めたようだった。

馬謖の蜀軍と張郃の魏軍双方が、潮のごとく引いていって後、姜維は背中に寒けを感じた。後《うしろ》に、大軍を感じたのである。

「隊長はどなたか？」

騎馬の部将に声をかけられて振り向くと、「馬」の旗印を掲げた隊長がにこやかに顔を向けている。

「我です」

応えながら、姜維は壊滅的な敗北を覚悟した。圧倒的な数の武装騎馬集団に囲まれていたからだ。

18

「我は、馬伯瞻《ばはくせん》と申す。馬幼常の引き際を助けていただき感謝する。また、諸葛《しょかつ》大将軍のもとでお会いいたそう」

馬伯瞻と名告《なの》った隊長は、それだけを叫ぶと、さっさとその場を後にした。何かを誤解しているようだったが、姜維としては助かった思いだ。

「あの馬伯瞻（岱《たい》）は馬孟起（超）の従弟に当たり、馬幼常との血縁はないようです」

ほっとした表情で、上官子脩が詳しく説明してくれた。だが彼にしても、馬岱が姜維軍をどのように認識しているか、理解に苦しんでいるようだった。

「とにかく張将軍（郃）の大勝利だったのだから、冀城へ戻って美酒を注ぎ、祝杯でもあげましょう」

上官子脩の言葉に、他の者も賛同している。姜維は心に引っ掛かるものを感じながら、轡《くつわ》を冀城の方角へ回した。しばらく行くと、斥候《せっこう》が報告する。

「前方から羌族と思しき一団が参ります」

「一戦交えるつもりでか？」

「全員並足です。武器を構えてはおりませぬが、御油断なきよう」

その言葉が終わらぬうちに、前方から羌族の一隊がやって来る。彼らは武器どころか、旗印を掲げているだけだった。そして通り過ぎるとき、羌族側が「姜隊長に敬礼」と、彼らなりの動作で腕を掲げた。

「もともと魏と羌族は、事を構えておらぬから、戦うこともないのだが」

姜維は自分を納得させながらも、不思議な違和感を抑えられなかった。そして、また別の報告に接する。

「馬天水郡太守（遵）が、上邽《じょうけい》へ向かって城内へお入りになりました」

なぜ冀城ではないのか、それも解せなかった。それなら、まずは後を追うしかない。

冀城を通り過ぎる恰好で上邽に着いたが、城門は上がらない。

「姜伯約が参りました。開門願わしゅう」

姜維が大声で呼ばわると、城門上の矢狭間《やざま》から郭淮と馬遵が顔を出す。

「おまえを入れるわけにはいかぬ」

馬遵が大声で喚《わめ》いた。何を言っているのか判らないので「何ゆえ？」と訊き直す。

「おまえが、諸葛孔明に寝返ったとの噂があるからだ」

次に大声を発したのは、郭淮だった。

「張将軍（郃）が馬幼常を追い討ちなさっていたとき、おまえは蜀軍の援軍になっていたろう。蜀軍の副将王平《おうへい》が、援軍到着の銅鑼《どら》を打ち鳴らしていたとき、おまえの軍は双手に分かれて蜀軍の撤退を手伝ったんだな」

「それは、張将軍の手柄を横取りせぬため。武人としての礼儀を果たしたまで」

「違う。蜀軍が通過した後、馬伯瞻（岱）の一隊が駆けつけ、おまえに礼を言ったろう。あれは何ゆえだ？」

馬岱の行動が何のためだったか、訊きたいのは姜維の方なのだ。このように問い詰められると、返答に詰まる。

そのとき、郭淮の傍に、見た顔が現れた。

それは、小鼻黒子《ほくろ》の脩《しゅう》だった。いつの間にか単独で上邽へ駆け行って、ただ見聞きしたことを言い触らしたようだ。

「この者が、見聞きしておる」

郭淮は満足そうに言う。

それは、羌族と誼を通じていたはずの郭淮が、何の知らせも受けず蔑《ないがし》ろにされた恥と不手際を、満天下へ晒してしまった。その汚名を返上するため、姜維を人柱にしたようだ。

ここで姜維を徹底的に裏切り者として攻撃すれば、郭淮の罪は希釈《きしゃく》される。

「羌族から来るはずだった報告は、総て姜伯約が握り潰していたのだ」

きっと、そのように喧伝するのだろう。

姜維は一時《いっとき》気持を整理するため、冀城へ戻ることにした。

上邽から冀城までは、約八五里（三五㎞）である。騎馬で駆ければ半刻ほどだから、一行は手綱を巡らせた。城門の前には防壁がそのままあって、扉の前には楊岳をはじめ庁舎の高官が集まっている。

「姜伯約殿。申し訳ないが、良からぬ噂が飛び交っております。今は、城内へお入れするわけにはまいりませぬ」

素っ気なさに、上官子脩が怒りをぶつける。

「姜隊長が、そんな真似をすると、本気でお考えなのか？」

だが、それに対しても、楊岳ら高官たちの態度は頑《かたく》なだった。

「郭刺史からのお達しが、浸透しておりまして、我らは逆らえませぬ」

自らの値打ちが掻き消えようとしていた郭淮が、必死に生き残りを図っているようすが手に取るように見えてくる。

「判った。疑いが晴れるまで、我は冀城へ戻るのを諦める」

それにつけてもと姜維は考える。郭淮の背後にいた小鼻黒子は、いつから刺史の手駒になったのか？

それも、奇妙なことだった。

「これでは、行く当てがないぞ。ならば一層のこと、我らに慇懃《いんぎん》な挨拶をしてくれた馬伯瞻（岱）に当たりを付けてみようか？」

「それでは、郭雍州刺史（淮）の言うとおりだったと、助けてやる結果になりませぬか？」

「かもしれぬが、何か気にもなるのだ。馬伯瞻が、なぜ現れたかも含めて」

姜維の提案に、他の者は賛意を示してくれた。馬岱の態度から、あれを人違いとも考えられなかったのだ。

「では祁山の蜀軍の陣地へ向かう。飽くまでも、馬伯瞻への面会としてな」

辞を低くしていけば、無下な扱いはすまいとの予感があった。一行は「姜」の旗印を鮮明にさせて並足で進んだ。まだ、夕暮れにはなっておらず、砂煙に気付いた蜀軍が弓に矢を番《つが》えて近づいてくる。姜維の一行が、武器に手を掛けていないと知り、隊長と思しき男が声をかける。

「お迎えにあがりました」

言われて面喰らったのは、姜維だけではなく全員だった。使いを出して、参上を告げたわけでもなかったからだ。

「馬伯瞻殿のお計らいか？」

「諸葛大将軍からの、招待でございます」

こう聞いて、皆は更に驚いた。狐に抓まれたようなとは、正にこのような状態だろう。

こうなれば儘《まま》よと、運を天に任せるしかなかった。案内の兵に付いて祁山の方向へ行くと、蜀軍の陣が見えてくる。

周辺には羌族の遊牧兵の姿もあり、以前のように姜維に敬意を示してくれる。

彼らは、諸葛亮という人物に心酔しているように見えた。おそらくは南蛮の首長を太守にしたような、蜀にも羌族にも利益が得られるような懐柔策を取っているのだろう。

姜維軍の全員が馬から降りて陣地に入ると、馬岱の一団が槍を天へ突きあげて歓迎の意を示している。

先ほどの羌族といい、それは姜維ならずとも、不思議に感じる光景だった。

「お客人。よくいらせられた」

独特の冠を被って、指揮用の団扇を持った大将軍が現れる。礼儀正しく招かれると、厭《いや》とは言い難い雰囲気を漂わせている。

「我ら、武器を携えておりますが、好いのでしょうか？」

姜維が遠慮がちに尋ねるが、諸葛亮は気にせず「そのままどうぞ」と態度で返す。

「先ほども申しあげたごとく、あなた方はお客人です」

つまり、武器を取りあげるのは、礼を失すると言いたいようだ。

「大将軍が、なぜ、我などをお招きくださるのですか？」

姜維は、思い切って訊いてみた。すると諸葛亮は、団扇をひらひらさせながら笑う。

「貴方の評判を聞きつけまして、是非とも蜀へ来ていただきたいと存じまして」

そう言われて、確かに悪い気はしない。だが、なぜ諸葛亮が姜維に目を付けたのかが、さっぱり解らない。

「我は、大将軍にお目に掛かるのは初めてですが、いったい、どこで我をお知りになったのですか？」

「洛陽でも長安でも、そして関中でも、貴方の噂が聞こえてきたのです」

誰が自分のことを言っていたのか、姜維には皆目判らなかった。しかし、誰がどんな話題の中で、どのように話していようと、諸葛亮へ良い要素として伝わっていれば、悪評ではなく好意だったのだ。

今の状況では、姜維と上官子脩、尹賞らと部下たちは、蜀に臣従するのが最善の身の振り方となろう。いや実際に、そうせねば生きていけない。

「我らを、部下として使っていただけましょうや？」

「無論です。是非、我の配下になっていただきたいのです」

姜維だけでなく上官子脩も尹賞も部下たちも、蜀というより諸葛亮に付くことで納得した。その晩は、姜維らの合流を祝しての宴会となった。皆、新参者を歓迎してくれた。

「ところで、あれは？」

姜維らが、不思議に思う一角があった。それは仮の兵舎に見えたが、明らかに柵で囲まれた檻である。

それに指差すと、魏延《ぎえん》という部将が吐いて捨てるように言う。

「馬幼常と、副官や士官たちを閉じこめておる牢屋だ。儂は馬幼常一人だけ抛《ほう》り込めばいいと言っておるが、大将軍の意向だ」

街亭の戦いで敗れた責任を、あれこれ追及されているのだろう。勝敗は時の運と、姜維は思うが、そうとはいかない事情もある。

第四章　蔣琬《しょうえん》

19

「馬幼常《ばようじょう》は、檻に入れられても当然です」

上官子脩《じょうかんししゅう》が、聞き齧《かじ》ってきたことを話す。それによると、街亭《がいてい》で泉《いずみ》を離れて丘に陣を敷いたのは、諸《しょ》葛亮《かつりょう》の命令を守らず馬謖《ばしょく》が独断専行したらしい。

王平《おうへい》なる副将が止《や》めるよう進言しても、馬謖は彼を無学と嘲《あざけ》って取り合わなかったという。それでも撤退するとき、張郃《ちょうこう》軍が怯《ひる》むよう、援軍到着の銅鑼《どら》を鳴らしつづけたのは王平だった。

兵たちの証言から、王平のごとく諫言《かんげん》した副将は解放され、黙っていた下士官は縛られたままとなっている。

「もう直ぐ、成都《せいと》へ撤収するようです」

街亭で負けたのだから、今回の北伐は完全に失敗なのだ。

成都へ向かうのに、馬謖と配下の下士官らは、常に列の真ん中に置かれていた。姜維《きょうい》や尹賞《いんしょう》、上官子脩らは、少し後ろからつづいている。すると、魏延《ぎえん》なる部将が、親しげに話しかけてくる。彼は泥鰌髭《どじょうひげ》と濃い顎鬚《あごひげ》を動かし、豪傑笑いで自説を述べる。

「儂《わし》に五千の兵と十日の兵糧を与えてくれれば、直ぐに長安を落として魏に一泡吹かせたのに、全く残念だった」

これは大言壮語だが、雍州刺史《ようしゅうしし》の郭淮《かくわい》と曹操《そうそう》の娘婿夏侯楙《かこうぼう》が守備隊長をしているのだから、案外成功していたかもしれない。

「それを、あんな机上の空論しか知らぬ似非《えせ》軍師の馬幼常なんかに任せるから、それも三八歳の初陣だ。そんな歳で、初めて女といたすようなもんじゃねえか」

だから、無様に陥ったと言いたいのだ。聞きかねた文官系の楊儀《ようぎ》が、蜀の品位に係わると思ったのか、柔らかく注意する。

「まあ、魏文長《ぎぶんちょう》殿。新参の方々の前で、何もそこまで仰せにならずとも」

だが魏延は、鼻で嗤《わら》って取り合わない。

「うるせえな。それなら大将軍がこの負け戦を、どう決着させるつもりか、言ってみろ」

魏延の剣幕に、楊儀は口籠もりながらも概要を述べる。

「街亭を喪った分は、祁山麓《きざんふもと》の西県二千戸の領内移住で、産物の数字を合わせます」

「食い扶持の帳尻はそれでいいが、軍備の減った分はどうなるのだ?」

馬謖の軍は、兵士が半分ほどに減っている。それに成都へ戻った後、軍法に照らして処分が下されれば、もう軍へ復帰できない将軍や下士官が何人も出る。

逆に言えば、軍備を増強せねばならぬことは確かなのだ。

「そこは、これからの協議にて」

楊儀はそれ以上言わず、馬を諸葛亮の方へ進めていった。それを見て、魏延が身体を寄せてくる。

「そういうことだって、姜伯約《はくやく》殿。これからも、宜しくな」

親しげに肩を叩《たた》くような恰好で、背後へ回っていった。それを見送りながら、上官子脩が表情を険しくして傍へ来る。

「隊長、今の話じゃ我らが蜀軍へ入るのは、単に馬幼常の補完勢力としてだけということですか?」

「その意味合いもあるのなら、願ったり叶ったりじゃないか。はぐれ軍隊の行き着く先など、そう簡単にあるものじゃないから」

「それはそうですが、癪《しゃく》です」

上官子脩は自分たちが、諸葛大将軍に望まれて招聘《しょうへい》されたと思い込んでいた。それが魏延の言葉で、格が一枚も二枚も下がった間に合わせに落とされたと思ったのだ。

だが姜維には、別の考えがあった。それは成都でもっと明瞭になるはずだ。

諸葛大将軍の一行は、敗残兵よろしく成都に着いた。出迎えたのは、蜀の二代目皇帝（劉禅）だった。

「大儀であった」

二十歳そこそこの若い皇帝は、張皇后同伴でにこやかに諸葛大将軍に声をかけた。しかし形式的に犒《ねぎら》ったただけで、その表情から負け戦の今後を憂うようすはなかった。

よくいえば、総てを任せて口は挟まぬ腹の太さにも見える。

皇帝への謁見をすませると、諸葛亮は北伐失敗の責任を問い始めた。まず、自分自身を責任者として、大将軍から二階級降格の右将軍とした。

また、馬謖を街亭の戦いで敗戦した責任者として、斬首の刑に処した。他の、諫言を怠った下士官たちは、剃髪の刑とした。

世間に恥を晒して、しばらくは軍務にも就けないので、給与が貰えなくなる。しかし斬首に比べると、極めて軽微であろう。

「蜀では、鉄や酒、塩が、政府機関の専売制になっています」

上官子脩《じょうかんししゅう》が報告にくる。つまり一般商店で、それらは入手できないというわけだ。

「庶民は必要な物を買い求めながら、税も徴収されているわけだな」

それこそが蜀式の集金政策で、北伐の費用を賄《まかな》っていることになる。さすが諸葛亮と言いたくなるような政策だ。

その成果が上がったのか、諸葛亮は翌（蜀暦）建興《けんこう》六年（二二八年）に二回目の北伐を行った。このとき姜維は、まだ遠征に参加せず、後方から輜重《しちょう》の調達を請け負った。

食糧や衣服、薬品、武器などを成都近郊で積み込み、漢中《かんちゅう》まで運ぶ役である。そのとき特に多かったのは、材木の運搬だった。

それもそのはず、諸葛亮は攻撃先の陳倉《ちんそう》の目前で、雲梯《うんてい》（折り畳み式の梯子）や井闌《せいらん》（移動式の櫓《やぐら》）、衝車（城門破壊用の撞木《しゅもく》）などの攻城兵器を組み立てたのだ。

守備将軍の郝昭《かくしょう》は、火矢を射たり岩石を落としたりして保《も》ち堪《こた》えた。諸葛亮の蜀軍は、漢中まで輜重は行っても、桟道《さんどう》を運ぶのがどうしても円滑にいかず、攻撃を断念した。

姜維としては、物資を漢中まで届けた自負があった。そう思いながら成都の街中を歩いていたとき、偶然尹賞《いんしょう》に出会《でくわ》した。もっとも彼は、ある屋敷の普請を任されていた。

「随分おおきな構えだな」

「そうさな。何しろ張皇后の御実家だ」

万が一の襲撃などを避けるためか、塀の造りは要塞並みだ。尹賞が得意とする城壁建築そのものである。

「すると、御両親は健在なんだな?」

「まあ、母親の夏侯《かこう》未亡人はな」

その苗字に姜維は引っ掛かる。

「父御は、まさか？」

「故張益徳《ちょうえきとく》将軍よ」

張皇后は、張飛《ちょうひ》の娘だったのだ。ならば母親こそ、定軍山《ていぐんざん》の戦いで黄忠《こうちゅう》に討たれた夏侯淵《かこうえん》の従弟の娘になる。

そう言えば歴城《れきじょう》で遇った夏侯覇《かこうは》が、蜀の桟道を観察していたのを思い出した。郭淮が皮肉を込めて、父の仇討ち以外に何かありそうな色合いを仄《ほの》めかせていた。それは、このことであったかと思い出す。だからといって、今更何がどうなるわけではないが、奇妙な因縁があると思った。

姜維は嘆息して、尹賞の作業を見守る。そのとき作業の職人が、頭大の岩を荷車に乗せて運んできた。

「それじゃ、また」

姜維は尹賞と別れ、自分に宛《あて》がわれた屋敷へ戻る。門を潜ろうとしたとき、二つの影がふらりと近寄ってきた。彼は一瞬ドキッとしたが、殺気がない。

「旦那様ですね？」

声は郎党の恢恢《かいかい》だった。傍にいるのは、柳茘《りゅうれい》付きだった宙宙《ちゅうちゅう》である。

「おお、おまえたちか。元気だったか？」

姜維が親しげに声をかけると、二人とも泣いている。蜀人になったことを、嘆いているようでもある。

「冀城《きじょう》を追い出されてから」

姜維は、あれからここまでのことを掻い摘んで話した。

要は諸葛亮が隴西《ろうせい》方面の羌族《きょう》を完璧に手懐《てなず》けて、郭淮との信頼関係を断ち切ったことなどを、郭淮自身が全く気付かなかった怠慢から発している。

その不始末を隠すため、姜維を寝返り者に仕立てあげたことなど、順を追って話した。しかし今現在、こうして蜀の軍部に籍を置いてしまっているので、説得力もなかった。

「事情は解りましたが、大奥様や御新造やお嬢様方にどう言って好いやら」

確かに恢恢と宙宙の立場では困るはずだ。

「二人して、また帰るのは辛かろう」

「いえ、帰るのは、吾だけです」

恢恢はそう言って、世話係として宙宙を置いていくという。

「そういうわけには」

姜維が言う前に、恢恢は踵《きびす》を返していた。

翌日から、宙宙が食事の世話を焼いてくれた。これまでは兵舎での賄《まかな》いだけを食べていたが、それよりも旨いものを出す。

彼自慢の朝食に満足して出かけようとしたとき、宙宙が作業していた。

「何か作るのか?」

「へい、買い出しに便利なものでさァ」

見ていると、「寓居《ぐうきょ》」を探すとき牽《ひ》いていた小さな荷車だった。これなれば、確かに使い勝手がいい。

姜維には、閃《ひらめ》きが起こった。「どうだ。これと同じような物、あと二つ三つ作ってくれぬか?」

「へい、お易い御用で」

宙宙は、その日の内に手際よく、三台も作った。中には一輪で押す荷車もある。

20

姜維は翌日、宙宙と荷車を持って諸葛亮の館を訪れた。

「なるほど。これなら桟道の幅に合う」

諸葛亮は、それら小型の荷車に感心する。

「おい、来てみろ」

呼ばれたのは、彼の妻（黄夫人《こうふじん》）である。ずんぐりした色黒の女性で、お世辞にも美人とは言えなかった。それでも真剣に彼女は荷車を眺めながら、にこっと笑う。

「しばらく、これと睨《にら》めっこしてみるわ」

宙宙が作ったと知ると、しばらく彼を借りたいという。姜維は返答しかねて、宙宙を見やる。すると彼は頷《うなず》いた。

「お手伝い、いたします」

諸葛亮は、黄夫人にさまざまなことを相談しているようだ。今回は、蜀の桟道での輜重輸送を工夫しているに違いない。当然、輸送だけではなかろう。防備と攻撃に関することもあるはずだ。

それがどのようなものか、姜維の与《あずか》り知らぬことである。だがとにかく彼の機転で、小型の荷車が、輸送問題を解決する示唆《しさ》になりそうだった。

しかし、その成果らしいものが出る前に、諸葛亮は三度目の北伐に出た。それも建興七年（二二九年）へと、改まった直後である。

「今回は、武都《ぶと》郡と陰平《いんぺい》郡を、完全に蜀の支配下に置いたぞ」

撃って出た将軍陳式《ちんしき》の部下たちが、居酒屋へ繰り出しては自慢していたのだ。

「その二つの郡なら漢中だから、もともと蜀の息がかかっていたはずではないか」

姜維が疑問を口にすると、蜀の武人が詳しく説明する。

「確かに五斗米道《ごとべいどう》は解散し、曹操が鶏肋《けいろく》と言って撤退して、漢中は蜀に帰したようだが、張魯《ちょうろ》を敬う勢力はまだまだ残っているのだ。一部は五斗米道を発展させた宗教（道教）を守り立てようとして、魏に臣従していた輩もいてなァ。それが今回の北伐で、魏へ追い遣った。孔明殿の、丞相復帰も近いぞ」

あれから宙宙は、諸葛亮の屋敷内にある工房に入り浸《びた》りだった。姜維は彼が解放されるまで、兵舎で食事を摂《と》っていた。

「孫仲謀《そんちゅうぼう》（権《けん》）が、皇位に即いたぞ」

参謀部から、正式な話が流れてくる。

「太子は孫子高《そんしこう》（登《とう》）殿らしい」

それは孫権の長男だ。

「蜀としては、孔明殿が承認されるとか」

「北伐を、支持してもらわにゃならんから」

呉としても、独自の元号を制定していたことから、孫権の即位は秒読みだった。ここで非難するのは、北伐の観点から得策でない。

諸葛亮としては北伐に呼応して、呉に荊州《けいしゅう》や淮南《わいなん》（淮水《いすい》の右岸）から、魏に戦いを仕掛けて欲しいのだ。双方で烽火《ほうか》があがれば、魏に痛手と踏んでいる。

「子龍《しりゅう》様が、逝去されたよし」

同じ頃、劉備から「全身が胆《きも》」と評された趙雲《ちょううん》が逝った。諡《おくりな》は順平侯《じゅんぺいこう》とされる。「空城の計」を実践したり、現皇帝劉禅《りゅうぜん》の危機を救った逸話は、既に伝説となっていた。

これで劉備の五虎将（他に関羽、張飛、黄忠、馬超）全員が、彼岸へと旅立ったことになる。彼の死と呉帝の即位が同じ年なのは、正に時代の変革を告げているようだ。

姜維も、その葬儀に参列した。

「子龍殿、見ていてくだされ。我らが如何に蜀の桟道を渡っていくかを」

諸葛亮は弔辞の中で、そのような言葉を吐いた。何か期するものがあり、その実現が近いと言っているようだ。

「魏へは、大月氏国《だいげつし》からの使節が来たとか」

しばらくして、そのような噂も聞こえてくる。やはり、魏の動向は気になるものだ。

大月氏国とは、前漢武帝《ぶてい》時代に張騫《ちょうけん》が訪れた中央アジアの国だが、ここではインド北方の貴霜《クシヤナ》王朝を指す。

とにかく周辺諸国では、中国で鼎立《ていりつ》国の内、魏が勢力強大と見られているらしい。

「今にどの国も、必ず蜀へ来なければならぬようになる」

強がりを言う向きもあったが、魏の力を認めざるを得なかった。

建興八年（二三〇年）になると、蜀（諸葛亮）が第四回の北伐を計画していた。そんなとき、魏の太傅《たいふ》だった鍾繇《しょうよう》が逝去した。彼は廷尉《ていい》（最高裁判所長官）としても的確な裁定をして人気があり、皇帝叡《えい》も葬儀に参列したらしい。五年前に生まれた男児鍾会《しょうかい》は、才気煥発《さいきかんぱつ》と評判だという。

蜀としては、弔意を示して北伐を躊躇《ちゅうちょ》していたわけではない。ところが実施する前に、魏側が二郡の奪還を図り、曹真《そうしん》と司馬懿《しばい》を指揮官として、子午道《しごどう》を進軍して攻め込んできた。また、斜谷道《しゃこくどう》からは夏侯覇《こうは》が指揮を執って、興勢《こうせい》辺りで蜀軍とぶつかった。

蜀軍は二郡奪取時の勢いそのままに、魏軍を押し戻していた。また、降りだした雨がなかなか止まず、一ヶ月もつづく。それは魏軍の輜重補給を頗《すこぶ》る邪魔した。

このまま蜀軍の攻撃を受けつづければ、じり貧になる。魏軍の将軍司馬懿は、逸早《いちはや》くそれを悟って撤収していった。

宙宙が諸葛亮の工房から解放されて、姜維の屋敷へ戻ってきたのは、建興九年（二三一年）になってからである。

「どうだ。疲れたか？」

「なんせ、二年余りのお勤めでしたからね」

それも住み込み同然で、給金も食事も付いていたという。

姜維は永くても、ほんの二、三ヶ月と踏んでいたが、ここまでになったのは、諸葛亮が何らかについて満を持していたからだろう。

「それで、好い物ができたか？」

「はい、桟道の移動に便利なものが」

やがて、それが木牛《もくぎゅう》や流馬《りゅうば》という運搬に便利な小型の荷車だと判る。これを多く作って物資を運べば、関中《かんちゅう》へ抜けてのちも物資不足を心配することはなかろう。

「おまえが中心になって作業をしたのか？」

「とんでもねえ。総てを差配なさったのは、黄夫人御本人でさあ」

姜維は、ほうっと感嘆する。

諸葛亮がいかに有能といえど、総てを完璧《かんぺき》に熟《こな》せるわけはない。それを支える一人が、黄夫人なのだろう。他には蔣琬《しょうえん》、董允《とういん》、費禕《ひい》らがいると判る。

この二年ばかり、姜維も遊んではいない。来る日も来る日も、北伐の訓練を積んでいたのだ。それは隊列を組んだり武器を振り回すだけではなく、桟道を走り抜くことや、野戦の陣地を築くことも含んでいる。

もう直ぐ新しい策戦のもと、北伐に向かう雰囲気が操練場でひしひし感じられる。好戦的な兵たちには、わくわくした気持が湧き起こってきているようだ。

姜維も精神の昂揚を、屋敷へ持ち帰ってきた。宙宙に酒に合う料理でも、作らせようとしたのだ。門から入った所に目隠し用の影壁がある。その付近から宙宙の声が聞こえる。

「それは払わないということか？」

「そうは言いませんよ。だけど、あんたの魏訛《なま》りを、奴才《わたし》は聞き逃しませんぞ」

「旦那様をも、告発するつもりか！」

「それだって、貴方の心懸《かんがん》け次第です」

奴才というのは、宦官《かんがん》が使う一人称だ。姜維は、少し顔をしかめて門を入る。そのようすに、跳びあがったのは宦官だった。

「奴才は何も」

それ以上言わせなかった。姜維は宦官の襟元を摑《つか》むと、中庭へ引き摺《ず》っていく。

「おっ、お助けを。奴才は決して」

「決して何なのだ？」

姜維のどすの利いた声に、宦官は身を縮めて助けを乞うた。だが、彼の身体は姜維に持ち上げられ、地面に叩き付けられる。そのまま失神しているのを睨みながら、姜維は宙宙に何事か訊いた。

「何で、こんな腐れ者に脅されてるんだ？」

「そのう、お恥ずかしい話ですが、つい博奕《ばくち》に手を出しまして」

「それで、借金をこいつが取りに来たか？」

「いえ、勝ったのは吾の方で」

それを値切るため、この宦官は宙宙が魏詭りで話すのを、間者だと訴え出ると言い出したのだ。それを止めさせたかったら、借金を棒引きにせよと迫ったらしい。

「こんな奴の言うことを肯《き》けば、それだけですまぬぞ。きっと同じことを、何度も何度も言いに来る。この場で始末して、岷江《みんこう》へでも抛《ほう》り込むか」

姜維がそこまで言ったとき、ようやく宦官は正気を取り戻す。

「決して、もう。そのようなことは平に」

宦官は、平身低頭して謝りつづける。

「では、名前だけでも訊いておこう」

言われて宦官は、宙宙を見やる。すると頷いて、正直に言えと動作で教えた。

「奴才は黄皓《こうこう》と申します。もう、決して」

「下らぬことを言うな。このことは、黄門郎《こうもんろう》に伝えておくからな」

「そっ、それだけは」

「脅す奴にしては、随分弱みがあるんだな。もう二度とこの屋敷周辺へは来るな」

黄皓と名告《なの》った宦官に、姜維は怒鳴りつけた。彼に凄まれたうえで、黄皓は臀部を思い切り蹴飛ばされて門外へ転がった。

「さあ、借金はゆっくりで宜しいでがす」

人の好い宙宙は、あまりにも恰好が付かなくなった黄皓を、最後には慰めてやった。

「宙宙、止めろ。そんな、宦官などには、人の心などないのだ」

厳しい言葉を背に受けて、黄皓は這々の体で宮殿の方へ帰っていく。

「もう、二度と博奕なんかに手を出すな。まだ、遊郭へでも行く方がましだ」

姜維の言葉に、宙宙が笑いかけた。でも、そこへ連れだっていくわけにもいかない。

21

春も酣《たけなわ》の頃、姜維に宛《あて》がわれた屋敷に嫁が来た。仲人は諸葛亮である。ここまでの姜維を見て、蜀に根を下ろしそうだと判断したかららしい。

相手は二五歳の未亡人で再婚だと、諸葛亮ははっきり言ってくれた。子どもはまだなく、亡夫は北伐で戦死を遂げている。考えようでは魏出身の姜維に、責任を取らせたような恰好だ。

初めて逢ったのは、諸葛亮の屋敷にある堂（応接間）だった。姜維が待っていると、蜀地方発祥の茶を点《た》てて持ってくる。差し出す手元の細やかな所作が気に入った。

「お話しいただいたようなものですが、末永くお慈《いつく》しみくださいましょうや？」

容姿も物腰も、武人の妻に相応《ふさわ》しかった。

「吾も武人にて、いつ黄泉《よみ》へ旅立つや判りませぬ。それでも？」

双方が立場を慮《おもんぱか》って一緒になるわけだ。それゆえ大きな祝言は挙げなかったが、周囲には知らせた。

彼女の名は、楊婉《ようえん》という。

楊も柳の一種なのが、なぜか笑えた。

四度目の北伐は、その年（二三一年）の夏に行われた。宙宙が参画した末にできた四輪の木牛と一輪車の流馬が、輜重の輸送に随分役立ったと褒《ほ》められる。

分けても実戦に有効だったのは連弩《れんど》（連発式の石弓）と元戎《げんじゆう》（一度に長い矢を十本撃てる）である。魏軍が多勢であっても、これらを真面《まとも》に喰らえば瞬く間に態勢が崩れた。

またそれに次いで、神刀《じんとう》なる剣が前線の兵に三千振り支給された。鍛《きた》えられた鋼《はがね》が使われ、切れ味が抜群らしい。今後も白兵戦になれば、かなりな効力が期待できよう。

更に強い味方になったのは、筒袖鎧《つつそでよろい》であった。腕の曲がりに合わせた防具で、鎖帷子《かたびら》に札が付いたごとく、刃物が直接肌へ刺さりにくく設計されている。

だから相手の矢を受けても、従来の重傷は軽傷に、軽傷は掠り傷に、掠り傷は無傷も同然になって、兵士の死傷による戦列離脱が圧倒的に少なくなった。

このような新兵器は、諸葛亮が発明工夫したことになっている。だが宙宙が協力したごとく、黄夫人が音頭を取ってさまざまに指揮したと思しい。

いや、もっと他にも趣向を凝らした工夫をしている側近がいるのだろう。いずれにしても、彼個人の能力もさることながら、周辺に頼もしい協力者が多いのが、結局は蜀の強さになっている。

これらのことが巧く作用したのが、今回の北伐だった。新兵器や防具が功を奏したと言ってよかろう。かてて加えて、これまで魏軍の前線で指揮していた曹真が病没している。

両軍は、祁山付近で対峙しつづけた。

そして、前回敗れてその前の攻撃も失敗している魏が、遂に焦って攻撃を仕掛けてきたのだった。司馬懿が周辺の将軍に焚《た》きつけられて、仕方なく撃って出た感がある。

蜀軍は魏延《ぎえん》、高翔《こうしよう》、呉班《ごはん》らが連弩や元戎を有効に使ったようだ。それに筒袖鎧が、相乗効果となって現れた。

結局魏軍は、老将で闘将の張郃《ちょうこう》を失う結果となった。これは曹真の死と相俟《あいま》って、魏の大いなる痛手である。

「司馬仲達《ちゅうたつ》は利《き》け者と聞いたが、こんな戦いをするなど、大したことはありませんな」

「しかし諸葛丞相も攻め込むまでに至らず、結局は輜重不足で撤退されたようです」

宮廷人は、双方に辛辣《しんらつ》だ。

「今回、武器や防具、運搬車を工夫して大量生産したため、軍費が底を突いたのです」

「それを取り戻すには？」

「四、五年はかかりましょう」

「今回、馬幼常（謖）の仇は討てましたな」

「だからといって」

期せずしてとはいえ、諸葛亮がそこまで個人的な事情を優先したとは思えない。飽くまでも北伐は、漢の血脈という蜀の正統性を主張したいから行っているのだ。

姜維は、そのように思っている。

遠征から帰ると、楊婉に耳打ちされる。

「実は宙宙が、あのように」

彼女が視線で示す方を見ると、宙宙の傍に女の姿がある。

「あれは、誰なのだ？」

「わたくしの里にいて、家の面倒をみていた者で、わたくし同様に」

連れ合いを亡くしたらしい。それは戦いではなく病没らしい。名は苗苗《びょうびょう》だという。

「明日、皆で祝ってやりましょう」

楊婉に提案され、姜維は笑って頷いた。

翌建興十年（二三二年）、魏では皇帝叡が許《きょ》に大宮殿を造営している。魏でも、戦費が嵩《かさ》んで財政は逼迫《ひっぱく》していた。それを敢えて行うのは、皇女（曹淑《そうしゅく》）が突然病没したから、鎮魂と呪《まじな》いらしい。

蜀にとっては勿怪《もっけ》の幸いであろう。

魏の宮廷が、それで国家財政を浪費してくれれば、軍備は疎《おろそ》かになる。そうなれば、蜀への侵攻は少なくなろうからだ。無論、諫言は側近の陳羣《ちんぐん》からなされている。

「道楽ではない。国を思うてのことじゃ」

皇帝叡は反論して、窘《たしな》めを肯《き》かない。いやそれどころか、東方の巡遊に出かけてしまった。窮民に穀物を下賜するのはまだしも、魏の経済状況を全く顧みていない。

そんな魏では、陳王になっていた曹植《そうしょく》が薨《こう》じた。兄の文帝（曹丕《そうひ》）に苛《いじ》め抜かれて、地方王の封土を何度も変更され、その度に領地と従者が減らされていた。

失意のままでの黄泉行きは、無念の極みであったはずだ。

その間にも蜀では、諸葛亮が経済の復興に努めている。以前に制定した塩鉄と酒の専売で得た金銭が積みあがってきている。だが、それだけでは足らぬのではないかと、姜維は思うようになっていた。

「我は商売に疎《うと》いが、それでも専売だけでの武器や輜重の調達は、厳しいんじゃないか？」

「わたくしも、勘ではそのように思います。ただ最近の蜀では、病人の回復が極めて早いように感じております」

楊婉にそう言われても、経済回復と直接結びつくとは思えなかった。

「働く者が多くなれば、生産力は上がります」

茶を収穫して大量に他国に売るには、人手がある方がいい。取り敢えずそのように考えても、姜維は何か物足りなさを感じる。

「医術で、他国者を治しているのか？」

「国境を越えるのは、商人か間者です」

医術に必要な薬草などは、商人が運んでくる。それゆえ、その方面での出入りはない。

姜維には、それ以上考えが及ばない。

北伐の準備と訓練で、早建興《はや》十一年（二三三年）になる。楊婉と苗苗は、お腹に新しい生命を孕《はら》んでいた。

「魏の遼東《りようとう》郡太守と呉皇帝の孫仲謀（権）が、理屈に合わぬことを始めましたな」

「さようです。皇帝ともあろう者が、魏の太守風情を相手に喧嘩せずとも」

蜀の宮廷人が妙な噂をしているので、姜維も耳を欹《そばだ》てる。

「呉の皇帝も、初めは遼東に呉の味方ができると思ったのでしょうな？」

「そうです。しかし公孫《こうそん》太守（淵《えん》）は、全く喰えぬ男です」

公孫淵とは、袁紹の次男（袁熙《えんき》）と三男（袁尚《えんしよう》）が逃げ込んできたとき、その首を刎《は》ねて曹操へ送った公孫康《こうそんこう》の息子である。

相当偏屈な人物で、かねてから遠い陸路の洛陽より、海で繋がる建業《けんぎよう》などと言って、孫権と誼《よしみ》を通じたいと洩《も》らしていたらしい。

それに気を良くした孫権が使者を送ると、公孫淵は返礼に北方の馬を贈ったようだ。ところが、魏の中央がそれを知り、馬を連れた使者を襲って怒りの態度を示した。

孫権は使者を魏に斬られたが、公孫淵は呉に帰属したい旨を、孫権に伝えたという。そこで孫権は公孫淵に九錫《きゆうしやく》を贈って燕王《えんおう》に封じ、再度使者を送ったのだ。無論、土産もふんだんに持参させてである。

普通なら、ここで燕王と呉皇帝の篤い誼ができあがる。しかるに公孫淵は、呉の使者の首を刎ね、それを魏皇帝に贈ったのだ。

誰もが唖然とする行為だった。

「呉皇帝は、翻弄《ほんろう》されましたな」

「確かにそうですが、される方もされる方、ちょっと人を信じ過ぎでしょう」

公孫淵の異常性格のせいで、孫権の皇帝としての人格や技量から、果ては当事者能力まで批判される始末となった。

「しかしかつて曹孟徳《そうもうとく》殿に、『儂は、あのような息子を持ちたい』と、言わしめた経緯がございます」

「まあ、どちらが本物やら」

宮廷人の噂はこのように終わったが、孫権本人は、巣湖《そうこ》北方の合肥新城《ごうひしんじょう》を包囲攻撃していた。

彼は呉の水軍を指揮して、新城を包囲するつもりだった。それでも、一旦は上陸しての余裕を示したかったらしい。そこを守備将軍の満寵《まんちょう》に読まれ、伏勢《ふせぜい》の一斉攻撃を喰らったと聞こえてきた。

「かつて曹孟徳に見込まれた男も、皇帝になったとたん、凡人以下になったか」

更なる扱《こ》き下ろしが、宮廷で舞った。まるで、公孫淵に毒気を吸わされて、それが抜けぬままになったようだ。

「これで呉も、皇帝を助けねばとて、団結して魏へ当たってくれれば良いのですが」

これを潮に呉が強くなれば、蜀の安定に繋《つな》がる。しかし強くなり過ぎては、蜀も敵を二つ抱えることになって困る。かといって、もし呉が滅ぶようなことになれば、その反動は蜀に及ぶ。

建興十二年（二三四年）、諸葛亮の長男瞻《せん》が八歳になっていた。彼は鍾繇の末っ子鍾会よりも二歳下だが、同様な才気煥発ぶりを示していた。

普通なら、将来に洋々たる可能性を感じるものだろう。しかし当時の諸葛亮は、瞻の利発さや早熟性に不安を感じていたようだ。

それが判るのは、呉にいる兄諸葛瑾《しょかつきん》へ、心配する手紙を出していたからだ。

一方、兄の息子諸葛恪《しょかつかく》（姜維の一歳下）も、機知や才気は大いに溢《あふ》れていた。

とはいうものの、父（瑾）や叔父（亮）のような思慮深さには欠けていて、決して褒められた性格ではなかったようだ。何事もいい加減だが野心家で、口達者で他人を遣り込めるのが得意だったとされている。

張飛の息子張苞《ちょうほう》は、父より先に亡くなってしまい、孫の張遵《ちょうじゅん》は当時まだ十代の少年だった。関羽の息子らも、当時既に亡くなっていたとされている。

諸葛亮が五度目の北伐を開始すると、姜維にも通達があった。

「ようやく男子が授かったというのに、また後家にされては適いませぬ」

楊婉は、本気とも冗談とも付かぬ言い方で甘えてくる。武人といえど、邪険には扱えなかった。彼女にとっては切実なのだ。

「旦那様に付いて、戦場へ行きたいのでございますが」

珍しく宙宙が、鎧兜《よろいかぶと》を着けるという。しかし、訓練を受けていない彼には、荷が勝ち過ぎる。また、乳飲み子を抱えた女が二人もいては、何かと男手が欲しい。

姜維は屋敷の務めに励むよう、辞を低くして彼を諭した。

「征西将軍に昇格したから、身の回りの世話や料理は部下がしてくれて事欠かぬ」

それで納得したようだが、恐らくは魏出身ゆえの世間的な疑念を、戦うことで晴らしたいのだろう。姜維も、そこは解ってやった。

諸葛亮は今回、兵を子午道、駱谷道、斜谷道、それに故道の四手に分けて進撃した。いや、そのように見せかけた。

魏軍はそれに対抗するため、軍をもっと西の関山道にまで拡げて迎撃の用意をした。特に兵の影のない西方が裏の裏を掻くとみて、軍兵の主力を置いたのだ。

諸葛亮は魏軍の対応を見透かしていたごとく、主力を中央の駱谷道へと集中させた。そしてそのまま一気に駆け抜けて、渭水《いすい》の南にある五丈原《ごじょうげん》に陣取った。

そこは渭水から見て、高さ四十丈（九六m）ほどの台地である。秦嶺《しんれい》山脈からその地への入口が、五丈（一二m）ばかりの細さしかないので、この名が付いたという。

「司馬仲達めの、苦虫を嚙《か》み潰《つぶ》したような顔が、見えるようですな」

髭面の先鋒将軍の魏延《ぎえん》が、姜維に濁声で話しかけてくる。だが彼は、諸葛亮の策戦に乗り気ではないらしい。街亭の戦いでの不首尾に、未だ拘《こだわ》っているのだ。

「俺に兵五千を、預けてくれればなあ」

彼の嘆息はそのときだけでなく、そののち何度も聞かされることになる。

「さあ、周囲に柵を築くのだ。この台地に、しばらく籠城するぞ」

諸葛大将軍（亮）の命令で、台地の端々に杭が打ち込まれ、蒺藜《しつれい》が設置されていった。その置き方は陰陽の模様に則り、一定の法則で迷路ができている。

それを知らぬ魏軍は、麓から容易に攻撃できないと誰もが判った。

「籠城戦で重要なのは、物資の補給だ。桟道からは木牛と流馬で賄《まかな》うが、台地にも麓にも屯田兵を置くからな」

要は長期にわたって、この地で魏軍と対峙する意向なのだ。その後も、五丈原の防衛は無論のこと、周辺にも二重三重の柵や障碍物《しょうがいぶつ》の設置に労力が費やされた。

魏軍との交戦は、あまりなかった。

司馬懿は五丈原と渭水の間に陣を張り、諸葛亮の出方を窺《うかが》う策戦に出たようだった。その何よりの証左は、司馬懿が嘲笑《あざわら》うように背水の陣でいることだ。

これは漢の三傑と謳われた韓信《かんしん》が、趙（趙歇《あつ》）を攻めるときに採った策戦である。軍兵を逃げ場のない状態に措いて、必死に戦わせる手段だった。つまり、苦肉の策である。だが一般的には「絶水」と呼ばれ、用いれば壊滅を呼び込む禁断の布陣といえる。

今回の司馬懿がその状態でいるのは、諸葛亮が攻めてこないと高を括《くく》っているからだ。

互いに睨み合うことだけで、半年が過ぎていく。ときおり麓での屯田に戦いを仕掛けてくるかと、姜維も駆り出されて警戒していたが、魏軍の攻撃は全くなかった。

諸葛亮は、何か策戦を錬っているのか、陣幕の中央から出て来ず、香でも焚《た》いているらしく、ときおり淡いが甘い空気が漂ってくることがある。

「大将軍は、策をお考えなのでしょうか？」

もう軍議が終わったとみえ、将軍たちが見晴らしの良い所で休んでいた。そんなとき、崖下の屯田兵たちが何人か血塗《ちまみ》れのまま、板に乗せられて運ばれてくる。

「どうした。斬られたのか」

「魏の斥候《せっこう》兵と我らの偵察隊が遭遇して、白兵戦をいたしました。お互い、数人が斬られたり矢に当たったりしましたが、敵も同じ数ほど被害を受けています」

久し振りの交戦で、周囲も血を見て昂奮しているようだ。例によって魏延が吠える。

「ああ、こんなことしてちゃ、身体に蛆《うじ》が湧きやがるぜ」

彼がそう言っても、周囲の王平や鄧芝《とうし》、呉懿《ごい》といった部将たちは話に乗らず、それとなく遠離《とおざか》っていく。魏延だけが、もっと積極的に撃って出よと息巻いていたからだ。

「あの御方には、泣かされています」

他の部将たちが、戦いがあったという方向を見遣っているのに、姜維の傍へ腰を下ろした者がいる。楊儀《ようぎ》であった。彼と魏延は反りが合わず、幕府内の論議ではよく烈しい対立をしているという。

「まあ、戦いには場所と時期がありますが、少しでも兵は失いたくないものです」

姜維が言うと、楊儀がにやっとする。

「姜伯約殿は、まだ御存じなかったか？」

「何をですか？」

「蜀の医療が、魏や呉より数段優れていることをです。そうか、こちらにおいでになったのは、孟獲《もうかく》殿と誼《よしみ》を通じた後でしたな」

姜維は、楊儀の言うことを解しかねる。孟獲とは南方異民族の首長で、諸葛亮が七度捕らえて七度逃がしてやったと記憶する。

「七縦七擒《しちしょうしちきん》など、只でされたとお思いか？」

「では、取引があったのですか？」

「当然のこと。奴らから、阿片《あへん》の製法を引き出しました。成都に栽培場もございます」

言われても、姜維には素早い理解ができかねた。すると楊儀は、小声で教えてくれる。

「傷口を治療するとき、痛みを抑えることができたら、施術も回復も楽になりましょう」

「そうですな。早く日常に戻られれば、生産性も更に上がって国家のためです。本人も助かりましょうに」

姜維は返事しながら、そのようなことが行われていたと、初めて知った。彼が来る前からなら、もうかれこれ十年余り研究がなされているはずだ。

そういえば、楊婉が言っていた病人への勘が、少なからず当たっているわけだ。

「先ほどの重傷を負った兵も、痛みをあまり感じず薬を塗られますぞ」

楊儀が言う阿片とは、痛みを軽減させるための秘薬らしい。ようやく姜維は、その程度の認識を得た。

「阿片とは、使えば使うほど痛みが軽減されるのですな。それを栽培場で、大量に作っているということですか？」

姜維の問いに、楊儀は眉根を寄せる。

「そこは、例《たと》えば胃薬も同じです。適度な量というものがあります。何度も使っている内に、医師は身の丈にみあう量を攫んでいきます」

楊儀は巧く説明するが、態度が非常に注意深い。大雑把に物事を解釈する魏延とは、その辺の機微が合わないのだろう。

「あいつら同士が互いに相手を認めて補《おぎな》え合えば、蜀にとても利益があがるのだが」

諸葛亮を補佐し、今は成都で留守を預かっている蔣琬《しょうえん》が、そのように洩《も》らしていた。

「諸葛大将軍は、どのように戦うおつもりなんでしょう。このままでは、どうも」

姜維は、誰もが抱いている疑問を、楊儀にぶつけてみた。彼は左右を見ながら言う。

「魏軍に攻めてこさせて、一進一退の膠着状態をつづけたいのだ。さすれば、呉が淮南や荊州北部で動こう。一点突破は、これらの隙間にあると踏んでおられるのだ」

楊儀の説明に、姜維は納得がいった。先日王平と話したとき、諸葛亮が司馬懿に女の着物と櫛《くし》を贈ったと聞いた。何を莫迦《ばか》なと一笑に付したが、これも策戦だったのだ。

「司馬仲達よ。おまえは女の腐ったような奴だ。どうして、堂々と戦いを挑んでこぬ！」

このような侮蔑的な挑発を行って、相手が怒りに任せて攻め込んで来れば、罠に掛かったも同然という寸法だ。迷路のような障碍物《しょうがいぶつ》に阻《はば》まれて、戦いに決着は付かないのだ。

それに呼応して呉軍が動けば、大きな魏に小国の蜀と呉が、何とか喰らいつける。

「それが、諸葛大将軍の秘密策戦ですか？」

「ああ、正にそうだ。しかし、司馬仲達もさるもの。決して餌に喰いついてこぬのだ」

それが、あの蜀軍を小馬鹿にした背水の陣だ。攻めるに攻められぬ蜀の状態を、すっかり見越しているらしい。

23

「もう一つ、抜き差しならぬ問題がある。この匂いが判るか？」

それは以前から、姜維も空気の流れに混じる匂いを感じていた。てっきり諸葛亮が気持を落ち着けるため、香を焚いていると思っていた。

「あれは、痛みを抑えておられるのだ」

諸葛亮が、いつ傷を負ったのか驚いたが、そうではない。体内の臓器が傷んでいる。

「司馬仲達に、それを知られたようだ」

国境線確定のため使者を送ったが、司馬懿は諸葛亮の仕事振りを訊いたらしい。使者は自慢気に「昼夜を問わぬ激務を遂行中」と応え、司馬懿は「流石《さすが》ですな」と、感心したように応えている。

「頭脳明晰な司馬仲達は、間者から匂いのことも報告され、それと気付いていよう」

「では、遠からず司馬仲達は、戦いを？」

「決して仕掛けてこぬ。それは、諸葛大将軍への最大の嫌味であって、ついでに敬意だ」

『おまえの策には嵌《は》まらぬが、そこまでできたおまえは、軍師策士の鑑《かがみ》だ』

司馬懿は、最大限の賛辞を送っているようだが、それで事がすむわけではない。諸葛亮の身体は、日々蝕まれていく。

こうして諸葛亮の陣没は、起こるべくして起こったのである。

享年は五四である。もう、数年前から体調は優《すぐ》れなかったらしい。それを誰も全く気付いていなかった。

それでもここまで隠し通せたのは、ただ彼の気力のなせる業だった。使命感で、保《も》たせていたのだろう。

もっと驚くのは、死んだ後の遺言まで作っていたことである。そこには北伐を諦《あきら》め、五丈原から速やかに撤退することとある。

理由は簡単明瞭で、司馬懿が挑発に乗らなかったからだ。つまり、膠着状態にするという構想を、相手に見破られて、美事外されたことに尽きよう。

「北伐を断念するなど、おんみらは本気でお言いか！」

大声を出しているのは、例によって魏延である。自分に五千の兵を預ければ、十日で長安を奪取すると、いまだに本気で息巻いているのだ。

「杭や蒺藜は、そのままにしろ。だが、食糧や武器は木牛や流馬に乗せて、総て回収して漢中へ撤退する。さあ、急げ！」

諸葛亮の遺言で丞相代理に昇格した費禕《ひい》の一声で、蜀軍は矢弾や槍、刀、米、麦、野菜、干物の魚、油、塩などを積み込みだす。

「こんな莫迦なことがあろうか。撤退の準備をすることが、諸葛丞相の望みであったはずがない。こんなことは許せん」

魏延が、まだ諦めずに喚《わめ》いている。一度大声を出すと引っ込みがつかないので、決して言ったことを撤回しない。それが判っているので、誰も彼に向かって「止めろ」と窘《たしな》めない。

だが一人として、彼に同調する者もいないのだ。

「姜将軍。魏軍が追撃せぬよう、台地の端々に衛兵を立てて威嚇《いかく》するのだ」

費禕の命で、姜維は部下たちを台地の縁に配置する。屯田の兵にも農具を積み込ませ、突破してくる魏軍を弓で狙えと命じる。

恐らく魏軍、いや司馬懿には、蜀軍の撤退準備が判っているはずだ。それでも一斉攻撃をかけてこなかった。

それは障碍物の仕掛けが容易ならざるものだと判断するとともに、ここまで命を賭けてきた諸葛亮なる人物へ、彼一流の敬意を示しているのである。

「遺体を成都へお帰しするのは当然だが、兵は儂と一緒に司馬仲達と戦うのだ」

魏延は大声を出すが、彼の兵以外は無視して費禕に従った。

「司馬仲達は、霹靂車《へきれき》（投石機）を用意しているそうです。もう直ぐ、障碍物を潰しにかかりますぞ」

これは、早く撤退せよとの合図と同時に、伏勢を警戒するとの二重の意味がある。

「撤兵などあり得ぬ」

魏延は、尚も駄々っ子のごとく、辺り構わず大声を出している。

「魏文長将軍。このままでは、軍法違反になりますぞ！」

楊儀に叱責されると、魏延は顔を真っ赤にして兵を指揮して斜谷道へ向かう。

「やれやれ、やっと撤退する気になったか」

費禕や楊儀がほっとすると、魏延が嗤う。

「軍は成都へ戻れぬ。桟道を焼くからな」

この言葉には、魏延の部下たちも馬の速度を落としている。指揮官の異常な態度が、味方へ敵対するように思えるのだろう。

「さあ、付いて来い」

魏延は尋常ならざるごとく、血相を変えている。それには楊儀が、放っておけぬとばかり追っていく。一方の姜維は最後の片付けをしながら、殿軍役《しんがり》になっていた。

魏延は斜谷道の入口から百丈（二四〇m）ばかり奥の、谷底が深くなっている辺りの桟道を焼き始める。それを見た楊儀は、桟道から低い山肌を登り始めた。

「焼けた桟道の、向こう側へ出る。それなら魏延めは、却って追って来られまい」

楊儀の部下は、登る山から魏延のいる桟道の手前へ岩を落とす。壊れれば、魏延が立ち往生するとみたのだ。それを理由に、魏延は部下を成都へ走らせる。

「楊儀が謀反」と言わせるためだ。それに気付いた楊儀も、魏延の反逆を上訴した。まるで鼬《いたち》ごっこだが、成都に残る皇帝劉禅と蔣琬は、楊儀の言い分を是とするはずだ。

姜維は、全員が五丈原から撤退したのを見届けた。そのうえで砦の遺物の材木を、五丈谓われの隘路《あいろ》に積みあげて火を放った。

万が一、司馬懿が追撃をかけようにも、これで動きようがない。

燃え上がる残骸を横目に、姜維は帰り道をどうするか考えた。乱心に近い魏延の行動があったと、既に報告があったからだ。

楊儀が付けた道は険しく、後に続く者には通り辛く大軍には不向きだ。

そこで姜維は、駱谷道へ向かった。魏の伏兵がいるのなら、司馬懿なら却って離れた故道や関山道を狙うと思い、裏を掻いたのだ。それは図に当たり、撤退は楽に行えた。

集合場所の南谷口に着くが、魏延が部下といるだけだった。魏延は、姜維に近づく。

「今だから言うが、六年前に馬幼常《ばようじよう》（謖《しよく》）を、なぜ街亭《がいてい》へ遣《や》ったか解るか?」

突然訊かれても、姜維は困るだけだ。

「関係を解消したかったのだ。馬幼常は、お稚児さんだったんだよ。諸葛丞相のな」

魏延は、よほど焼きが回ったようだ。姜維には、そうとしか思えなかった。

「秦が統一する四十年ばかり前、長平《ちようへい》の戦い（前二六〇年）があった。あのとき趙の将軍だった趙括《ちようかつ》は、滅法頭が切れたそうだが、悲しいかな実戦経験がほとんどなかった。だから、百戦錬磨の白起《はくき》に赤子の手を捩《よじ》られるごとく負けた」

捕虜の四十万人が阬殺《こうさつ》（生き埋《う》め）にされて有名だ。

「馬幼常は、趙括と一緒だ」

負けると判っていて、歴戦の将軍張郃に当てたというわけだ。

だが、魏延がなぜその話を持ち出すか解らない。いや、今からでも自ら北伐の指揮を執れば、必ずや成功すると姜維を口説いているのだろう。

しばらくすると、費禕や楊儀、王平らが現れる。彼らは、姜維が五丈原を始末してくるのを、森陰に隠れて待っていたようだ。

彼らの姿を見ると、また魏延が喚《わめ》く。

「北伐を断念するのが、諸葛丞相の遺言なわけはない。蜀の悲願であろうが！」

そこへ費禕が、劉禅の言葉を伝える。

「魏文長殿、将軍の任を解く。速やかに楊中軍師（儀）の命に従うこと」

楊儀の下へ置かれたことで、魏延の気持が逆撫でされた。彼は部下たちを動かそうと、指揮刀を大きく翳《かざ》す。

だが、間髪を容れず、王平が魏延の兵たちに向かって怒鳴った。

「諸葛丞相が卒されて、まだお身体も冷えぬうちに、おまえらは反逆者に加担して何とする。名誉を重んじよ！」

王平に一喝されて、魏延の部下たちは震え上がって武器を捨ててしまった。全員が馬から降りて、隊列を外れる。

「魏文長殿は、まだ反逆なさるか？」

費禕の言葉に、魏延は側近や血縁の身内だけを引き連れて逃げ去った。費禕は、騎馬戦に長けた馬岱《ばたい》に追討を命じた。

遊牧民と山岳を駆け巡った強者は、部下とともに追いかける。そして、ものの一刻もせぬ内に、魏延の首を刎ねて戻ってきた。

それを、包んできた布を外して首を費禕の前へ差し出したとき、今度は楊儀が逆上した。

「この知恵不足めが。おまえのために！」

彼は首を足蹴にしたうえに踏み付け、「まだ悪さを企《たくら》むか」と、何度も叫んだ。

こうして、漢中に駐在する部隊を残して、蜀軍は成都へ戻っていった。しばらくして、諸葛亮の後継者が蔣琬と決まった。彼は大将軍と尚書令《しょうしょれい》を兼ねた。

諸葛亮の死後、丞相職は置かれなかった。

費禕は後将軍、鄧芝が前将軍、張翼《ちょうよく》は前領軍、呉懿は車騎将軍、王平は後典軍となり、姜維には右将軍の役職が回ってきた。

割を喰ったのが楊儀で、彼は中軍師のままであった。これは統括する部署も、具体的な職務もなかった。やはり、魏延に対する仕打ちが、狭量の誹《そし》りを免《まぬが》れなかったのだ。

彼は宮中へ出むいて、費禕に嫌味を言う。

「こんなことなら、丞相が他界した際、軍もろとも魏へ寝返った方がよかった」

24

楊儀の不用意なこの一言が、費禕から劉禅に告げられてしまう。すると忠誠心の欠如とばかり、大問題になったのである。楊儀は庶民に身分を落とされ、漢嘉《かんか》郡（四川省雅安市）へ流罪となってしまったのだ。

重ねて悲しいかな、庇《かば》ってやろうとする者が、一人もいなかった。

これで彼も大人しくなると思えたが、その後、蔣琬や費禕、董允らを「能なし」と誹謗中傷《ひぼうちゅうしょう》する上書を、恥ずかしげもなく皇帝の劉禅宛に送りつづけた。
建興十三年（二三五年）怒り心頭に発した劉禅は、彼を拘禁《こうきん》する役人を送ったが、さすがにその前に自害していた。

こうして諸葛亮が企てた北伐は、一応の決着をみた。彼の病没は惜しいの一語だが、問題のある人物が整理された感もあると、宮廷人たちは洩《も》らしていた。

「しばらく戦《いくさ》はございませんのね？」

楊婉は、ようやく歩き始めた男児の手を取りながら言う。だが三国鼎立の世ならば、大事の予想は付きかねた。

魏では、皇帝叡が行っていた洛陽宮の大改修が終わったらしい。陳羣《ちんぐん》が諫言していたことは伝わっていたが、他にも高堂隆《こうどうりゅう》と楊阜《ようふ》が窘《たしな》めているとも聞こえてきた。

楊阜の名を久し振りに聞き、姜維はさすがだと思った。「皇帝叡よ、贅《ぜい》を尽くしたければもっとやれ」と、彼は魏に向かって悪態を吐《つ》きたかった。

あれから蜀国内は蔣琬や董允、費禕が劉禅を支えて安定している。阿片の生産も、秘密裏だが順調に行われているようだ。

「呉では経済政策を断行して、通貨の切り下げが行われたとか」

建興十四年（二三六年）に聞こえてきたのは、呉の金銭と物流の悪さだった。きっと、軍事費に注ぎ込んでいるのだろう。

その証左だろうか、翌年将軍の朱然《しゅぜん》が江夏《こうか》へ侵攻している。しかし、呆気なく撃退されていた。

「旦那様」

操練場から屋敷へ戻ってくると、宙宙が門の外で呼び止める。

「どうした?」

「実は、恢恢が来ておりまして」

宙宙の昔馴染みという触れ込みで、下働きの者が住み込んでいる茅舎《ぼうしゃ》で、寝泊まりしているという。

「では、居酒屋へ連れてこい」

彼は馴染みの酒亭に一部屋用意させ、恢恢と宙宙を待った。その間に料理もできあがってくる。

料亭などへ来るのは、勿体ないと思っているのか、二人はなかなか現れない。

ようやく恢恢は平身低頭で、姜維の前に進み出た。

「久し振りだな。まあ、一杯やれ」

姜維が勧めても、恢恢はなかなか盃《さかずき》を手にしようとしない。宙宙が無理やり盃を手に取らせ、酒を注いでやって何とか酒宴の形になってくる。

「こんなことしていただいて、申し訳がございませぬ」

尚も遠慮するが、宙宙が飲んだので、彼も納得して口に入れる。

「腹も空いていよう。さあ、食べろ。話はそれからでも、時間は逃げぬ」

ここまで言われ、恢恢は観念して寛ぐ気持になったようだ。

「話しにくいことでございます」

「だから、飲んで話せばよい」

姜維にも、聞くまでもなく大凡《おおよそ》の察しは付いている。母柳氏《りゅうし》や妻柳茘からの、苦情や嫌味だろう。

恢恢が項垂れるのも、尤《もっと》もだろう。

「母上は、怒っておられような?」

姜維の誘い水で、恢恢が些《わず》かに顔をあげて姜維を見る。

「最初はお怒りでしたが、だんだん真相が解ってきたので、今はもう、そんなことではありません」

姜維は、魏を離れたことで母が怒り、今こそは、楊婉の件で柳茘が怒っていると思っていた。だが、やや見立てと違うようだ。

「こちらでのことは、商人などから人伝《ひとづて》にお聞きです。蜀で地位を築けば、別に奥様や側室が付くのは仕方がないと、あっけらかんと仰せでした」

それなら、真相とは何のことだろう？

「それで母上と奥は、何がどう解ったと仰せなのだ？」

姜維が訊くと、恢恢は声を潜めて言う。

「旦那様が蜀へ行かれたのは、寝返られたのではなく、郭《かく》雍州刺史（淮《わい》）に嵌《は》められたからと判ったのです」

十年前のあのとき張郃《ちょうこう》が馬謖《ばしょく》を破って追撃したとき、姜維が側面攻撃をすれば、蜀軍はもっと崩れて、ほぼ全滅の惨敗を喫していたはずだ。

だから、そうならぬよう馬遵《ばじゅん》や上官子脩に因果を含めて、姜維の手柄にならぬよう助言に託《かこつ》けて邪魔させたのだ。

「だが、それが解ったところで、それだけなら我は、蜀へ来なかったのだ」

さすがに姜維も、反論を小声でする。

あのとき張郃が追撃し易いよう、彼は隊を双手に分けた。それが奇しくも、馬謖が逃げ易い形にも見えたのだ。それだけならば、いかな郭淮でも裏切ったとは思うまい。

「そこをたまたま、蜀軍きっての騎馬隊長馬《ば》伯瞻《はくせん》（岱《たい》）殿が居合わせて、旦那様が蜀へ寝返ったと誤解されたようで」

姜維がここまで疑問に思っていたのは、なぜ馬岱があの場にいたかだ。それに、あのような状態なら、姜維を敵と見立てて攻撃をかけ、馬謖を逃がすように行動すべきなのが、普通の軍事行動だろう。

しかし、馬岱は馬謖を助けず、姜維を味方に引き入れようとした。ここにきて姜維は、魏延が冗談めかして喋っていたことを、明確に思い出していた。

馬謖に街亭を守らせたのは、負けると判っていたからだと言っていた。二人の特別な関係を清算するため、彼を始末する方便としての策戦だったのだろうか。

そうなると、それと知っていた馬岱の態度も、納得できる。

しかし、当然のごとく姜維を迎えたのは、全く解せない。いや、それこそ諸葛亮の引き抜き策戦だったとすれば、納得がいく。その橋渡しは、蜀へ奔《はし》った馬超がしたことだったのかもしれない。

魏に「有望な男がいる」と、馬超が諸葛亮に推薦していたのではないか。「巧く嵌めて」連れてこいと、馬超亡き後の馬岱に託していたとすれば、何となく辻褄は合う。

「それで、二人は納得しているのか？」

「はい、敵国の引き抜きに白羽の矢を立てられるとは、天晴《あっぱ》れの極みと」

「しかし、そんな暢気な話をしていても、仕方あるまい」

姜維は言うが、あの二人なら、表向きは世間に詫《わ》びていても、心では夫を誇る可能性が大いにあり得る。

「敵国に身を置くは不本意なれど、それこそ人生のままならぬところよ」

姜維が一番厭だったのは、彼自身が魏の面々から、全く役に立っていなかったと酷評されることだった。

それさえなかったのなら、今は善《よ》しとせねばならぬだろう。

「しかし馬岱はあの千載一遇の場へ、よくぞ来られたものだな」

「それも調べたのですが、当時の隴西《ろうせい》（渭水盆地の西側）は、諸葛亮と馬岱が羌族を金銭と官爵で手懐《てなず》けて寝返らせていたそうです。それゆえに馬岱は何の障碍もなく、あの場にいられたようです」

恢恢は、すらすら言う。それにしても、彼のような郎党が、ここまで調べるのは並大抵ではなかったはずだ。

恐らくは行商の者らに、便宜を図ったり金銭を摑ませたりして、涙ぐましい努力の果てに話を聞き出したはずだ。

「恢恢、おまえに礼を言わねばならぬな」

「何を仰せでしょうか、旦那様。このようになったのは、天の采配かと存じます。この上は、精一杯蜀でお働きくださいませ」

恢恢は、涙ながらに言う。

「母上や奥に伝えよ。我を諦めて、養子を迎えよと。嬉《き》や嬬《じゅ》を可愛がってくれる男を」

姜維が言ったとき、突然恢恢が感極まって嗚咽《おえつ》しはじめる。

「お二人は流行病が高じて、二年前に」

亡くなっていたと、初めて知った。

「そうだったか。全く知らぬことだったとはいえ、我は不甲斐ない父親であったな」

姜維にも、涙が込み上げてくる。それなら尚更、養子を考えてもらわねばならぬ。

「母上と奥には、すまぬと伝えてくれ」

姜維も涕涙《ているい》して、恢恢の手を取っていた。少し離れて、宙宙も泣いている。

それから一刻ほど、三人は放心したように部屋にいた。食事は進まなかったが、酒だけを乾した。看板になったので、楊婉が車を廻して迎えに来た。

翌朝、姜維は恢恢を送って、成都の郊外まで行った。宙宙を馭者にして、馬車を使ったのである。

桟道の通行証も渡して遣った。

成都へ戻って屋敷へ近づいたとき、姜維は遠目で異な人影を認めた。車は正門を通過してから、廏《うまや》へ行く順路になっている。そこへは宙宙にゆっくり行かせ、彼は大廻りに裏口から屋敷へ入った。そのまま影壁の裏へ行って、ようすを窺《うかが》ってみる。

第五章　費禕《ひい》

25

「これは宙宙《ちゅうちゅう》さん、お久し振りでございます。お元気そうで、何よりかと」

馬車が来ると、明らかに黄皓《こうこう》の声がかかった。姜維《きょうい》は、すっと門前へ身を移して、宦官《かんがん》の襟元を捩上《ねじあ》げるように摑《つか》んだ。

顔を巡らせた黄皓は、姜維の顔を見て震え上がっている。

「奴才《わたし》は、何もしておりませぬ」

黄皓は言い訳するが、姜維は襟元を離さずにいる。

「以前、申しつけたはずだ。もう、我の屋敷周辺には顔を出すなと。今度は、誰に汚らしい要求をしに参った？」

「いえ、奴才は決して」

黄皓は襟から持ち上げられて、ほぼ宙吊りの状態で喘《あえ》いでいる。そこへ身形《みなり》の整った婦人たちが現れる。周囲にも同様な五、六人が扈従《こじゅう》して、心配そうな表情だ。

そこで、先頭の一段と艶やかな一人が静かに詫《わ》びを入れる。

「この者が、どのような無作法をしでかしたか存じませぬが、どうぞ、お許しいただけませぬか？」

気後れするほどの美しさが溢《あふ》れ出ているのは、きっと後宮の関係者だからだろう。ならば、宦官が従っているのも判る。

そこで姜維は、黄皓を締め上げるのを止めてやる。

「同僚が病を得て、臥《ふ》せっておるのを見舞いに来ました。この者は供をさせたまでにて、決して将軍のお屋敷へ来ようとは」

そう言われれば、野暮な腕力は控えねばならない。

「そうでしたか。ここはそなたに免じて、この者への折檻《せっかん》は止めましょう」

姜維は、そう言い措いて黄皓を離した。

宦官は、咳をして、そこでしばらく蹲《うずくま》っている。彼が屋敷中へ戻ると、宙宙も馬車を廏《うまや》へ戻してくる。

「旦那様、少々やり過ぎでは？」

「ふん、あのような輩は、あれぐらいで丁度よいのだ。宦官は、直ぐにつけあがる」

宦官は、人として一人前扱いされず身分も低い。

しかし、文官として非常に有能な一握りの者どもは、後宮の取締官や皇帝への取り次ぎ役として、思わぬ大出世を果たすことがあるのだ。

「黄皓の件ですが」

宙宙が宦官の噂を、どこかで聞いてきたらしい。恢恢《かいかい》同様に、金銭を使ったのかもしれない。余り高じると、苗苗《びょうびょう》に叱られよう。

「どうかしたのか？」

「以前、吾を強請《ゆす》りましたが、立場の弱い者には相変わらず、やっています。しかし、本日遇った宮女や皇帝には、非常に受けがよいとか聞きつけやす」

「まあ、よくあることだ。気をつけろ」

「吾には恐い将軍が付いていると判っているので、もう手出しはしやせん。でも、宮廷では重宝がられているので、案外大きく出世するかもしれません」

宙宙は言うが、姜維は高を括《くく》っている。

「主上も、あんな宦者など、いずれは偽者だと見抜かれよう」

姜維は五丈原《ごじようげん》で諸葛亮陣没後、魏延《ぎえん》と楊儀《ようぎ》が主導権を争って、互いを「反逆者」と罵り合ったとき、皇帝（劉禅）は的確な判断をしたと評価していた。

「ところが旦那様」

宙宙が、聞いてきたことの付録も話す。

「五丈原から撤退されるとき、上書が二通も来てどう判断するかは、皇帝がなされたんじゃないようですぜ」

「じゃあ、誰がしたのだ？」

「蔣 尚書令《しようしようしよれい》（琬《えん》）と董虎賁中郎将《とうこほん》（允《いん》）の、お二人です」

「助言したということだな？」

「いいえ、皇帝は上書を自ら読んでも、しっかりした判断は、全くおできにならないとか言います。ただ意地悪や残酷な仕打ちは、一切ないそうで」

不断から、宮女たちと飲んだり食べたり遊び回るだけで、政《まつりごと》には全く関わっていないらしい。

「それは、真か？」

姜維は信じられなかったが、宙宙の聞き込みは、微《び》に入《い》り細《さい》を穿《うが》っている。つまり信憑性《しんぴようせい》はかなり高い。姜維は、そんな皇帝に忠誠を尽くしているのだ。

そう思うと呆然とした気持になり、何かの間違いだと叫びだしたくなる。

建興《けんこう》十五年（二三七年）、遼東《りょうとう》郡太守の公孫淵《こうそんえん》には、魏の中央から査察を受けよと命令書が届けられていた。

赴《おもむ》いたのは将軍の毌丘倹《かんきゅうけん》だが、公孫淵は頑として、中央の要求を受け付けようとしなかった。

ここに、公孫淵と毌丘倹が烈しい戦闘状態に入った。ところがあろうことか、公孫淵が魏軍を撃退してしまったのだ。

それで調子に乗った公孫淵は、遂に燕王《えんおう》を僭称《せんしょう》した。

この話が伝わると、その意外さに蜀の宮廷は沸き返った。

「魏は東側に、敵国を持ったことになりましたぞ。これは呉だけではなく、蜀にとっても願わしいことですな」

「さよう。忠武侯《ちゅうぶこう》（諸葛亮の諡号《しごう》）の北伐で軍費が底を突き、しばらくは税収を図らねばならぬおり、これは助かります」

「そのための方法を、蔣尚書令《しょう》（琬《えん》）と費尚書令《ひ》（禕《い》）、董虎賁中郎将《とう》（允《いん》）のお三人が錬っておられましょう」

宮廷人がする話を姜維は小耳に挟み、これまでの塩鉄や酒の専売以外に何があるのか、宙宙に訊いてみる始末だった。

「へい、それじゃ、よく行く飲み屋に馴染みの宦官どもも来るので、それとなく訊いてみやしょう」

彼はそう言い、五日を経て報告に来る。

「奴らにもなかなか判りにくいようですが、専売以外で考えられるのは阿片《あへん》だとか」

「それを魏に売るなど考えられぬから、相手は呉なのか？」

呉は、荊州《けいしゅう》の北部や淮水《わいすい》の南で、魏との小競り合いが多々ある。そこには負傷者が、後を絶たない。だから治療に、阿片が必要となろう。外科手術があれば、尚更のことだ。

「はい、なんでも呂壱《りょいつ》なる男が、輸出入を取り仕切っているとか聞きつけます」

「呂壱など、あまり聞かぬ名だが」

「皇帝（孫権）の寵臣だそうで、誰も逆《さか》らえないとの噂です」

それがどの程度の量で、どの程度の利益を得ているかは、誰にも判らないらしい。それは、そうだろう。

だが、阿片と判っただけでも、姜維には知識が増えたのだ。

数日後、蔣琬と費禕から、突然の呼び出しを受けた。

姜維は、宙宙にあらぬことを調べさせ、注意処分を受けるのかと思い、やや緊張した面持ちで出頭した。

「遼東郡で公孫淵なる太守が、燕国王を僭称しているのは知っておるな？」

蔣琬が直々に問いかけてくるので、姜維はやはり戦費の話に及ぶのだと思い「はい」と応える。

「魏は討伐隊を向けたが、毌丘倹は敗れた。それで次には、司馬仲達《しばちゅうたつ》が大将軍になって、直々に出陣するそうだ」

そのように説明されたが、特に意見を求められたのではない。それゆえ彼は、ただ諾《うべな》うしかなかった。

「ついては、この隙を突いて再度の北伐を考えておる」

蔣琬の言葉に、少なくとも姜維への苦情はなさそうだ。要は従軍の打診であり、断る理由はなかった。

「心得ました。心底から、慎んでお受けいたします」

司馬懿《しばい》の出陣がこの年の内か、先になるのかは判らない。おそらくは、後者になろうと踏める。まずは平和裏に、話し合いを持つのが常道だからだ。

その上で戦争準備もなされる。魏の耳目は遼東に集中していよう。だから関中《かんちゅう》や荊州、淮南《わいなん》の防備は比較的薄くなる。それは確かだが、司馬懿はそれほど甘い人物ではない。

「では、秋に偵察隊を編制して、隴西《ろうせい》を巡回するから、小隊長級には説明を頼む」

姜維は蒋琬とともにまず漢中《かんちゅう》に入り、そこから故道《こどう》よりも西の関山道《かんざんどう》伝いに偵察することにした。入口では、陰平《いんぺい》郡太守に就任した廖化《りょうか》が待っていた。

「羌《きょう》族の迷当《めいとう》との連絡は、付いているか」

蒋琬に訊かれて、廖化は口籠もる。

「はい、いえ、羌族の首領は、なかなか我らと会いたがりませんでな」

彼は陰平郡太守に就任してから、まだ日はそれほど経っていない。それゆえ、羌族との話し合いも持てていないのが実態だろう。

羌族と一括りにするなら、馬岱《ばたい》辺りが適任者のはずだ。彼は五丈原から退却するに当たって、駄々《だだ》を捏《こ》ねた魏延の首を取ったことで名を馳せている。

ところが、あれ以来の行方《ゆくえ》がとんと摑《つか》めないのだ。一説には、羌族の権利をどんどん奪い取る魏を憎むあまり、将軍として関中に撃って出て、魏の将軍牛金《ぎゅうきん》と戦って敗れたとの話が流れている。

26

「幾つか噂を集めたのですが、迷当は馬岱の仇《あだ》を討とうと、牛金の暗殺指令を出して、自らも魏の国内へ入っていったとか」

廖化《りょうか》の説明に、蔣琬は然りと頷《うなず》く。それは充分に、あり得ることだからだ。その後、彼らは軍を率いて、関山道よりもっと西から隴西に入ってみた。

疎《まば》らにでも羌族がいる辺りには、魏の勢力はなかった。だが、姜維の故郷（天水郡《てんすい》）辺りからは、魏軍の姿が散見できた。

数ヶ月ようすを見て、物見だけを残して蔣琬と姜維は、成都《せいと》へ戻る。旬日《じゅんじつ》に一度の割合で報告は来るが、変わらぬようすがその後もつづいていた。

魏の軍が大きく動いたのは、蜀が延熙《えんき》元年（二三八年）と改元した夏である。蔣琬や董允らの読みどおり、司馬懿が太尉（軍事部門の総司令官）となって、四万人を引き連れて遼東へ行ったのだ。

その遠征軍の中に、将軍の牛金も入っていると間者からの報告もあった。だとしたら、迷当も紛れ込んでいるのかもしれない。

「やはり、かなりな量の阿片が呉へ売られているようで」

宙宙が、苦労して宦官から訊き出してきた話をする。それにしても、誰がそんなに使うのか、姜維には疑問だった。

「医療に限れば、そこまでは要るまい？」

「それが、これは余り知られていないんでやすが、栽培場の隣に凶悪犯の牢が移されているんでやす」

それが、どのようなことなのか、姜維は直ぐに理解できなかった。

「理由もなく何人も殺した下手人どもに、阿片の煙を吸わせつづけると、とんでもねえことが起こるらしいんで」

宙宙が言うのは、常習性が起こって阿片なしの生活ができず、薬が切れると禁断症状で藻掻《もが》き苦しむ事実である。

「博奕《ばくち》と一緒です。一度快感を覚えると、そこから抜けられねえんでさあ」

宙宙が言うと、説得力がある。

「この薬欲しさに、後先考えずに金銭を注ぎ込むんだなァ」

阿片が大量に出回っている謎は、これで解けそうだった。すると宙宙が、更なる話を仕入れてくる。

「呉の皇帝が、呂壱を不埒者として処刑したそうです」

「やはり、あいつが、大量に阿片を買っていたのか？」

「そうです。それも、医療などではなく、遊び半分の濫用《らんよう》です」

呉の皇族たちや、貴族の子弟に売り捌《さば》いていたのだ。そうなると、数百人相手となる。使われる頻度を考えれば、かなりな量が動くと判る。

おまけに禁断症状を呈する者が増えれば、当然原因が追究され、呂壱の横流しが発覚したのだ。

前々から皇太子（孫登《そんとう》）は、呂壱を信用せぬよう諫言《かんげん》していたが、孫権が肯《き》かなかった経緯があった。

「しかし、阿片の邪《よこしま》な使い方を知って、さすがに今回は皇帝も怒って」

呂壱は、即刻処刑されたらしい。

「ところが、この影響は、まだまだこれから現れよう」

姜維も、そのような感慨を持つ。一方で、遼東へ進出した司馬懿は、順調に戦果を示しつつあった。

遼水《りょうすい》で睨《にら》み合った後、南に軍旗を並べる陽動作戦で、北側から渡河して公孫淵軍を圧迫した。

このとき、牛金の噂が聞こえてきた。司馬懿に何らかの策を示したが、あえなく一蹴《いっしゅう》されている。

これで公孫淵は、都の襄平《じょうへい》に籠城した。

こうなると、真綿で首を絞めるようなものである。矢弾を降り注がせて、地下道を掘り進んだのだ。

地下を掘り進む音は、甕《かめ》などを逆さに埋めて耳にあてれば、鶴嘴《つるはし》が硬い土に喰い込む音が聞こえる。

その不気味さと相俟《あいま》って、かなりな長雨に祟《たた》られた時期がつづいたようだ。このため公孫淵は、遂に降服を申しいれてきた。

それでも、司馬懿は信用できぬと受け容れず、遂に公孫淵を捕らえて処刑した。

それから数ヶ月後、牛金が戦闘以外で他界したと聞こえてくる。

「なんでも、馬の次は牛が来ると吹聴して、司馬仲達の怒りを買ったとか」

「酒を飲んでる最中に斃《たお》れたので、きっと毒殺でしょうな」

宮廷にまで届く噂話が聞こえてくる。

「牛金も、何とも莫迦《ばか》なことを、言ったものですな」

姜維には、ちょっと信じられなかった。司馬懿が、そこまで短絡的な人物とも思えなかったからだ。

「いよいよ、北伐を敢行する」

蔣琬が通達を出してきたので、姜維は軍備を調える。まずは漢中へ行って、食糧や矢弾を充分に積み込むのだ。

関山道の入口で、陰平太守の廖化が待っていた。彼は、ようやく迷当に会えたと、零《こぼ》れんばかりの笑みで蔣琬に報告する。

「思っていたとおり、迷当は、やはり遼東へ行ってたそうです」

「では、奴が牛金を毒殺したのか?」

「いえ、怒って実際に毒を盛ったのは、胡遵《こじゅん》ってえ将軍らしいんです。確かに、馬の次は牛って噂を流したのは、迷当本人だったようです」

「巧く他者を動かしたということだな。正に毒を以て毒を制すだ」

これだけのことを司馬懿の傍で遣って退《の》けた迷当だけに、味方にすればかなり力強く感じられる。

蔣琬と廖化、姜維は隴西へ侵出したが、魏軍から王贇《おういん》と游奕《ゆうえき》が迎撃にきた。

「ここはお任せ下さい」

廖化が、手勢を使って撃退するという。蔣琬と姜維はお手並み拝見と、はらはらしながらも高みの見物を決め込んだ。

すると廖化は羌族の騎馬軍団まで従え、王贇と游奕の軍へ弓を散々浴びせて斬り込み、あっと言う間に蹴散らして帰ってきた。これで、廖化の評価があがり、姜維は強い味方を得たと思った。

束の間の平和がつづく。

「魏皇帝が、崩御したらしい」

延熙二年（二三九年）、そんな噂がまことしやかに飛び交った。

「まだ、三十代の半《なか》ばでございましょう。秘密の宿痾《しゅくあ》でも、ございましたか？」

姜維は宮廷人の話から、阿片の一部が魏の宮廷をも蝕んでいたのかと思った。だが、それはあり得なかった。呂壱に当たる人物が、いないからだ。

「姜司馬（維）殿、これで魏の宮中は後継者問題で大いに揺れようから、北伐の好機になりますぞ」

そう言ってくるのは、董允だった。

魏の後継者は、曹芳《そうほう》だという。実子が病のため相次いで夭逝した曹叡《そうえい》の養子である。ただ、曹操のどのような血脈なのか、はっきり摑めていない。

まだ七歳の少年ゆえに、必ず後見の大臣が必要になる。

そのような事情を抱えてくれたなら、魏からの大規模な侵攻策戦は取れそうもない。そんなときこそ、蜀や呉が魏を攻めねばと、董允は言う。

確かに魏では曹爽《そうそう》なる人物が、政《まつりごと》の実権を握り、司馬懿は閑職に追い遣られたと聞こえてくる。

「曹昭伯《しょうはく》（爽）とは、曹真《そうしん》の息子だといいます。だとすれば、曹一族ではありますな」

しかし、ここまでこれといった手柄は何もないのだ。ただ、明帝《めいてい》（曹叡の諡《おくりな》）の寵臣だったというだけの人物だ。

それは自身も自覚しているので、弟の曹羲《そうぎ》に何晏《かあん》や李勝《りしょう》、桓範《かんはん》、丁謐《ていひつ》、畢軌《ひつき》、鄧颺《とうよう》らの仲間を抱き込んで、曹爽一派として司馬懿に敢然と対抗しているらしい。

その結果、司馬懿には太傅《たいふ》という名誉職的な地位が与えられたのだ。

これはこれまでの功績に応えつつも、実権を剝ぎ取る曹爽にとっては真に好都合な人事だ。それは姜維らの蜀や孫権の呉にとっても、魏の実力が実質的に低下していくことになる。

「隴西のようすを、見てきてくれぬか？」

姜維に要請したのは、蔣琬ではなく費禕だった。廖化から、何やら面白い知らせがあったらしい。

「蔣大将軍（琬）は、また北伐を敢行されましょうや。最近、お姿を見ませぬが」

「大将軍は、奇策をお考えじゃ。実は大船団を漢水《かんすい》に浮かべて、荊州北部の魏興《ぎこう》郡や上庸《じょうよう》郡から攻め込もうとされておる」

「では、船の建造中ということですか？」

姜維の問いに、費禕は口を曲げている。どうやら彼自身は、乗り気ではないようだ。

「そうだ。漢中へ寄って、隴西の偵察を告げていってくれぬか。無論、我の名を出して」

費禕が心配しているのは、何隻もの船を建造するのに見合う戦果が期待できるかどうかだ。

姜維は、軍兵を引き連れて蔣琬を訪れた。確かに軍船は、十隻も建造中だった。これほど大掛かりになれば、魏の偵察にも懸かると思われる。

蔣琬が急いでいるのは、司馬懿が干されている間に攻めたいとの焦りなのか？

「心強う存じます。我は、隴西へ巡察に」

姜維は解せぬまま、別れを告げて隴西へ行く。関山道の入口では、廖化《りょうか》が待っていた。

27

「お久し振りです。ようやく、羌族の迷当に会うことができましてな。いろいろと面白い話が聞けましたぞ」

隴西から遼東までの道程を、変装までして馬岱の仇討ちをした遊牧民の首長が、どのような男なのか、姜維も大いに興味を示して会いたがった。

「迷当は暗殺を恐れており、当分は居処を隠しております」

その気持も解る。ようやく安全地帯に身を置いたのだから、しばらくは緊張した神経を緩めて平和を噛み締めたかろう。今は、そっとしておくに限る。

姜維は廖化にそう応えたが、素直に受け取ってはいない。蔣琬と同じく、暴れる準備に入ったと見るのが順当だった。

迷当が廖化に話したことで少し引っ掛かったのは、遼東の遥《はる》か東から邪馬台国《やまたいこく》の使いが来て、遼東の戦線を越えられず、立ち往生していたということだ。

それを司馬懿が便宜を図って洛陽へ行かせたのは、将来彼らの軍兵を魏の味方として使う目論見があるためだという。

そうなると、余った兵で呉や蜀を牽制できることになる。それもまた、ありそうな話ではある。

姜維の読みは、翌年（延熙三年＝二四〇年）に当たる。迷当は羌族を引き連れて、隴西から関中（渭水《いすい》盆地）を駆け抜けようとした。そこには同じ遊牧民の氐《てい》族も合流する。

姜維もそれに呼応して、隴西へ侵攻した。長安一帯の魏軍は司馬懿という指揮官を欠き、対処に苦労すると見たのだ。しかも、魏の鎮圧部隊の将軍は郭淮《かくわい》である。

だが、姜維の予想に反して、必死になった郭淮は思わぬ力を発揮した。軍の使い方が、かつてよりも積極的で、惜しげもなく矢を射かけてきたのだ。

殊に、彼に付いて離れぬ郭循《かくじゅん》なる副将がいて、勇猛な騎馬軍団を肉弾戦のごとく当ててきた。その影になった容姿に見覚えはあったが、どうにも思い出せなかった。

この副将郭循に、迷当を首領とする羌族も呼応した氐族も、遂には撃退された。

いやそれどころか、姜維の蜀軍も堪《たま》らず退却させられたのだ。

「蔣大将軍（琬）、申し訳ございませぬ」

姜維は漢中の蔣琬に詫びようと、陣地へ立ち寄った。だが、機密事項を論議しているとのことで、面会はならなかった。そこで手紙を渡そうとしたが、それすらも拒絶される。

軍法の厳しさは、姜維自身が身を以て知っている。そこで、拱手だけして去った。北伐の失敗に関して、処罰はなかった。

「諸葛亮ですら失敗したのだから」とは、衆人の知るところである。それゆえに許されるのも釈然としないが、わざわざ降格や減俸を願い出るのも憚《はばか》られた。

延熙四年（二四一年）になって、呉からの誘いで蜀も魏を攻めることになった。このとき姜維に課せられた任務は、再度隴西の警戒だった。

つまり、前回の失敗に対する罰が、このような形で現れたのだ。

この両国が軍事同盟しての魏攻撃も、結果的には失敗に終わっている。呉は全琮《ぜんそう》や諸葛瑾《しょかつきん》、朱然《しゅぜん》、諸《しょ》葛恪《かっかく》らが撃って出た。

だが、王淩《おうりょう》だけでなく司馬懿まで出して対抗した魏が、彼らを撃退している。漢中の水軍も、出帆する前に蔣琬自身が重篤な病状になったため中止されている。

姜維はその為体《ていたらく》を聞き、昨年自分の面会が謝絶されたとき、既に病気だったと知った。

この年、呉の孫権には不幸が襲った。

「皇太子が、お隠れになったと言いますな」

孫権の長男、孫登《そんとう》が薨《こう》じた。死因は発表されていないので、病没か事故かは判らない。

彼は文武両道に優れていただけでなく、思い遣りなどの人間性にも優れており、諸葛恪や張休《ちょうきゅう》、顧譚《こたん》、陳表《ちんぴょう》など有能な若手を率いる中心になろうとの期待があった。

優れている故の妬《ねた》みから、暗殺されたことも考えられる。もっとも、彼自身が阿片を使っていたとは考えにくい。これも考えようでは、蜀の脅威が減ったと取れるのだ。

漢中で臥せっていた蔣琬が、涪《ふ》へ移ったのは延熙五年（二四二年）だった。見舞いに行くのも、彼の失意を逆撫でするようで憚られる。だから姜維は、見舞いの手紙を宙宙に持って走らせた。

「殿は、御無事で宜しゅうございました」

今日は楊婉《ようえん》が、腕に縒《よ》りを掛けて馳走を作ると言う。軍以外の夕餉《ゆうげ》は久し振りだった。

「旨いとは、このような食事に使うのだな」

姜維が言うのは世辞ではなく、彼女の心が味に染みているという意味の褒め言葉だ。

「そう言っていただけると、作った者は悪い気がいたしませぬ。もっと、努めなくてはと存じます」

楊婉は素直な性格で、言葉の裏を探ろうとはしない。母の柳氏《りゅうし》と柳茘《りゅうれい》は、離れていれば癖はない。だが二人が揃うと、姜維を取り合う余り、結託しての粗探しになる。それだけは御免で、彼はいつも二人の前から姿を消していたのだ。

今日のようになったのも、遠い人生の分岐点を、さもありなんと、無意識に梶《かじ》を切っていたのかもしれない。

半年余りは、妻や倅《せがれ》の誼《ぎ》との平穏な生活ができそうだった。

「呉の国が、大変なことになりそうですな」

「皇太子登殿の後継は、あっさり三男の公子和《か》殿に決まったかに思いましたが、四男の覇《は》殿も同格に扱うとかで、宮廷は真っ二つに分かれましたぞ」

「これは、蜀にとっては吉報ですな」

世に言う二宮事件の幕開きである。

これにて、呉は大いに揺れる。また、魏でも政治的能力がない曹爽一派が宮廷を牛耳るため、他国へ撃って出る策戦が立てられなかった。

それは蜀が飛躍する絶好の状況だった。だが、天はそれを許さなかった。

「蔣大将軍（琬）の具合が、一段と悪うなってな。北伐は断念せねばならぬだろう」

季節が二つ移った頃、費禕と董允の二人から、姜維はそのように告げられた。

彼らの思ったとおりに、延熙六年（二四三年）を迎えると、蔣琬は涪《ふ》から馬車に揺られながら、ゆっくりと成都へ戻ってくる。

費禕と董允が早速見舞いに行くが、彼は予想を違えず北伐を取り止めよと明言した。

「かといって、そのまま放っておけば、魏が隴西から西を確保するだろう」

「いや、それだけでは終わらず、蜀を北西から侵すのは必定だ。捨て置けぬぞ」

費禕と董允は、口々に漢中から北西に防禦の重心を置きたいのだと言う。つまりは、姜維の力に頼っている。この依頼に、姜維は「否」と反抗する気持にはなれなかった。

引き受けねばならず、「諾」と応える。すると、それなりの地位に据えられる。

「おい、我は鎮西大将軍兼涼州刺史《りょうしゅうしし》に任ぜられた。また、向こうで生活せねばならぬ。しばらく成都ともお別れだ」

「それなら、我らも一緒に参ります。宙宙も苗苗も連れていってはいかがです？」

楊婉の一言で、屋敷の維持管理の何人かを残して、姜家の大移動が決まった。家族と郎党で大掛かりな準備が始まり、旬日足らずで荷造りを終える。

姜維は、梓潼《しどう》郡の涪《ふ》へと居を移した。最近まで蔣琬が療養していた所だ。彼が屋敷としていた所を、そのまま使う恰好だ。

梓潼郡は北に武都《ぶと》郡、その左右に陰平《いんぺい》郡と漢中《かんちゅう》郡を臨み、北の三方のどちらへでも、速やかに進軍できる。

しっかり腰を落ち着けて、北伐の機会を狙うには、絶好の位置取りである。それは、蔣琬の願いでもあった。

成都の屋敷は、無論残してある。いざとなれば、往復も簡単にできる。そのことを考えても、涪は好い場所であった。

「曹昭伯《しょうはく》（爽）が、おのれの実績を作るため、漢中侵攻を狙っていますぞ！」

延熙七年（二四四年）になって、間者から早速そのような報告が入ってきた。それは、漢中から涪、成都へと伝わる。

司馬懿には武勲が数々ある。だが、曹爽にはこれという手柄が何もない。それゆえ、ここで天下に誇る実績を上げて、自らの経歴に箔を付けたいのだ。

そのための漢中侵攻であるから、大義などないも同然だった。つまり、兵卒の指揮は上がらないと見ていい。

侵攻の意図を摑んだ成都では、費禕が現地へ赴くという。漢中の蜀軍は王平《おうへい》を中心に、急いで対策を練った。

漢中には、将軍王平率いる三万人足らずが駐屯するが、ここへ魏軍十万が攻めてくれば堪らない。漢中の諸将の中には、悲観論を吐く者もあった。

「開城（漢中の砦）など捨て、後方の漢城と楽城《らくじょう》を死守して涪からの援軍を待とう」

歴戦の猛者将軍たる王平は、それだけ聞いてにやっと嗤《わら》う。

「おまえら、いい加減にしろ！　曹昭伯（爽）など、素人もいいところだというのが、判らぬか。いいか、十万人がすんなり漢中に入れると思うから、そのような議論になる。それだけの兵員が、一時《いちどき》にあの険しい桟道《さんどう》を渡れると思うのか！」

王平の一喝に、諸将ははっとした。自分たちが五丈原で陣を張ったとき、どれだけ苦労して兵員を送ったかが蘇ってきたのだ。

「いいか、魏軍は駱谷道《らくこくどう》を通る。興勢《こうせい》辺りが一番の難所だ。そこで喰い止める」

28

「他の桟道には、敵から見晴らしの良い所々へ幟旗を何本も立てて、突破し辛いと思わせるのだ」

そうしておいて、涪の姜維にも策戦を披露して伝令を送る。

「王将軍（平）からの伝言です」

内容を聞いた姜維は、涪から漢中へ援軍を送る態勢を調えるという。そのときには、費禕が大将軍として涪へ着いていた。

「我に、他の御指示はありませぬか？」

伝令は、その質問に応えられない。そこで費禕が、代わりに応えてやる。

「姜伯約（維）殿には、これから先も北の守りを担当して貰わねばなりますまい。よってこたびは、我らが片を付けるので、自重していただきたい」

永く地味な北方警備が、これからもつづくということだ。このとき姜維は、「天命」なる言葉を思い出していた。

王平の策戦は図に当たり、夏侯玄《かこうげん》や司馬昭《しばしょう》、郭淮《かくわい》を将とする魏軍は、駱谷道の興勢へと集中してきた。王平の蜀軍は、それへ高所から石を落として打撃を与えていた。

魏軍はそれ以上に進めず、物資補給のため彼らに協力させられていた羌族や氐族も、かなりな人馬が谷へ落ちて損害を蒙った。

成都から出てきた費禕は、王平の策戦を聞いて陣地で落ち着いていた。この魏が惨敗した戦いは、後世「興勢《こうせい》の役《えき》」と呼ばれることになった。

延熙八年（二四五年）、成都に引き籠もった蔣琬《しょうえん》の病状が、更に悪化したとの報告が入った。彼の代わりに大将軍の肩書きを持った董允が、蜀を率いれば好いのだが、それもまた難しくなった。

董允自身も、体調を崩しているからだ。そのことは、成都の屋敷をときおり管理に帰る宙宙から聞き及んだのだ。

「蔣司馬（琬）が、かなり重篤な状態にありますので、董尚書令（允）のことは、あまり表沙汰になっていないようです」

それにしたところで、決して良い話ではない。これで、諸葛亮に匹敵する仕事ができるのは、費禕だけしか残っていない。

「もう一つ御注意がございます」

宙宙は申し訳なさそうに低頭し、小声で告げる。それは、姜維に不都合になることへの、前置きのようだ。

「今まで、主上（皇帝劉禅）は何かにつけて、後宮の女性をもっと増やすよう要請されていました。それを、董尚書令が抑えておられたのです。ところが、最近の健康状態に付けいって、宦官の黄皓が飛び回って便宜を図っているとか」

黄皓と聞いて、姜維は口腔に苦い汁を含んだような不快感を覚えた。皇帝や後宮の女性に便利がられて、宦官は出世していくのだ。その度に、宮廷内の道理はなくなっていく。

「そうか、我も注意せねばならぬな」

宙宙は、その他にも飲み屋で顔馴染みの宦官たちから聞いてきた話をする。

「呉の二宮事件は収まる気配がなく、内紛はいよいよ激烈だとか」

「最近も二派が互いに讒言《ざんげん》を繰り返して、一派の面々が流されれば、もう一派が処刑されるようなありさまとか」

姜維はこのように聞くに付け、孫権も阿片を常用して、禁断症状から錯乱に至ったのではないかと思った。

もし諸葛亮が仕掛けた策戦だったのなら、彼の死後までも充分に効力を発揮していることになる。

また魏では、曹爽が権力の中枢を担《にな》いつづけているとのことだった。鼎立《ていりつ》している他の二国の政《まつりごと》が停滞しているときこそ、蜀が頭一つ抜け出る絶好の機会である。

それが、有能な大臣の健康重篤と重なってしまい、みすみす逃すのがなんとも歯痒かった。せめて皇帝（劉禅）が、もう少し他国の情勢に関心を持ってくれればと、地団駄を踏みそうになる。

それからしばらくの間は、陰平郡太守の廖化《りょうか》と会談し、周辺の状況を聞いてみた。それによると、興勢の役で無理やり物資運搬役をさせられた羌族と氐族の遊牧民が、魏を頗る《すこぶ》恨んでいると判った。

姜維はそのことに興味を示し、羌族の首長たちと会ってみた。それは白虎文《はくこぶん》や治無戴《ちぶたい》、餓何《がか》、焼戈《しょうか》らであった。

遊牧民らしく、皮革製の武弁《ぶべん》や鎧がよく似合っている。寒いときには、それが毛皮になるらしい。彼らが口々に言うのは、魏側の搾取《さくしゅ》と自由の制限だった。

「一泡吹かせねば、気が収まらない」

それが彼らの、締めの言葉だった。

「そのときには必ず我らも一肌脱ぐので、協力させてくれ」

連合軍を組むことで、姜維と廖化、羌族の首長らとの合意がなった。それ以外、特に軍事的な動きもできず、その年は終わる。

延熙九年（二四六年）になると、遂に来るべきときが来た。蔣琬と董允が、相次いで鬼籍に入ったのである。この二人がいなくなれば、後を嗣《つ》ぐのは費禕《ひい》しかいない。

蔣琬の葬儀後の費禕は、大将軍のまま事後を整理した。宮廷人や高官、官僚、後宮の女官らが動揺せぬよう、現在の魏や呉の内情を細かく話してやった。

「呉は二宮事件なる内部分裂で、魏は頼りない皇帝を自分のことしか考えない曹昭伯（爽）などという奸臣《かんしん》が支えている。そんなことでは、双方とも蜀に対して、大したことはできますまい」

「蜀は、費大将軍（禕）と姜将軍（維）がいるかぎり、安泰でございます」

宮廷ではこのように言われ、取り敢えず人心は乱れなかった。

一方現実的に漢中と関中の間は、魏と蜀の目に見えぬ鬩《せめ》ぎ合いがつづいていた。ここで一番気にしなくてはならないのは、周辺に多くいる遊牧民、特に羌族の動向である。

以前、廖化の紹介で誼《よしみ》を通じていた部族の首長たちが、反乱を起こす準備を入念に重ねていた。

反乱とは、魏の役人が管理している城邑を襲撃して、政務を混乱させることと、軍が駐屯している砦の食糧を奪い取り、軍備を破壊したり略奪したりすることである。

その結果として、鎮圧にかかってきた兵を抹殺することはあるが、当初から殺人が目的ではない。

「そろそろ、準備が調ったようですぞ」

廖化から、そんな知らせが来ていた。

延熙十年（二四七年）、年明けから羌族が魏領内の涼州で暴れていた。姜維にすれば、ある日一斉に爆発させればと思っていたが、なかなか意思統一が取れぬのだろう。

ただ、このようにすると、魏の討伐軍に準備期間を与えてしまう。それは輜重《しちよう》を拡充させるのもさることながら、おそらくは気持の準備の方が大きいだろう。

こうなると魏軍は、郭淮と夏侯覇《かこうは》が鎮圧の準備を始めた。

夏侯覇と聞いて、姜維は初めて彼に会ったときのことを思い出す。印象は、決して悪くはなかった。あれは二七年前の、魏が建てられた黄初元年（二二〇年）である。

魚鱗状の美々しい鎧武者の貴公子は、姜維には簡単に近寄れない存在だった。あのおりに、副将だった上官子脩《じようかんししゆう》に、郭淮へ報告しようかと尋ねると、不仲だからわざわざの報告には及ばないと注意を受けたものだった。

この三十年足らずで、二人がどのように心の壁を取り除いたのか、それとも更に高く厚くしたのかは知るところではない。

もし後者であれば、蜀側からは却って戦い易いと、皮肉で意地悪な考えをしている自分が可笑しかった。

羌族の白虎文《はくこぶん》や治無戴《ちむたい》、餓何《がか》、焼戈《しょうか》が立ち上がり、他にも伐同《ばつどう》や蛾遮塞《がしゃさい》らも、部下を引き連れて魏に反旗を翻した。

討伐に出てくるのは、郭淮と夏侯覇を将軍とする魏の正規軍である。彼らが二隊に分かれて進軍を始め、羌族を鎮圧する。郭淮は隴西北方の狄道《てきどう》に侵出し、夏侯覇を魏に近い為翅《いし》に置いた。

姜維は、廖化《りょうか》と双手に分かれ彼を涼州に近い狄道へ向け、自分は夏侯覇が陣を置く隴西（為翅）方面へ侵出した。つまり羌族と馴染みの廖化が行くことで、羌族が暴れ易くしたつもりだった。

一方で隴西の東部へ姜維自身が出むけば、隴西の魏軍は倉庫や砦がいつ襲われるか戦々兢々としていよう。

それが姜維の付け目である。

ところが、そこで郭淮が知恵を働かせたのである。彼は羌族鎮圧の専門家だが、今回は夏侯覇だけに姜維を攻めさせ、自らと諸将の軍を廖化攻撃に特化した。

当初姜維は、魏側の将軍が夏侯覇だけと聞き、不思議に思っていた。なぜ郭淮が自分を襲ってこないのかが、謎だったのだ。

普通なら自分が陥れた相手に復讐されまいと、必死になって攻撃するはずだ。それがわざとのように、廖化に攻撃を集中させていると判った。このままだと、軍勢の足りない廖化が危なくなる。

姜維は夏侯覇の軍から退却するように、廖化の軍へ合流しようとした。すると、隴西の北へ移動するわけだ。それに合わせて、羌族の兵も引いていく。

状況としては、総崩れの恰好だ。

このようになって、姜維は初めて郭淮の策に嵌まったと焦った。自分が廖化を助けに行けば、却って動きが自由にならない。だから、廖化へ使節を出して状況を説明し、退却するよう指令した。

29

「白虎文と治無戴らが、夏侯覇に降服しようかなどと弱気になっています」

斥候《せっこう》からそのような報告を受けた姜維は、彼らに発破をかけに行く。

姜維からの連絡で、郭淮から遠く離れた廖化は別の退路で進みながら、大廻りして夏侯覇軍を圧迫した。

隴西から蜀へ入る道は、複雑に入り組んでいて、土地勘においては魏の将軍たちより、蜀の姜維らの方が一枚上手である。

こうして魏軍に策戦を機能させず、反乱羌族が魏に帰順することを防いだ。しかし、更にこのまま安全を確保して、蜀の領土へ編入せねばならない。

姜維は隴西の道を戻り、西南方面へ廻ってから、蜀領内へ入っていく。魏軍に襲われぬため、この行動はなかなか簡単にはいかなかったのだ。

紆余曲折して魏軍から逃れている内に、延熙十一年（二四八年）の半《なか》ば、夏になってしまったのだ。

「魏の司馬仲達は、全く惚《ぼ》けてしまったそうだ。もう、政《まつりごと》への復帰は無理らしい」

「魏は、曹昭伯《しょうはく》（爽）の独擅場《どくせんじょう》ですぞ」

そのような噂がもう何ヶ月も前に流れてきたが、姜維はそれどころではない。

彼が是非しなければならなかったのは、反乱を起こした羌族の行き先を決めることだった。魏領内で立ち上がった者らは、もうそこには住めないのだ。

涼州へ去った者たちは、そのままでもよい。曹爽の率いる魏は、奥地までの追及はしないはずだ。だから、蜀領へ入った者たちの今後を世話するのである。

彼が八方手を尽くして調べると、陰平郡や武都郡には、彼らを受け入れる土地は多々あった。無論、周辺の羌族で反対する者らはある。以前の諍《いさか》いが尾を曳き、武器を取った一派もあったが、それは姜維が鎮圧した。

これにて羌族の居処を決め、蜂起してくれたことへの義理は果たした。この年、将軍の王平が卒した。

明けて延熙十二年（二四九年）になる。

年頭に、ある意味で起死回生の事件が、魏の洛陽で起こった。惚けて前後の判断すらできないはずだった司馬懿が、曹爽一派を欺《あざむ》いた恰好で、屈伏させたというのだ。

十年前に崩御した明帝（曹叡）の墓参に出かけた現皇帝（曹芳）と曹爽一派は、護衛兵も少なかった。それを見越した司馬懿と一族は、洛陽を封鎖したのだ。

司馬懿らが担いだのは明帝の皇后だった郭皇太后で、彼女の権威の元で魏軍を掌握したのだった。全面対決しても敵《かな》わぬと見た曹爽一派は、命と財産の保全を条件にあっさり全面降服したという。

高平陵《こうへいりょう》の変、と言われる事件である。

姜維はこの政変を、立ち回り先の漢中で廖化と一緒に聞いていた。一瞬は他人事と思ったが、決してそうではないと、馬に跨《また》がりながら天を仰いだ。

「さすがは利《き》け者の司馬仲達。これで魏は、今まで以上に侮れぬ相手となりますぞ」

廖化の感想は当たっている。彼の頭脳は、曹爽などとは比較にならないのだ。

「心してかからねばならぬな」

姜維は何気なく応えたが、かつて文帝（曹丕《そうひ》）に付き従っている姿を思い出していた。あのときも輝いていたが、それに磨きが掛かっていると思っただけでも身震いを覚えた。とにかく、司馬懿と聞いただけで、蜀には緊張が走る空気があった。

「こんなことが、起こるとは」

まるで流行語のごとく、その台詞がしばらく成都や涪などの周辺で使われた。だが、その同じ台詞が、別の事柄で使われるようになっていく。

司馬懿が実権を握っていく過程で、魏宮廷での人と人の力学が変わってきている。それは単に、曹爽が降服したからだけではない。それ以後に処刑されたのだ。

理由は謀反の嫌疑だ。皇帝（曹芳）を暗殺して自分が即位する謀議が進行していたらしい。証拠もあがっていた。そのため曹爽は、本人及び一族全員が処刑された。

彼の取り巻きだった弟の曹羲《そうぎ》と、何晏《かあん》や桓範《かんはん》、李勝《りしょう》、丁謐《ていひつ》、畢軌《ひつき》、鄧颺《とうよう》らも処刑されたらしい。そして彼らだけに限らず、その仲間も処刑されている。

こうなると曹爽一派でなくとも、その取り巻きと昵懇《じっこん》であっても捕らえられそうだ。また司馬懿に近い人物と不仲であった者も、謀反を誣告《ぶこく》されて処刑されるかもしれない。

このような魏の混乱した情勢の中から、あろうことか夏侯覇《かこうは》が蜀へと亡命してきた。

「まさか、あの貴公子が？」

姜維の口から、最初に出たのがその言葉だった。これまでの経歴や身分、人間関係など自らの総てを抛擲《ほうてき》して、別の社会へ身を移すことが亡命だ。

姜維から見れば、夏侯覇には恵まれた血統と環境があり、そのような行為から、一番遠い存在のように思えていた。だが、それは他人の羨望に過ぎない。

じっくり考えれば、彼と郭淮の不仲は以前からで、その郭淮が司馬懿と昵懇なら、司馬懿と特に親しくない夏侯覇は不利になる。また、夏侯氏が曹氏と姻戚関係ならば、それを乗っ取ろうとしている司馬氏は、好い感情を持っていないと見るべきだろう。

それならば、夏侯覇が身の危険を感じて亡命してくるのも、宜《むべ》なるかなである。夏侯覇は成都で、費褘や周辺の宮廷人に紹介され、何とか地位を確立したようだ。

彼に関しては、蜀へ来て有利な条件がもう一つあった。劉禅の皇后張氏の母が、実は夏侯氏であることだ。母親の夫は、五虎将の一人張飛《ちょうひ》である。

もう半世紀も前の官渡《かんと》の戦い直前、劉備は袁紹《えんしょう》側に付いていた。だから前哨戦として、張飛は曹爽の故郷、譙《しょう》県で攪乱戦を実行していた。その一環として、土地の娘を攫《さら》ったのだった。

それが、父夏侯淵《かこうえん》の従弟の娘にあたる女性だったのだ。双方に面識があったとは思えない。だが、血統は血統である。そうならば夏侯覇は、蜀皇族の端くれに繋《つな》がるわけだ。

そのような意味でも、彼は蜀における地位を確保しつつあると言えよう。

蜀の宮中や巷で、夏侯覇の話題がようやく下火になりかけた延熙十三年（二五〇年）、呉の二宮事件にも決着が降《くだ》った。

皇太子だった孫和《そんか》は、廃されて南陽王に格下げになった。一方の孫覇《そんは》は、自害するよう命じられた。裁定に差があるのは、両派相争ったときの被害状況を逆に換算したらしい。

双方の支持者にも、棒叩き放逐、遠島、左遷などがあった。そして処刑と誅殺《ちゅうさつ》で命を失った者らが何人も出た。

この処置を聞いた姜維は、やはり孫権は阿片で錯乱していると感じた。

「混乱総ての原因を作った張本人は、孫権自身ではないか！」

諸悪の根源と言いたかったのは、呉人の皆であったろう。この十年の国家的総損失は、十回の敗戦に相当しよう。

「後は、勝手に復興を目指すがいい」

蜀の宮廷人は、吐いて捨てるように言う。

「新たな皇太子（孫亮《そんりょう》）は、七男にてまだ七歳ですぞ。これは、ある意味蜀にとっては吉報かもしれませぬぞ」

「ここで困るのは」

もう一人が、改めて言う。

「魏が攻めて来たときに、連合国として頼りにならぬことです」

実際この混乱に乗じて、魏から州泰《しゅうたい》と王基《おうき》、王昶《おうちょう》らが攻めて来た。これを呉は、戴烈《たいれつ》と陸凱《りくがい》らが必死に防いでいた。

蜀と魏の、漢中から関中の戦いでは呉の協力は得られない。彼らが淮南や荊州北部で魏軍と対立してくれれば、西方への輜重の供給が遅れるなど、間接的な蜀の助けになる。

そう思うと蜀の軍事関係者に、少しだけ明るい未来が見える。ところが魏において、奇妙な反乱が起こった。首謀者は王淩《おうりょう》といい、曹芳に代えて曹彪《そうひょう》を立てようとしたらしい。

だが、司馬懿に察知されて捕らわれ、一族誅殺の刑にされかけた。ところが、郭淮の妻が王淩の妹だと発覚した。

それは延熙十四年（二五一年）の初夏だ。

結局のところ郭一族が助命嘆願に動き、司馬懿の一存で彼女だけ助かった。これで郭氏と司馬一族の結び付きが、更に強固なものになる。郭淮は、かなり疲れたようだった。

こんな状況で、これまでの話に眉をひそめていた者らの顔が、ぱっと明るくなる事態が起こる。夏も盛りの頃に洛陽でのことだ。

「司馬仲達が、黄泉《よみ》へ旅立ったようだぞ」

誰もが、頬を抓《つね》りたい気持だった。

「郭一族を助けたのが、仇《あだ》になったか?」

郭淮やその一族に反感を持つ者らは、そのように陰で囁《ささや》いたが、何の根拠もない。

夏侯覇の亡命事件から後、魏から蜀へ降って来る者らがますます増えている。それは、仲達が卒したとはいえ、司馬氏の確立した一族の権力構造ゆえであろう。

司馬一族が台頭すると、今までの曹爽との関係を問われ、冷飯を喰わされかねない者たちが、戦々兢々としている。その中には、かつて司馬氏に辛く当たっていて、復讐に怯えている者が多いのだ。

「それが、亡命者の増加に繋がるのだな」

「しかし、それも大いに使えることですぞ」

宮廷人は、どのようなことでも自国へ有利に導こうとする。それ自体、悪くはない。しかし、事態はいつも、思わぬ方へと動く。

30

「魏の武将郭孝先《かくこうせん》が、亡命してきたとか」

費禕に、漢中や隴西のようすを報告するため成都を訪《おとな》っていた姜維は、たまたまその名を耳にした。

「郭伯済《はくさい》（淮）の副将をしていた男で、循《じゅん》というのが諱《いみな》らしいです」

「伯済の立場が上がっても、奴に恩恵が及ぶどころか、却って逆に作用したのかな？」

費禕はそのように言って、特段気にするようすもなかった。だが、姜維には気になる何かがあった。彼の姿形に何か引っ掛かるものがあったからだ。

彼は、もう敵ではなくなった郭循を、不意に尋ねてみたくなった。相手は、亡命者専用の長屋屋敷にいるらしい。

長屋屋敷全体は柵で囲われていて、門衛が二人立っている。まだ信用が、充分でないということだろう。思えば姜維自身、郭循と同じ亡命者だった。だが、このような扱いを、されたことはなかった。

姜維は門衛に来意を告げて、通してもらう。郭循の住まいは、暗く奥まった一角にあった。彼が声をかけて玄関を開けると、一応下働きの見張りを兼ねた男が出てくる。

「どちらさまで？」

訪ねてくる者など、ないのだろう。男は不思議そうな面持ちでいるが、姜維と判って、「お待ちを」と低頭する。

彼は奥へぼそぼそと取り次ぎに行く。長屋といっても、三部屋ほどはあるようだ。

「何用でございましょうや？」

出てきた男は髭が茫々《ぼうぼう》としているが、姜維は姿形に記憶があった。

「我はそなたと、隴西で戦ったことがある」

そう言われて、相手が姜維をじっと見る。

「それで、我を討ちに来られたか？」

「亡命してくれれば、蜀の味方になられよう。討つ必要などない」

「ならば尚のこと。何用でしょうや？」

「我の名に聞き覚えは、ございませぬか？」

「隴西で戦ったときに、聞きました」

その程度なら、それ以上に興味がなかったことになる。埒が明かぬので、姜維は長屋を去ろうとした。

そのとき、郭循の横顔が過《よぎ》った。すると、彼の小鼻に黒子《ほくろ》が見えた。

「あっ、そうか。あのときの年長者、確か脩《しゅう》と呼ばれていたな」

姜維が、何かを思い出して声を出す。すると郭循も、もう一度姜維の顔を見直した。

「冀城《きじょう》の役所へ初めて出向いたおり、おまえは我に草刈りをさせたな」

言われて郭循の表情に、軽い怯えが奔る。

「その仇を取るとな？」

「子ども時代のことに、仇などあるものか。その後で、城門補修の図面を尹《いん》監督（賞《しょう》）に届けたときも遇っている。棗《なつめ》を貰ったな」

「我は、その尹監督を頼ってやって来たが」

「もう、鬼籍に入られた」

一緒に蜀へ亡命した上官子脩《じょうかんししゅう》も、最近亡くなった。「脩」の字も、そこに重なる。

「だが、郭伯済の下にいたのなら、蜀で重宝がられよう」

「確かに司馬仲達殿は、我を買って副長格に押し上げてくれた。我は孤児だったので、郭一族の養子扱いで、郭循となったが、郭伯済はそれが気に入らぬのだ。できることなら、蜀の北伐で、あいつを叩《たた》いてやりたいのだ」

だから蜀へ来たのなら、話の辻褄は合う。

「費大将軍なら、そこを評価されよう」

姜維が言うと、郭循は引《ひ》き攣《つ》ったような笑いをする。まだ、緊張が抜けきらぬようだ。

姜維は納得がいったので、後は魏の司馬氏の当主継承はどうなるか、などの四方山話をして別れた。

長屋屋敷の門を出ようとしたとき、見送りに来た見張り役の小者が問う。

「あのお方が、郭伯済の副将だったたってえのは、本当のことで？」

「ああ、我は隴西で、奴と何度か対峙した」

門を出るとき、小者は最敬礼で送り出してくれた。

それから、また涪へ取って返していった。姜維にとっては、巡察と警戒や報告だけの日々が過ぎていく。

そして延熙十五年（二五二年）に変わった一月、呉の孫権が崩じた。当然ながら孫亮が皇位を継ぐわけだが、まだ若いので諸葛恪《しょかつかく》が後見人になるらしい。彼は諸葛瑾《しょかつきん》の息子で、諸葛亮の甥に当たる人物だ。

司馬懿と孫権が相次いで黄泉へ逝ったのであれば、蜀にとってはこのうえもなく好い条件が揃ったことになる。

皇帝劉禅が、政に興味のある人物ならば、この状況を利用して領土拡大を図ろう。しかし、劉禅は宮廷の女官を増やすことにしか興味はないようだ。

劉禅が性懲りもなく女官の増員を希望したとき、董允は古来の後宮の人員を静かに言い募り、断念させていた。

しかし、董允が卒してからは、黄皓が便宜を図って宮女を何人も招き入れているらしい。それでも費禕が、黄皓を叱って一部阻止して思うままにさせなかった。

だが、費禕も魏や呉へ侵出しようとは考えていない。

「我らが諸葛丞相には、遥かに及ばないのは解っていよう。今は内政に力を注ぎ、外征は人材の育成を待とうではないか」

費禕は、諸葛亮のような天才でさえ北伐はできなかった。ましてや我ら凡人に、できるわけがないという論法だ。

だから姜維にも、北伐は断念せよとて、多くの兵を与えていなかった。息子の姜誼《きょうぎ》は、南方勤務校尉に宛てられている。

「魏が、大喪を発した呉へ、侵攻したぞ」

それ見たことかと姜維は思う。

魏は、司馬懿の長男司馬師《しばし》が全権を掌握し、王昶《おうちょう》、毌丘倹《かんきゆうけん》、胡遵《こじゅん》らを将軍にして七万で淮南地方へ侵攻した。

だが、呉側は諸葛恪の指揮の下に、留賛《りゅうさん》や呂拠《りょきょ》、唐咨《とうし》、丁奉《ていほう》らが四万で応戦した。そのとき、軍勢の差を侮って魏軍が油断しきっているのを見て、一気に攻め入った。

これで魏軍は総崩れになり、呉は魏を撃退したのだった。

「こんなとき、呉に応じて北伐していれば、きっと成功していたに違いない」

姜維は独りごちて悔しがっていたが、そのままでこの年も過ぎた。

延熙十六年（二五三年）、成都の宮殿で新年の宴があったらしい。姜維には、招待の呼び出しが懸からなかったのだ。

費禕が、わざと北方警備のためにそうしているのか、宦官の黄皓が悪意で操作しているのかは不明である。

だが、行かなくて、好かったのかもしれなかった。あろうことか、その席で費褘が刺殺されたのである。

「誰が刺したのだ？」

報告に来た伝令に、姜維は詰め寄らんばかりに訊いていた。そこで、意外な名を聞く。

「亡命将軍の郭《かく》孝先（循《じゅん》）です」

聞いた途端に、姜維は気が遠くなる思いだった。せっかく昔の誼《よしみ》があって、隴西で干戈《かんか》を交えたこともあり、それを逆手に取って上手く付き合いたいとの希望があったのだ。

それが何の因果か、只の刺客だったとしたら、見る目のなかった自分が呪《のろ》わしい。

「主上（劉禅）からの質問状がございます」

政に関心のない皇帝が、何を訊くのか不可解だった。だが、言うことに耳を澄ます。

「最近、郭循に会っていたというが、どのようなことを話したのか？」

劉禅が、知っているわけがない。多分、下働きの男が喋ったのだ。

「古い顔馴染みとて、訪ねたのです。隴西では、お互い戦ったこともございました」

使いは、それを書き留める。

「かつて、付き合いはあったのか？」

「役目柄の接触だけで、個人的な付き合いなどは、一切ございません」

他にもあったが、たわいないことだった。

その後、費褘の暗殺から一月ばかり経ったとき成都からの呼び出しがあった。

「人事異動につき、急ぎ戻ってこられよ」

それなら、成都勤めになるのかもしれなかった。姜維は供を百人ばかり連れて、成都へ入った。操練場の傍に併設された将軍の館舎に入ると、宮中から宦官が飛んでくる。

「明日、異動の通達式がございますので、衣冠束帯にて、おいで願わしゅう」

どのような命令が出るのか、気が揉《も》めた。郭循の一件以来、成都で何が話し合われていたのか、一切判らなかった。

暗殺された費禕は、北伐に消極的だった。したがって、姜維は北の勤務はお役御免になって、成都周辺の警護になる可能性が非常に高いのだ。

そう思っていたが、郭循との関係を必要以上に誤解されれば、南方の湿度が高い僻地《へきち》へと、左遷される可能性も出てくる。

南方と言えば、そこで戦果を上げたのが、将軍の張嶷《ちょうぎょく》である。夏侯覇が亡命してきたとき、是非とも彼に挨拶したいと切望していたが、張嶷側が拒んだとの経緯がある。

夏侯覇は将軍としての技量を、南方で使って欲しいと思ったのだ。古巣の魏と干戈を交えたくないのは人情だ。だが、我がまま勝手の印象を、嫌われたようだ。

いよいよ、異動の口上が述べられると、さすがの姜維にも緊張が奔《はし》る。

「姜維に、費禕の後任としての、大将軍扱いを命ずる。主に北部の警備と、魏への攻撃と防禦を任務とする。慎んで受けるよう」

皇帝（劉禅）に代わって、宦官が高い声で辞令を読んだ。いわば、文句のない栄転である。姜維は、頓首《とんしゅ》して恐縮の仕草をする。

第六章　鄧艾《とうがい》

31

このような人事になったのは、魏が下した刺客郭循《かくじゅん》に対する評価に拠《よ》っている。

姜維《きょうい》は、事件後の郭循がどのようなことを話したのか気になっていた。だが、彼は事件直後に斬り捨てられている。つまり、何も喋ってはいないのだ。

問題になったのは、魏の朝廷側が下した故人（郭循）と遺族に対する扱いだ。

「降服しても尚、故国への忠誠心を失わず、敵国に一矢報いた気骨は天晴《あつぱ》れである」

このような賛辞とともに、長楽郷侯《ちようらくきようこう》と威侯《いこう》の諡号《しごう》を追贈したのだ。つまり死後ではあるが、貴族に列せられるまでに出世したのだ。

これで遺族には、長楽郷侯を嗣《つ》ぐ権利ができて身分が保証され、総ては魏側の謀略ということで、蜀側の結論が出たのだ。

お蔭で姜維には、何らかの関与を疑われる根拠が、全くなくなった恰好だ。

しかし、姜維自身には疑問が残った。あのとき郭循が言った郭淮《かくわい》との確執めいたものが、総て嘘とも思えなかったからだ。郭循は北伐に行って、本気で郭淮を思い切り叩《たた》きたかった。それを姜維も信じており、魏の密命だったのかは不審に思っている。

その疑問が、姜維は頭の隅から決して離れなかった。

宴会場で郭循は腹を括《くく》っていて、費禕《ひい》に魏討伐を打診したら、北伐に無関心だった大将軍としては、言下に否定したろう。

「考え違いいたすな。北伐は時を経てするかもしれぬが、魏からの降将を使うほど、蜀に人材が不足しているわけではないわァ。もしおぬしを使うとすれば、南方の蛮族が反乱を起こした際の鎮圧部隊が精々じゃて」

酒が入っている者同士なら、このように遇《あしら》われた可能性もあろう。こうして郭循が逆上すれば、あのような仕出《しで》かしになったやもしれない。

魏が結果だけを見て郭循を褒《ほ》めそやせば、降将や既に亡命した者らへ疑いの目を向けさせて、一石二鳥の効果が出るのだ。

そう考えを巡らせると、思いがけぬ姜維の出世も、奇妙な偶然と偶然の力学がもたらした副産物でもあり得る。

その証左でもあるまいが、宮廷人の囁《ささや》きにもすっきりせぬ気持が表れている。

「なぜ、姜伯約《はくやく》（維）殿が、費大将軍（禕）に取って代わるような人事になったのでしょうな？　根っからの武人ですぞ」

「とにかく費大将軍の死は、魏の謀略として片付けねば、蜀宮廷の体裁がさっぱり調《ととの》いませんからな」

「だから姜伯約殿に、後を託すとせねばならんのです」

「しかし、後を嗣ぐと言っても、成都にずっといて政《まつりごと》に参画されるわけでもなさそうですがな。どうなるのでしょう？」

「魏が費大将軍を暗殺させたのですから、北伐するのが筋です。したがって、北伐に熱心な姜伯約殿を大将軍にするのは、理に適っておるのです」

宮廷人の噂は、郭循の暴発した行為であっても、それを都合よく人事に反映させたということらしい。彼らの話を総合すれば、姜維はとんでもない貧乏籤《びんぼうくじ》を引いたことになる。

その噂は姜維にも聞こえてきた。

だが、彼は気にしていなかった。天下晴れて北伐ができるなら、それこそ何よりだったからだ。

「費元大将軍から、我に対しての遺言は、ございますかな？」

姜維が尚書《しょうしょ》府の宦官《かんがん》に訊くと、彼は周囲にひそひそ問い合わせ、しばらくしてから恐る恐る返事する。

「特になきかと」

「それならば、漢中《かんちゅう》から隴西《ろうせい》近郊までの警備もしくは征伐のため、四、五万の兵を借り受けます。人事を拝命するに当たり、必要なものです。是非とも、宜しく」

大将軍に昇格した姜維の要請とあれば、軍事部門の役所も無下に断るわけにはいかないだろう。どの部隊を連れていくかは、姜維自身に任されたが、一部将軍の異動もあると言い渡される。

皇帝を中心とする中央政府の、最後の意地とも言うものだろう。姜維は、そのように思っていた。

「明後日には、部隊を涪《ふ》へ移す。そこから漢中や武都《ぶと》や陰平《いんぺい》には兵を振り分ける」

姜維は、操練場に隣接する将軍専用の館舎で、先々のことを命じていた。するとその最中、遅れて入ってきた者がある。

彼は、先ほど拝命したばかりの異動命令を携えていた。つまり宦官どもが、異動の勅書を渡し忘れていたようだ。

彼は、慌てて赴任の挨拶に来たらしい。

「車騎将軍の夏侯覇《かこうは》と申す。方々、どうぞよしなに」

魏からの亡命者が、北伐もあり得る部隊に配属されて、他の将軍たちは耳を疑った。魏の将軍経験者が前線へ行くなら、南部だろうと誰もが思うからだ。

普通、去ってきた国といえど、故国と戦わせるのは酷だとするのが人情だ。

それにもかかわらず、魏からの降将である夏侯覇、しかも皇帝の縁戚でもある彼が姜維の支配下へ入るのは、少なからず郭循の事件と関係があるらしい。

「主上（皇帝劉禅）は、この人事を、お止めにならなんだのか?」

姜維は、他の将軍が訊きにくいことを、敢えてはっきり口にした。

「それはございませぬ。我が、思うところあって、志願したからです」

「それは、郭循の一件かな?」

「そうです。魏からの投降者は他にもいる中で、皆が郭循のごとく思われるのは、不本意でございます。我は、疑いを払拭すべく、姜大将軍の部下になりに参りました」

姜維は夏侯覇が来たことに、やや衝撃を覚えた。かつて歴城《れきじょう》で、魏の貴公子と仰ぎ見た相手である。その際に紹介され、気さくに声までかけてもらった。

そのときには、自分自身が感激して震えたものだった。しかし今、そのような感情を持ったなどとは、口が裂けても言えない。

痩《や》せても枯《か》れても、自分が上司であるのだから、遜《へりくだ》った態度を見せれば、他の部将たちに示しがつかない。だが、向こうは皇族の端くれである。ぞんざいに扱っても良いものなのかと、一瞬考えてしまう。

「大将軍。差し出がましいことを申すようですが、この際御助言申しあげます」

夏侯覇が、跪《ひざまず》いて言う。

「どうした、夏侯仲権殿《ちゅうけん》」

「はい、我が皇族に連なっていることは、お忘れ下さい。他の方々も同じです。我は、隴西に骨を埋める気でいます」

夏侯覇は、神妙な表情でいる。

「解った。その言葉、我は額面どおり受け取る。同僚だった郭伯済《かくはくさい》（淮《わい》）とも戦おうぞ」

「はっ、望むところですが、今、郭伯済は体調を崩して寝こんでおります」

姜維はその後、夏侯覇を伴って特に隴西を巡邏《じゅんら》することが多くなる。少なくとも、蜀では大した事件は起こらなかった。

その年の末、呉では諸葛恪《しょかつかく》が、費禕同様に宴会の最中に刺殺された。原因は、この夏に合肥新城の攻撃に失敗したからだ。

不断から皇帝（孫亮《そんりょう》）の最側近で相談相手を自任する彼は、振る舞いが尊大で鼻持ちならぬと評判が悪かった。

それが大将軍として魏から損害を蒙《こうむ》ったことで不人気に火が点き、高官から引き摺《ず》り降ろす気運が醸《かも》し出された。にもかかわらず、諸葛恪の態度は全く変わらなかった。

そこで業を煮やした皇族孫峻《そんしゅん》が、皇帝（孫亮）の名義で宴会を開いたという。皇帝主催の酒宴に諸葛恪も欠席できず、不安な気持を抱いたまま出席したことだろう。

帯剣するのも、毒殺を懸念して酒を持参することも許されたので、諸葛恪はすっかり安堵していたらしい。宴も酣《たけなわ》の頃、皇帝が退席したのを見計らって、孫峻が諸葛恪に近づき短剣で滅多刺しにしたと伝わっている。

「孫子遠《しえん》（峻）は、死体を片付けさせた後、平然と宴会をつづけたそうな」

このような噂まで伝わってくると、姜維が夏侯覇に伝えた。すると彼は、それを予期していた部将がいると言う。

「ほう、どなたかな？」

姜維が訊くと、夏侯覇は魏から来た行商の話として、鄧艾《とうがい》なる名を挙げる。

「郭伯済（淮）の部下として、我とも干戈《かんか》を交えたこともある部将だな」

「高平陵《こうへいりょう》の変があった頃なら、確かにそうです。我もかつて、奴と轡《くつわ》を並べたこともありました」

そう言いながら、変わった技術があるという。それは土木技術を指揮することらしい。「淮水《わいすい》流域で運河を作って、米の収穫高を上げた実績があり、司馬仲達や息子の司馬子元《しげん》（師《し》）に信任がございます」

姜維も、その名を聞いたことがあった。確か、長安で司馬懿に遇ったとき、有能な若者の一人としてである。

その際も砦や運河の建設に、興味を示していると聞いていた。そして、軽い吃音《きつおん》があるとも。

その鄧艾が、諸葛恪の行く末を予言したとは、どのような根拠からなのか？

いやきっと、自分が占師に同じことを言われて、それを転嫁する相手に、諸葛恪の名を宛てたとも考えられよう。

32

延熙《えんき》十七年（二五四年）、魏では皇帝が、曹芳《そうほう》から曹髦《そうぼう》に箝《す》げ替《か》えられるという、前代未聞の事件が起こった。

「皇帝は女色に沈湎《ちんりん》し、政《まつりごと》を顧《かえり》みなかったですと。そんなことで廃位されれば」

蜀の宮廷では、忍び笑いが洩《も》れ聞こえる。つまり、公表どおりの理由なら、劉禅など疾《と》くの昔に交代させられていようからだ。

宮廷人の読みどおり、裏の事情が聞こえてくる。それによると、皇帝（曹芳）を中心として、光禄《こうろく》太夫の張緝《ちょうしゅう》や中書令の李豊《りほう》、太常の夏侯玄《かこうげん》などの側近が、司馬師誅殺《ちゅうさつ》の策を練っていたのだ。ところが事が洩れ、彼らが国家転覆を謀《はか》ったとして処刑されたのである。それゆえに、司馬師によって皇帝まで更迭されたのが、政変の実態らしい。

「あやつめ、なぜ我と一緒に来なんだ」

事件を聞いた夏侯覇が、姜維の傍でそう呟いた。やはり魏に残してきた者らへの、一族意識や未練があるようだ。

「しかし、騒ぎがこのまま終熄《しゅうそく》するとは、とても思えませぬな」

夏侯覇は、洛陽周辺では司馬師と司馬一族への反撥が、まだまだ燻《くすぶ》っていると言いたいらしい。この年、張嶷《ちょうぎょく》が黄泉《よみ》へ旅立った。

翌、延熙十八年（二五五年）一月になって、張翼《ちょうよく》なる部将が赴任してきた。肩書きは鎮南大将軍であるが、組織上は姜維の部下となる。これまで武人としては、南方方面を主に担当していたと聞く。

夏侯覇の予言は当たった。司馬師の専横に業を煮やしたらしく、鎮東将軍の毌丘倹《かんきゅうけん》と前将軍の文欽《ぶんきん》が寿春《じゅしゅん》で六万の兵を挙げた。

毌丘倹の策戦は周到で、司馬師の皇帝箝げ替え行為が、如何に手前勝手な横暴かということを、曝ききった非常に辛辣な挙兵理由になっていた。

届けられた文書を見た司馬師が、激怒したことでも、それは裏付けられる。それゆえ、司馬師本人が討伐に向かったらしい。そのとき一緒に行った参謀の中に、王粛《おうしゅく》や傅嘏《ふか》らに混じって鍾会《しょうかい》の名があった。文官の重鎮だった鍾繇《しょうよう》が、七五歳にして作った末っ子である。而立《じりつ》（三十歳）そこそこで名を連ねているのは、いかに出来が良いかという証左でもあろう。

司馬師の命で鎮南将軍の諸葛誕《しょかったん》、征東将軍の胡遵《こじゅん》、監軍の王基《おうき》らが陽動作戦、退路の閉鎖、待ち伏せなどの役目を与えられ、毌丘倹と文欽を追い詰めていった。

このとき、反乱軍に助太刀しようと呉の孫峻《そんしゅん》が軍兵を寿春へ出動させた。だが、彼らは敗北してちりぢりになっており、移動してきた諸葛誕と遭遇した。

孫峻は戦う理由がないので撤退したが、途中で文欽と出会い、彼を亡命させてやった。

このような話は、少し時を移して蜀へも流れてくる。

「ここは、狄道《てきどう》辺りまで軍を移動させて、隴西を睨《にら》みますか？」

夏侯覇は、司馬師が差配する魏軍に関する用兵の癖に詳しい。魏と呉が鬩《せめ》ぎ合う淮南《わいなん》（淮水右岸流域）で大きな戦いが起これば、荊州《けいしゅう》や関中《かんちゅう》に駐屯している魏軍は、少しずつ兵たちが東方へ移動させられるらしい。

「つまり、手薄になっていくんだな？」

姜維の問いに、夏侯覇は大きく頷《うなず》き、狄道辺りまで軍を動かそうと促す言葉になったのだ。姜維も魏軍に属したことはあったが、そこまでは気付かなかった。

「魏将の王経《おうけい》が洮水《とうすい》付近で陣を張っていますが、我らの動きに神経を使っています」

姜維は斥候《せっこう》の報告に、速攻で王経を襲撃する。相手は浮き足立っていて、総崩れになってしまった。

王経が狄道に籠城すると、姜維は敵を包囲しようとした。このとき張翼が、必要以上の北伐は危険が付き物と反対した。しかし姜維は、心配はなかろうと実行する。しばらくして夏侯覇が、魏軍の接近を告げてきた。将軍の陳泰《ちんたい》が王経の救援に来たのだ。

そこで挟撃の危機があると見て退却し、姜維は鍾題《しょうだい》に駐屯する。

「我が、申したとおりでございましょう」

張翼が自慢げに言うのを、姜維は一喝する。

「北伐だけでなく、軍の行動に危険は付き物だ。おまえの言うことなど、当たった内に入らぬ。それを、いかにどう察知するかだ」

淮南（寿春）での乱が、遠く西の関中にまで影響している。ここまでの読みをする夏侯覇こそ、褒める価値があると、姜維は張翼に付け加えて言った。この戦いで王経側は数万人の戦死者を出して、大敗を喫した。

その影響でもあるまいが、魏の許では総大将の司馬師が卒《そっ》した。反乱が起こる前から目に瘤《こぶ》ができ、その除去手術が上手くいかなかったという。

「司馬子元《しげん》（師）殿の後継は、誰かな？」

「司馬子上《しじょう》（昭《しょう》）殿が嗣がれるやに」

「司馬子元殿には子がなく、養子を立てられたやに仄聞《そくぶん》するが」

「はい、司馬桃付《とうふ》（攸《ゆう》）殿ですが、まだ十歳にて、司馬氏の統領には早うございます」

だが、その司馬攸は、司馬昭の三男だという。夏侯覇の話が明確なだけに、姜維は将来の危惧を感じた。長男（司馬師）の養子と次男（司馬昭）の長男（司馬炎《しばえん》）の関係には、破綻の臭いがぷんぷんする。

しかし、所詮は他国の他家の後継者問題である。心配よりも、揉《も》めれば攻撃する絶好の時機と見るべきだろう。この年、体調を崩していた郭淮が卒した。

延熙十九年（二五六年）、姜維は正式に大将軍の称号を、駐屯地の鍾題で授けられた。皇帝（劉禅）の代理で宦官がやって来て、辞令を読み上げたのである。

　このときの異動で、夏侯覇が成都《せいと》へ戻ってしまった。代わりに、鎮西大将軍として胡済《こさい》なる人物がやってくる。

「これは姜伯約将軍。以後、よしなにお願いいたす。我は、北の地は不案内じゃによって」

　姜維はこの男にも、言葉遣いと冴えぬ人相から、名状しがたい不安と不快感を覚えた。

「ならば、我が案内いたそうか？」

　更に、彼を抱き込みたいのか、張翼が親しげに声をかけて姜維を見る。

「それもよかろう」

　許可を与えると、張翼の口角が上がる。

　魏の安西将軍を拝命した鄧艾《とうがい》が、雍州《ようしゅう》と涼州《りょうしゅう》（陝西省西部と甘粛省南部）を軍事的に押さえるために出張ってきた。姜維は、その出端を挫《くじ》こうと、胡済に関山道《かんざんどう》を通って上邽《じょうけい》で落ち合う約束をした。

　自らは隴西を廻って、期日を確認して早めに渭水《いすい》の右岸側を降《くだ》った。故郷の冀城《きじょう》を遠目にして、上邽辺りで鄧艾の軍を発見した。

「よし、胡済が合流してくれれば、我は奴の左翼から攻撃して、胡将軍には右翼から突入させる。張将軍（翼）、関山道の出口へ胡将軍宛の伝令を立てよ」

　姜維は命ずると、上邽にゆっくり近づく。今に胡済が合流してくれれば、一気呵成《いっきかせい》に鄧艾を攻めてやる。

姜維は剣を握り直して、胡済を待った。だが、その知らせはない。

　焦れる気持にぷすぷすと怒りが宿りだした頃、鄧艾の軍が動きだした。向こうも姜維の布陣に気がついてはいただろう。それに、関山道にも気を配っているはずだ。

　胡済が出口へ来ると気付けば、退却するかもしれない。それでは痛手を与えられない。

彼がそう思ったとき、鄧艾軍が動く。

「しまった。逃げられる」

姜維はそう思い、全軍に総攻撃を命じようとした。だが、その一瞬前に鄧艾の魏軍が、姜維たちの蜀軍に向かって騎馬で突進してきた。鋭い矛先が、不気味に光っていた。

「胡将軍（済）は、まだ着かぬか？」

「道に迷われたようです」

誰かが叫んだが、もう手遅れで今はどうでもいいことになった。姜維は騎馬軍を南へ巡らせて、段谷《だんこく》の方へ軍を移した。

「魏軍は迫ってきます。もっと西へ行かねば追い付かれます」

叫んでいるのは、張翼のようだ。確かに彼の言うとおりだ。矢が雨のように降ってくるので、下馬して弩弓《どきゅう》で喰い止めねば大きな被害になる。

「殿軍《しんがり》は、応戦しろ」

弩弓部隊が下馬するが、その前で弓部隊が矢を番えて魏軍へ矢を射込む。そこへ魏軍が戈《ほこ》を構えて突進してくる。

突かれる兵、戈の鎌状の刃で首を掻き切られる兵などが多く出て、散々に打ち負かされた挙句、段谷の戦いは終わった。

敗残兵の姿に衝撃を受けた姜維は、本営のある鍾題の陣地で寝こみたい気持になった。姜維は、胡済を呼んだ。

「胡将軍（済）は、どこへ、行ったのだ？」

胡済の軍は無事に戻ってきているが、肝心の将軍が行方不明になっている。そこで、張翼を呼ぶ。胡済に、張翼が関山道をどう教えたのかを訊いてみる。

「入口を教えて、一緒に渡りきろうとしましたが、判ったからもうよいと」

それが何を意味するか、姜維には直ぐに判った。高所恐怖症なのだ。だが、それを言えず、ここまで隠してきた。今でも張翼は、それにさっぱり気付いていない。

「胡将軍は蒼褪めた表情のまま馬から降りられて、しばらく後に谷底へ落ちてゆかれました」

そのようなことだろうと思ったが、報告も憚《はばか》られる何ともお粗末な経緯である。

この敗戦で、姜維は諸葛亮の処置に倣い、自らを後将軍、行大将軍に降格させて、責任を取ることにした。この際、張翼や胡済のことには、一切触れなかった。

33

「胡将軍（済）のこと、もう少し早く報告すべきでした。桟道《さんどう》が苦手だったとは」

張翼が、奇妙な謝り方をしてきた。

「もうよい。すんだことだ」

姜維はそれだけ言うと、張翼に下がれと身振りで示す。だが彼は、もう一言添える。

「今回の報告不行き届きで、我は断罪に処され、お役御免になるのかと思いました」

「そうして欲しいとの催促なのか？」

「いえ、そうではありませぬが……」

張翼が言葉に詰まったとき、姜維は疑問に思っていたことを訊いてみる。

「おまえは南方に詳しいから訊くが」

姜誼《きょうぎ》も南方勤務だが、連絡は取れない。

「孔明《こうめい》殿が阿片の栽培を成都でなされていたと仄聞するが、今でも盛んなのか？」

この質問に、張翼は口を真一文字にする。

「それをお訊きになって、何となされる？」

「阿片は痛み止めゆえ、外科手術に欠かせぬと聞くから、今後も必要だろうと思うてな」

「北伐に使えると？」

「傷を治すという医療行為は、決して北伐に限らぬ。また、戦以外にも使えよう？」

「それならばお応えしますが、今では栽培は下火です。熱心だった孔明様他界以降、皆段々と作らず、今は三割あるかどうか」

「医薬として残せば、蜀のためになろう」

「医薬以外にも、使ったのでしょうか？」

張翼は、医薬以外の使い方を知らぬのだ。

「孫仲謀《そんちゅうぼう》（権《けん》）が錯乱した原因は」

姜維は、中毒症状を話してやった。

「そのような恐ろしいことを……」

彼は、啞然としているようだ。

「我はもともと北伐には反対の立場ゆえ」

そう言う張翼を、姜維は睨み付ける。

「おまえは、蜀の将軍という地位に誇りを持てぬのか？　それなら、直ぐに除隊しろ！」

「いえ、そうではありませぬ」

「いいか、我はおまえの意見など一切訊いてはおらぬ。職務を忠実に遂行できるかどうかだけが、問題なのだ」

にべもない返事だが、軍とは命令と実行だけの社会なのだから、姜維に分があった。

延熙二十年（二五七年）、魏では諸葛誕《しょかつたん》が寿春で反乱を起こした。一昨年の反乱を鎮圧するため出撃した将軍が、今度は鎮圧される側に回ったのだ。

気持が百八十度も転換したのは、詰まるところ司馬氏への不信感であろう。司馬懿や司馬師だけでなく、その後を嗣いだ司馬昭も、信に堪《たえ》うる人物ではなかったのだ。

再び淮南で戦乱が起こるのなら、北伐には絶好の機会なのだ。

「駱谷道《らくこくどう》を通って、秦水《しんすい》に出よう。沈嶺《ちんれい》辺りの倉庫を襲って、魏に一泡吹かせてやる」

姜維が言うのは、秋口になった頃だ。すると、張翼が新しい伝聞を持ってくる。

「間者がもたらした話では、長城《ちょうじょう》に食糧が大量に運び込まれている由です」

姜維は、その話に興味を示す。

「それなら、そこを襲って食糧を奪い、魏に痛手を与えて我らの蓄えを増やそう」

確かに成功すれば、かなりな戦果になる。姜維は駱谷道を通って、芒水《ぼうすい》の右岸から長城を睨んだ。

魏側にしても、蜀軍が沈嶺辺りを通ったのは判っている。だから将軍の司馬望《しばぼう》が守備に当たり、必死に堡塁《ほうるい》を築いている。また、隴右《ろうゆう》から鄧艾《とうがい》も駆けつけて、長城から出て左岸に陣を敷いていた。

「睨み合いなら、五丈原《ごじょうげん》の二の舞です」

もともと北伐に批判的な張翼が言う。

「短期決戦するに限るな」

姜維は、鄧艾と諸葛望に戦いを挑んだが、彼らは司馬懿の薫陶よろしきを得て、挑発には乗ってこなかった。

「ますます、五丈原と同じになります」

張翼が更に言うと、誰が誰に挑発行為をしているのか判らなくなる。

季節はそのまま晩秋となり、寒さに凍える冬に差しかかった。やがて景耀《けいよう》元年（二五八年）が明け、諸葛誕が寿春城で討たれた。

報告を聞いた姜維は、そのまま成都へ軍を戻すことにした。このままでは、北伐の先行きが懸念され、軍兵と輜重《しちょう》を大幅に増やす必要があるからだ。

「ところで、報告では」

姜維は張翼に、呉に亡命していた文欽が、諸葛誕の助太刀に行ったらしいと話しかけた。

「彼らは、もともと仲が悪かったようです」

「そんな二人でも、状況によっては協力し合う。孫子《そんし》が言う、仇同士が同じ舟だ」

「確かに、呉越同舟《ごえつどうしゅう》とはそのことですから。しかし、結局対立が生まれて、諸葛誕が文欽を斬ったらしいんです。すると、父親と一緒に呉へ亡命していた息子たち……」

文鴦《ぶんおう》と文虎が再度魏に帰順して、諸葛誕の討伐に加わって討ち果たしたという。聞いた姜維は、二人の息子たちが司馬昭に処刑されたと思った。

「兄弟は司馬昭に許されて、関内侯《かんだいこう》（準貴族）の身分と権限のある官職を貰って、優遇されていると聞きつけます」

張翼の言ったことで、姜維は、司馬昭の野望を感じた。本来、寝返りを繰り返した文鴦と文虎なら、処刑されても決して周囲から異論は出まい。

それを敢えてせぬのは、他にも投降者を誘うつもりだからだ。彼らでさえ許されたのなら、我らはどれほど優遇されるかと思わせているのだろう。

彼はそう推測しながら、成都にある操練場の将軍館舎を訪れた。

「姜将軍、お疲れさまです」

顔見知りの廖化《りょうか》が、即刻挨拶に来てくれたが、夏侯覇の顔が見えなかった。それを訊くと、廖化の顔も曇る。

「実は、旬日《じゅんじつ》ばかり前に逝去されました。成都へ戻ってから、体調を崩されてな」

知らされなかったのは、夏侯覇自身が通知するのを拒んだからなのか、それもさっぱり判らない。

「それとな」

廖化が何か言いかけたとき、館舎の扉を開けて出てきた人物がいる。それを見て、姜維は仰《の》け反《ぞ》るほど驚いた。

「これは、お久しいですな。姜伯約殿」

屈託なく声をかけてきたのは、あろうことか胡済だったからだ。

「おぬしは、関山道から落ちて？」

「ああ、あのおりは御迷惑をおかけした。あれから部下が探してくれ、治療を受けて一命だけは取り留めましてな」

九死に一生を得たわけだが、なぜそのような報告がもたらされないのか、それも不思議だった。胡済は何かきまりが悪いのか、そそくさと館舎を出て行った。

「あいつが生きていたとはな」

「何っ。今の今まで、知らなんだのか？」

廖化の方が、不思議そうに愕《おどろ》いている。

「そうか。あの件かな」

奥歯に、物の挟まったような言い方だ。

「あの件とは、何だ？」

「『仇国論《きゅうこくろん》』を、聞いたことは？」

そう言われても、漢中から関中を見廻っている姜維は、成都の話題には疎《うと》くなる。廖化が言うのは、譙周《しょうしゅう》が著書で主張する「北伐無用論」である。

「北伐を擁護しておられた陳奉宗《ちんほうそう》（祗《し》）が先日他界されて、宮廷では譙允南《いんなん》（周）殿を支持する雰囲気になっていったのだ」

北伐が民の負担になっているから、積極的に撃って出る必要などない。ただ、魏が侵入してきたなら、退ければ良いというわけだ。

それから姜維は、成都の操練場館舎や宮中などで、政のようすを探ってみた。すると呆れたことに、北伐を言うのが軍事関係者の間で、ほぼ禁忌になっているのが判った。

「聞きたいのだがな」

姜維がこう言って、軍事関係者の何人かに近づくと、腰が引ける将軍らがほとんどだ。

「北伐については、そのう」

皆が皆、口籠もっている。

「聞きたいことは、我に訊け」

友好的なのは、廖化だけだった。

「北伐は武侯《ぶこう》（諸葛亮の諡《おくりな》）たっての懸案で、蜀の寄辺《よるべ》であったはずだが、なぜ廃止を叫ぶ者が多くなったのだ？」

廖化は、姜維の一途《いちず》さに閉口している。

「姜伯約よ、それが時代なのだ。武侯は、皇帝（劉禅）を導く政をなされ、誰もその高潔さに横槍を入れなかった」

　蒋琬や費禕にも辛うじて風格が残っていたので、官僚も武人も彼らに従って、まだ政は保てていた。もっとも、費禕は北伐に前向きではなかった。

「この頃から北伐無用論が、徐々に台頭してきたようだな」

　それは姜維が、魏の郭淮らと干戈を交えていた時期である。命を削ってまでしていたことが、要らないと言われてしまったのだ。そう思うと自らよりも、命を落としていった従卒たちが憐れだった。

「それに譙允南の『仇国論』が、追い討ちをかけたんだな？」

「確かにそうだが、擁護していたはずの陳奉宗も、まるっきり人気がなかったんだ」

「人気で決まるか」

　そう聞いて、姜維は愕然としかけた。それでも、廖化の次の一言で焦点が定まる。

「陳奉宗は、皇帝（劉禅）の側近でありながら、政を顧みぬ態度に諫言《かんげん》もせず、宦官の専横も見て見ぬ振りを決め込んだのだ」

　そういう人物が北伐を肯定しても、決して歓迎されぬであろう。姜維は、自ら開けようとする扉が、片っ端から閉ざされていくような、不安な気持に駆られていく。

34

景耀二年（二五九年）も明けて、二月になっていた。大した用もないので、姜維は供二十人を従えて館舎から馬車で屋敷へ帰った。

北伐無用論のお蔭で、南方へ行った姜誼を除いて、一族郎党皆が成都へ戻れた。屋敷は残しておいたものが、充分そのまま使える。

「宙宙《ちゅうちゅう》さんが、えらいことで」

家の下僕が、馬車に気付いて走ってくるや否や、いきなりそう叫ぶ。宙宙も姜維と同年輩で、もう還《かん》暦《れき》を過ぎている。今では家宰（郎党の長）で、屋敷を隅々まで仕切る存在だ。

「どうしたのだ?」

「どうぞ、こちらへ」

姜維は尋ねるが、下僕は低頭しながら裏庭まで誘導する。そこには戸板で運ばれてきた血塗《ちまみ》れの宙宙が、苗苗《びょうびょう》に泣きつかれながらぐったり横たわっている。

妻の楊婉《ようえん》も、小走りにやって来た。

「街道脇にある武侯祠の裏で、矢が三本刺さった状態で斃《たお》れておられたそうです」

姜維は、三十年余り付き合った郎党を見遣った。悲しみを通り越して、在るものが突然なくなる寂寥感に襲われる。

「誰に、このようなことを?」

「下手人は判りませぬが、一緒に恢恢《かいかい》なる魏人が斃れていたとか」

そうなると、二人が一緒のところを、下手人に狙われたことになる。真相は一切判らぬまま、司隷校《しれいこう》尉《い》からの調べもなかった。

「恢恢とやらが魏の間者、おぬしの所の宙宙が蜀の内実を流していたと見られるとか」

廖化が、噂話を集めてきてくれた。

「我が屋敷の差配をしているだけの宙宙が、いったいどれだけの話を魏へ流せる。精々が姜家の内情と成都の噂ぐらいだ」

「そのとおりだが、要は蜀での話が流失しているという、状況を作りたかったのだ」

「誰かが、そのような話にしたいのだな」

「正に、そこだろう」

「それなら、謀《はかりごと》の出所は察しがつく。だが、それなら我だけを失脚させればすむ話ではないのかな?」

姜維が言うのは、皇帝劉禅《りゅうぜん》周辺に屯《たむろ》する側近たちだ。北伐無用論の譙周や、宦官の黄皓《こうこう》らが中心にいるのだろう。

「ところが、そうはいかないんだ。おぬしを飛ばしたら、魏が攻めてきたときに、対処できる将軍がいなくなるからな」

要は北伐させず、必要なときにだけ応戦してくれる人材は、確保しておきたいのだ。

このように、廖化の説明は的確だった。本来なら、宙宙の仇を取ってやりたい気分だ。しかし、証拠もなく状況と憶測だけでは手の下しようがない。

だが、廖化とは違った見方を示す者もあったのだ。それは、北伐無用が持論の張翼だ。

「廖元倹《げんけん》(化)殿の見方も、一面の真理ですが、本気で失脚を画策する者もあります」

「ほう、そんな連中がいるのか?」

姜維が訊くと、張翼は惜しみもせずに、さまざまなことを教えてくれる。

「我は、もともと南方派遣の軍におりましたが、閻文平《えんぶんぺい》(宇《う》)などは、北で腕を挙げることを夢見ておりましたゆえ」

「希望するのは、天晴れだがな」

「当初は、我もそう思っておりました。しかし、最近会って一献《いっこん》酌み交わしたのです。そこで、大将軍の言われた阿片の件を」

「訊いてみて、どうであった？」

「仰せのとおり、医療用だけでなく、中毒症状をも利用すると申します。これだけは、我としては許せませぬ」

「まあ、我もそうだが、見解もいろいろだ」

「それは、さて措《お》いてもです」

張翼は、意を決したごとく口を切る。

「諸葛思遠《しょかつしおん》（瞻《せん》）と董龔襲《とうきょうしゅう》（厥《けつ》）らは、主上の補佐をするのはいいのですが、宦官の黄皓などと誼《よしみ》を通じており、我としては、唾棄すべき輩と存じます」

「だが、諸葛思遠と董龔襲は、我に怨みでもあるのかな？」

「個人的なことは存じませぬが、黄皓に代表される宦官どもは、譙允南（周）の北伐無用論ですから、姜大将軍を北方の漢中周辺から外そうと画策いたしますぞ」

そう言われて感じるのは、姜誼の近況も含めて、本来知らせがあってしかるべきことが、蚊帳《かや》の外に置かれていたことだ。何らかの思惑が働いていたとしか、考えられない。

それらも、結局はこの辺に帰結する。

「しかし、北伐に反対の立場なら、おぬしも同じなのではないのか？」

「その件だけなら、そうです。しかし宦官などと組んで、大将軍を失脚させようなどと考えませぬ。同じ仲間ではございませぬ」

確かに張翼は、一本筋が通っている。廖化の意見と相矛盾するところもあるが、それはそれで参考になった。

宮廷の劉禅が、どのように誑《たぶら》かされても、魏と蜀の烈しい衝突は、もう避けられない時点まで来ているのだ。

それまでに彼らが動いて、姜維を左遷するのなら、それはそれで身の安全を図れる。そこまで割り切らねば、危機感のない成都は目覚めることはなかろう。

そのように考えている内に、明けて景耀三年（二六〇年）、魏では大騒動が起こった。

「洛陽では皇帝（曹髦《そうぼう》）が、反乱を起こした末に刺殺されたとか」

「皇帝が反乱とな？」

「皇太后を殺害しようとしたとか」

「まさか、そのような？」

諸説が乱れ飛んでいたが、いずれにせよ本来体制の頂点にいる皇帝が、反乱など笑止千万である。結局は、実質的に司馬氏に支配される側だったということに過ぎない。

何日かして、魏皇帝髦の最期が詳しく伝わってくる。

司馬昭をはじめとした司馬氏の横暴に業を煮やした皇帝髦が、司馬昭討伐の勅命を出した。だが、それを目にした側近の王沈《おうしん》と王業《おうぎよう》らが、即刻司馬昭へ注進に及び、挙兵前から勝負は着いたのだ。

問題は、誰が皇帝髦の息の根を止めるかだった。そこで反乱の鎮圧に当たっていた賈充《かじゆう》が、部下の成《せい》済《せい》に殺害を命じた。

ところがその上で、司馬昭と賈充は彼に大逆罪の汚名を擦《なす》り付けた。騙《だま》されたとばかり逮捕時に抵抗した成済を、捕縛側が弩弓で射殺している。

「何とも卑劣で凄惨な事件でございますなァ」

蜀の宮廷人は、魏における司馬氏の横暴を言い募って批難する。だが、問題はそこではない。司馬氏がますます内部組織を固めて、外へ撃って出る態勢を作っていることだ。

「曹奐《そうかん》なる曹家の血筋が、次の皇帝に即位するらしい。でも、まだ十五歳ですぞ」

「つまり傀儡《かいらい》を据えて、遠からず禅譲《ぜんじょう》させる布石としましょうな」

「その間は、蜀や呉へ武力を使うことは、きっとありますまい」

悠長な宮廷人は、関中へ向けて輜重が運び込まれていることに、全く気付いていない。否、気付いても、それが蜀への攻撃準備ではなく、涼州の遊牧民に対するものと言おう。

今も鄧艾は、蜀へ侵攻するため、斥候《せっこう》を放って山や川の奔り具合、地形や地質の状況を念入りに調べ尽くしていると思われる。

それは取りも直さず、蜀へ侵攻するための秘策を練ることに通じる。だが、そこへの対応を、蜀の宮廷人はおろか、武人ですら誰一人として気付いていないのだ。

もっと露骨に言えば、想像するのが恐いのだろう。自分が生きている間だけ、平穏に時が流れてくれれば好しとして、それだけを願っているのだ。

「漢中から、桟道の警護をしたいので、軍馬を五万使います」

姜維は、そのような奏上をするため、宮中の広間を訪れた。すると後宮の美女たち百人ほどが溢《あふ》れるようにいて、皆が皆「鬼さんこちら」と、囃《はや》し立てている。

「さあ、捕まえようぞ。捕まえようぞ」

目隠しされて戯《おど》けているのは、間違いなく皇帝（劉禅）と皇太子（劉璿《りゅうえい》）である。二人と判った時点で、姜維は平伏した。

「このような所へ、無礼者が何用じゃ？」

俯《うつむ》いた姜維の傍へ、息急《いきせ》き切って怒鳴りにきた宦官がいた。姜維は声で黄皓だと判ったが、至近距離へ来るまで顔を伏せていた。

宦官が靴で、付いた手を踏み付けようとした刹那、姜維は透かさず踵《かかと》を摑《つか》んで持ち上げる。宦官はその弾みで宙へ浮き上がり、転《ころ》んで尻餅を付いた。

「なっ、何をする」

そう言ったとき、黄皓は相手が姜維だったと初めて知った。姜維が次に胸倉をしっかり摑むと、もう声も出ない。

「待たれよ。主上の前で、そのような」

声を掛けてきたのは、光禄太夫の譙周である。最近は、常に皇帝禅の傍にいるようだ。

「そのような、何だ？　ここは朝議を行う広間と心得ておりますが、後宮の美し所を誘い入れる場所とお心得か？」

姜維は言うと同時に、絞め上げていた黄皓を床へ放り出した。宮女らの悲鳴とともに、宦官は背中をしこたま打って唸《うな》っている。

「まあ、そう手荒なことをせずとも。皆の者は、後宮へ戻りなさい」

皇帝禅が言うと、美女連と皇太子璿は広間から回廊伝いで後宮へ行ってしまう。黄皓も咳き込みながら、彼女たちの後につづいた。

女たち百人ばかりの姿が消えたとき、譙周以外にも男の姿が現れた。

閻宇《えんう》に諸葛瞻《しょかつせん》、もう一人が董厥《とうけつ》であった。彼らは文字どおり女の陰に隠れており、姜維の出現に些《いささ》か戸惑っているようだった。

皇帝禅のいる前で、姜維は北方警備のため五万の兵を借り受けたい旨の話をした。

すると皇帝禅は、譙周に顔を向けて言う。

「どうじゃな。姜大将軍はこう言うが」

「みどもは、北伐は不要と存じます」

だが、これに姜維は嚙みついた。

「そなたは、北伐と北方警備の違いも判らぬのか？　まあ、武人ではないからのう」

身体を張って、実際に敵と干戈を交えてきた姜維に言われると、さすがの譙周も黙ってしまう。

「確かに伐と警備は違いましょうが、魏では皇帝の交替劇の直後ゆえ、関中の魏兵も洛陽へ戻っているのでは？」

そう言うのは、諸葛瞻であった。それに釣られて皇帝禅が一つ説明を加える。

「そう言えば、黄皓が占うと、関中からの侵攻などないとのことだったのう？」

この促《うなが》しには、譙周も渋々追従していた。

「ほう、譙光禄太夫殿の北伐無用論は、占いの賜《たまもの》だったのですか？」

「いや、そのようなことは」

譙周は、学者であって武人ではない。それゆえ、論拠《ろんきょ》が占いとは、口が裂けても言えない。それと、武器を取る武人たちは苦手らしい。

「大将軍は、主上の占いを認められぬか？」

真剣な表情で詰め寄るのは、諸葛瞻だ。

「皇族方の儀式としての占いと、軍事判断は別だ。我は策戦を立てるに占いよりも、斥候が見聞きしてきたものを重要視する。諸葛将軍は、南方での策戦を亀の甲羅《こうら》を焼いて立てられたのか？」

それは、古代の殷か周の初期の方法だ。

「いや、そのようなことは」

彼も武人でありながら、宮女たちと戯れる皇帝禅に諫言していない。その後ろめたさから、姜維に強く言えずにいる。

「関中の魏軍のようすなら、見に行けばはっきりするではないか。我は偵察に行って実際を報告する。同道したい者はいないのか？　やはり占いに頼っているのか？」

武人三人は、北方の勝手が判らない。だから、一緒に行くのを躊躇《ちゅうちょ》しているらしい。

「では、我が御一緒させていただこう」

はっきり手を挙げたのは、輔国大将軍を拝命する董厥である。武人の端くれである以上は、占い云々を恥じているようだ。

「占いでは、駄目なのか？」

皇帝禅が不思議そうに言い、黄皓に戻って来るよう部屋の隅に控える宦官に命ずる。すると、黄皓が怯えた風情でやって来る。

「これ、おまえは先日の占いで、魏は攻めてこぬと申したが、姜大将軍の意見は違うそうじゃ。ここで、もう一度お見せしろ」

皇帝禅に言われ、姜維に睨まれながら、黄皓はどぎまぎしていた。それを見越した姜維は、皇帝禅に提案する。

「軍事は、我ら武人にお任せいただいて、我は黄皓殿に占っていただきたきことが、一つございます」

「ほう、それは何かな?」

「先日、我が家宰が、賊に殺害されました。未だに下手人が挙がりませぬので、占いにて捜査していただきたく」

姜維が皇帝禅に言うと、黄皓の目が左右に泳いでいた。

「そうか。そのような不幸があったのか。これ、黄皓。大将軍のために、心を込めて占ってさしあげよ」

皇帝から促されては、黄皓も断るわけにはいかない。彼は返事をすると、占いの道具を広間に持ち出してきた。

「それでは、始めます」

黄皓は筮竹《ぜいちく》を持ち出して、幾つかに分けていく。それを更に擦り合わせて、中の一本をゆっくりと取り出す。そこへ姜維が言う。

「なるほどな」

「何か、判ったか?」

皇帝禅は、不思議そうに訊いた。

「はい、確かに見ゆるものがございます」

「ほう、それは何じゃな?」

皇帝禅は、姜維の言うことに、興味をもって反応する。

「はい、筮竹を凝《じ》っと見ておりますと、我が家の家宰宙宙《ちゅうちゅう》が、誰かと頻りに交渉しておるようすが見て取れます」

「なるほど、相手は誰じゃな？」

皇帝禅は、更に興味を掻き立てられる。

「よく顔が見えませぬが、宙宙が国家の一大事を大司馬府の係官へ伝えようとしているのを、邪魔されているようです」

「ほう、一大事とは何じゃ？」

「外国が、兵を差し向けてくるのを、桟道で知ったそうです」

「では家宰殿を遮《さえぎ》らず、通さねばならぬ。なのに、誰が阻《はば》んでおるのじゃ？」

「判りませぬが、面会したければ袖の下を寄越せと要求されております」

そこで、皇帝禅が不思議そうな顔をする。

「袖の下に、何か虫でも付いておるのか？」

その言葉の意味を、知らないようだ。

「賄賂《わいろ》とも申す、不浄の金銭にございます」

説明しても、皇帝禅は唖然としている。そこで姜維は、具体的な例を挙げて、詳しく説明した。こうして皇帝禅も、ようやく要領を呑みこんだようだ。

「そのようなことが、実際に宮中で行われておるのか？」

「不良宦官と不浄官僚、役立たずの武人がいるようでございます」

「はっ、それは何と」

呆れたような表情で皇帝禅が問い質すと、黄皓と譙周が必死に宥《なだ》めようとする。

「決してそのようなことは、そのようなことは、この宮中ではございませぬ」

そのようすを、姜維は澄まして眺めていると、闍宇や諸葛瞻が駆けつけてくる。

「大将軍、おんみは、あることないこと」

彼らが奥歯をぎりぎり言わせて悔しがっているのは、実情だと解っていて、自分たちも腐敗汚染の渦中に身を置いているとの、明瞭な自覚を持っているからだ。

「お二方、我はただ黄皓の占いから見ゆるものを言うておるだけぞ。何を、そこまで昂奮されておるのじゃ？」

姜維に指摘され、このままでは自ら不浄、役立たずと認めたことになる。そう気付いた閻宇と諸葛瞻は、急に腕を揉みながら姜維から離れていく。

「要は、姜大将軍と一緒に漢中から関中を見廻って、魏軍が何ほどのものか調べればいいのですな？」

董厥が不明を自覚したようにはっきり言う。

「そのとおりだ」

「もし、何事もなければ、大将軍は何となされます？」

少し皮肉を込めたつもりで、董厥が口角を上げて質すと、姜維は正面から切り返す。

「もし何かあれば、おまえはそこで首を掻き切る覚悟で我に挑んでおるのか？」

この切り返しに、董厥は何も言えない。

「何もなければ、それに越したことはないのだ。調べもせず、何もないとする態度こそ問題ではないか。それは武人として、心構えの初歩の初歩ぞ」

これには董厥が恥じ入るばかりだ。だが、その日の姜維は追及を緩めない。

「おぬしは、巡察へ行く度に誰かと賭けをしておるのか。それこそ綱紀緩みの極み。万死に値すると心得よ」

この指摘にも、董厥は押し黙ったままだった。どうやら、当たっていたようだ。

「のう、姜大将軍。家宰の一件は、司隷校尉に調べさせるゆえ、この辺にしてやってくれぬか。遊びがまだ終わっておらぬゆえ」

皇帝禅が気を使ったのは、姜維の厳しさから逃れさせるためではなく、遊びを中止したからなのだ。それには、董厥自身も閉口しているようだった。

「では、兵五万人借り受けの件も宜しく」

「相解《あいわか》った。これ、姜将軍の言うとおり、書類に印璽《いんじ》を捺してやれ」

皇帝禅は、近くにいる宦官に命じた。彼は小走りに事務室へ行くと、必要な書類を調えて捺印する。

「これで、好いかのう」

皇帝禅は、他人を疑うことを全く知らないようだ。つまり、側近次第で名君にも暗君にもなる。ただ一つの美徳は、根性や意地の悪さと残忍な性分が全くないことだ。

姜維は、皇帝禅を再拝してその場を去ろうとした。すると、小走りに誰かが追いかけてくる。跫音《あしおと》が近づいたので、姜維がくるっと振り向くと、董厥が拱手している。

「まだ、何かあるか?」

「先ほどは、失礼いたしました。漢中から関中への巡察、是非お連れいただけますよう」

先ほどとは打って変わって、董厥の態度に真摯なものが感じられる。

「では五日後に、操練場から出発するが、用意は明後日からだ。そこから参加するよう」

姜維は、それだけ言うと踵《きびす》を返した。

このとき皇帝禅を相手に、占いに託《かこつ》けて宮廷内の腐敗を曝《あば》いた姜維の逸話は、その後の官僚や宦官らの間で持ちきりになった。

「あの姜大将軍には、ずっと漢中と関中の巡察をさせて、成都へは帰って来ぬようにせねばならぬな」

腐敗政治が宮中に蔓延《はびこ》っているが、その中心にいるのが黄皓であり、譙周や諸葛瞻、閻宇らである。

「あの宙宙と同様、暗殺して葬りますか？」

「いや、それは奴が漢中から関中を充分に見廻って、魏軍の状況を探った後でも遅《おそ》くはない」

「魏は政変を起こした直後だから、そう容易《たやす》く兵を動かせるものか」

36

董厥《とうけつ》が、姜維と一緒に漢中から関中を探っている間に、景耀四年（二六一年）も何ヶ月か過ぎている。

「これほどまでとは、思いませなんだ」

「そう、まさかであろうが。自分の目で見ぬと、これは誰にも信じられぬのだ」

先輩面して言うのは、張翼であった。彼自身は北伐に前向きではないが、防衛はせねばならぬと強く思っている。

「このようすでは近々、魏は蜀へ侵攻してこよう。一刻も早く最強なる防衛の布陣を、主上に訴えねばならぬぞ」

董厥の意識は、確実に変わってきている。

「魏の侵攻は、いつ頃になりましょう？」

董厥の疑問に、張翼は司馬昭が禅譲を受けてからだろうと言う。だが、姜維の意見は少し違った。

「禅譲には、五年ぐらいかかるであろうと思う。それは、洛陽周辺の人心が落ち着いてからにすると思えるからだ」

「では、その後で魏を攻めると？」

「いや、禅譲の前に、魏として蜀を併呑《へいどん》するつもりだろう」

「それは、なぜ？」

「魏として蜀を滅ぼして、その魏を司馬氏として乗っ取れば、蜀の仇を討った恰好にもなるからな」

姜維の見解には、説得力があった。

「では、魏が蜀へ来るのは？」

「多分、遅くて再来年だろう」

姜維の見方に、一番愕いたのは董厥だったろう。宮中の譙周や諸葛瞻、黄皓らと微温湯《ぬるまゆ》に浸《つ》かった日々を送っていれば、危機感などさっぱりないからだ。

「しかし、これまでの魏軍の備えを見ていますと、鍾士季《しき》（会）が部下を使って地形や川の奔《はし》り方などを、細々調べていましたが」

鍾会は、幼少期から利発だと評判の人物だった。それに比肩して、鄧艾は調べ方が鷹揚《おうよう》なのかと、董厥は考えているようだ。

「鄧士載《しさい》（艾）は、もう疾くに調べ終えておるようだ。測量にかけては、奴の右に出る者がいなかったそうだぞ」

それが土木技術に繋がるなら、砦の建設や障碍物《しょうがいぶつ》の設置が巧みだと思える。そのような二人が魏軍を率いて、蜀へ攻めてこようとしているのだ。

「一刻も早く、防衛するための策戦を取らねば、取り返しがつきませぬぞ」

董厥は、今更ながらと反省しながら、皇帝禅の前で訴えねばならぬと認識したようだ。

「大将軍。御前の朝議にて、この現状を報告して、蜀人の目を覚まさせるべきです」

「そのとおりです。でなければ、遠からず蜀は滅びることになりましょう」

張翼までもが、中央の視野を拡げねばならぬと思い出したようだ。彼らに鄧艾や鍾会の地道な用意周到ぶりを見せつけたのは、何よりも成功だった。

かといって、それで終わっていたのでは、本来の目的から外れる。さまざまな手続きはあろうが、防衛のための人と物資、つまり軍兵と輜重を揃えて運ばねばならぬのだ。

「我は成都へ戻り、大将軍をお呼びする機会と場を御用意いたします」

「それができればと思う。このままでは、魏が本気で攻めて来れば、おそらく旬日と保《も》たぬからな」

「説得のためなら、我も一緒に参ります」

張翼も加勢するという。それほどまでに、皇帝の周辺は北での戦闘を考えない、いや、考えたくないのだ。特に黄皓に代表される地位の高い宦官は、宮中に巣くう寄生虫だ。

自分たちが安閑と生きるためなら、どのような妨害も辞さないだろう。

「この際、おぬしにも付き合ってもらおうか。北伐無用論の張伯恭《はくきょう》（翼）すら言うのであれば、説得力が増そう」

董厥と張翼が、ここまで覚悟を決めてくれたのなら、それこそ心強い限りである。

「では、任せたぞ」

これは、姜維の賭けであった。董厥と張翼が、宮廷の目を現状の実態へ向けさせれば、いや、そうさせようとの志を持ってくれているのなら、皇帝側近たちも、このままで好いとは思わぬだろう。

そのような、希望的な観測が持てる。

かつて『もし、何事もなければ、大将軍は何となされます？』と言った董厥に対し、『何かあれば、おまえはそこで首を掻き切る覚悟で我に挑んでおるのか？』と切り返したことを思い出した。

つまり、軍事と賭事を混同するなと、厳しく諫めたのだ。その自分が占いに託けて印璽を得たと思うと、自然に嗤《わら》いたくなった。

後は董厥が、黄皓や譙周、諸葛瞻、閻宇らに、丸め込まれぬことを祈るまでだった。

「一抹の希望に、先を託《たく》すしかありませぬ」

張翼も同じ思いなのが、更に姜維を嗤わせた。事態がここに至れば、もうジタバタしても仕方がないのだ。

姜維はその覚悟で、漢中から関中を巡察して廻った。鍾会の軍も鄧艾の部隊も、変わった動きをしていない。そのような警備は、夏から冬に差しかかってもつづけた。

皇帝禅の使者がやって来たのは、その年の末だった。

「疾く成都へ戻り、漢中から関中の防衛策を述べるように」

使者は、書面を朗々と読み上げ、用事が終わると「できれば旬日以内に」と言い措いて帰って行った。普通このような時に、皇帝は勅書など出さないものだ。しかるに、正式な使者を立てたのは、よほど切羽詰まっている証拠だ。

董厥の説得が、ようやく功を奏したのか。いや、そう思うしかなかった。彼は早速、成都へ帰る支度をする。まずは北方警備の蜀軍に、警戒怠りなくする手順を再度確認した。万一魏軍が攻めて来たときの、敵への対応と連絡の方法である。

「必ず援軍を増やすよう、主上と掛けあってくる。あともう少し、おまえたちの力量だけに頼りたい」

留守を、完全に託したということだ。残りの部将は、力強く「はっ！」と返事する。

本来ならば軍兵全員を広場へ集め、彼らの前で宣言したいところだ。しかし、このような情勢では、どこで間者が目を光らせているか判らない。

だから、部将たちだけに通達したのだ。

姜維が成都へ帰って来ると、屋敷の雰囲気が変わったと、妻の楊婉は言う。

「どこが、変わったのだ?」

「これまでは、北伐無用という論客どもが、我が家の郎党に喧嘩を売ったり、下僕を虐《いじ》めたりしました。でも最近は、彼らに会釈する人が増えたとか」

姜維は、そのような話を、今日初めて耳にした。彼の知らぬところへ、自らの影響がさまざまな形で現れているのだ。

宙宙や恢恢の死も、結局出所は同じなのだろう。そう思うと、彼らに対して申し訳ない気持になる。

「明後日、宮中へ参る。太常府へ使いを走らせて、返事を貰ってこい」

「衣冠束帯されますか?」

「いや、鎧服のままでよい」

皇帝禅が臨席する朝議の場で、姜維は漢中と関中の実情をつぶさに話し、援軍の人事まで要請するつもりでいた。

だが具体的なことは、董厥も伝えていたはずだ。ここまで漕ぎ着けるのに、何ゆえ何ヶ月もかかったのか? また、姜維を呼ぶ気になったのは、なぜか? 一向に疑問は尽きないが、とにかく行って述べるしかない。

姜維が宮中へ入ろうとしたとき、門前で董厥が待っていた。

「御苦労であったな」

「ようやくここまでになったのは、魏へ入っていた間者からの連絡があったからです」

それによると司馬昭は、廃帝(曹髦《そうぼう》)の関係者を総て始末したので、本気で蜀への侵攻を決意したらしい。その信憑性《しんぴょうせい》が高いと、譙周や諸葛瞻、閻宇らが認めたのだ。

要するに張翼の言うことと、符合したわけである。姜維はそこまで聞いて、朝議の場である大広間に向かった。

「姜大将軍から、漢中周辺の事情について、御説明があります。それでは」

太常府の係官に促され、姜維は広間の中心へ出て唇を湿す。

「敵（魏）からの攻撃に対して関門を幾つも設けるのは、古来の常道です。ただ、防禦は完璧でも勝ちには繋がりませぬ。そうかと言って、撃って出れば『北伐』などと批難されましょう。そうなれば最上の策は、漢城《かんじょう》と楽城《らくじょう》を鉄壁の守りにして、有事の際は遊撃隊を繰り出して、敵を側面から攻撃します。魏軍は関を抜くことができず、食糧をはじめ輜重が補給できないので疲弊します。そこで関所から軍を出し、遊撃隊と一緒に叩く。この方式が最上と存じます」

姜維がここまでの策を述べても、誰からも質問や反論が出なかった。それも当然で、北部の状況など、姜維以外に知る者が全くいないからである。

「では、漢中の胡済《こさい》を漢寿《かんじゅ》まで退かせ、監軍の王含《おうがん》を楽城へ、護軍の蔣斌《しょうひん》を漢城へ遣ってそれぞれ守らせます。また、西安《せいあん》、建威《けんい》、武衛《ぶえい》、石門《せきもん》、武城《ぶじょう》、建昌《けんしょう》、臨遠《りんえん》に防禦の城塞を築きます」

このような人事も計画にも、横槍を入れる者はいなかった。それは譙周や諸葛瞻、閻宇らには、内容を云々する力がなかったからだ。

無論、黄皓に代表される上位の宦官どもにも、軍事的な知識など皆無であった。

第七章　鍾会《しょうかい》

37

防禦の人事を調《ととの》えて配置すると、姜維《きょうい》は涪《ふ》から漢寿《かんじゅ》、剣閣《けんかく》、白水《はくすい》、関城《かんじょう》、漢城《かんじょう》、楽城《らくじょう》へと入っていった。

新たに任命した将軍を、そこへ順番に配置したのだ。彼らの中には、まだ切迫感を全然抱いていない者もいる。だから、年明けに関中《かんちゅう》の視察に出むく旨、因果を含めておいた。

景耀五年（二六二年）になって、姜維は王含《おうがん》や蔣斌《しょうひん》らを伴って、陰平《いんぺい》郡から隴西《ろうせい》の状況を彼らに視察させた。

すると、董厥《とうけつ》が初めて目にしたときと、同じ感慨を持った。

「まさか、これほどとは夢にも」

こうして蜀人は、ようやく危機の認識を新たにするのだ。

「旬日《じゅんじつ》後、侯和《こうわ》辺りを叩《たた》こうと思う」

姜維が言うと、王含と蔣斌が躊躇《ちゅうちょ》する。

「それは、北伐に当《あ》たりませぬか」

侯和が隴西郡にあり、魏の領地だとの認識から出る言葉である。

「あの辺りは、蜀の領地になることもあり、どちらとも言い難い。敢えて北伐と言えば、自ら領土を放棄することにもなろう」

姜維が真面目な表情で言うと、誰も反論できなかった。そこで、陰平郡の北西部から侯和に出て、鄧《とう》艾《がい》を叩く策戦を立てた。

沓中《とうちゅう》に来るはずの廖化《りょうか》や、陽安関《ようあんかん》へ到着する予定の張翼《ちょうよく》と董厥にも呼びかけた。

「旬日後、陰平から出撃するので、一箇連隊で合流されたし！」

早馬の使いは、口上を述べて二日で戻ってきたが、当日彼らの軍はやって来なかった。

「侯和まで、早駆けして戻る。鄧艾に対する圧力にはなろう」

姜維はそう言って、示威行動を取るつもりだった。姜維の予定は陰平から隴西に出て、侯和の周辺で蜀の戦旗を大きく振って帰還する。大雑把には、そのような動きをするつもりだった。

ところが侯和へ着く前に、鄧艾軍の待ち伏せに遭って、兵の一割近くを失った。鄧艾軍の矢が灌木《かんぼく》の背後から飛び来たって、慌てて逃げる以外に為す術がなかったのだ。

姜維は沓中へ帰ってから、王含と蔣斌を呼んだ。

「部下を全員点検し、宦官《かんがん》が混じってないか調べよ。腹心の下士官にそっと命じてな」

このように通達すると、数日で四人が突き出されてきた。最近入隊した兵を見て、髭を描いている者がないか、入念に調べて判ったのである。

「宦官は、髭など生えぬ。それを誤魔化してまで入隊したのは、なぜだ？」

そのように訊いても、皆なかなか応えようとしない。そこで焼け火箸を用意して、まず一人の上腕部へ押し当てた。すると泣きながら、四人とも自白する。

「上司に命じられて、紛れ込みました」

「何をせよと命じられた？」

「魏の鄧将軍（艾）へ、姜将軍の行動を知らせるように働けと」

豨冉《かんねん》と名告る宦官一人に、もう少し訊問してから、姜維は供を連れて夜通し密かに走って、成都《せいと》へ昼前に戻った。そして屋敷へ戻るよりも早く、甲冑姿のまま宮中へ罷《まか》り出た。

「主上に、お目通りしたく存じます」

太常府の係官に口上を述べる。

「事前にお約束なき方は、たとえ大将軍……」

通り一遍の口上を述べる男に、一喝する。

「戦時においては、将軍の命令は何よりも優先されるのだ。つべこべ言わずに」

剣の柄に手を懸けると、係の官僚は驚いて皇帝禅《ぜん》へ取り次ぎに行く。すると、側近に取り巻かれた皇帝禅がやって来る。

「おう、姜将軍。北で巡察しておったのではなかったのか？」

「問題多々発生いたしましたので、お願いの筋があって罷り越しました」

姜維が平伏して言うと、譙周《しょうしゅう》がしゃしゃり出て横から口を出す。

「北伐をしたそうだのう？」

彼がそれを知っているのは、捕らえた四人以外に、早くも逃げた宦官がいたからだ。それは豨冉らの自供から判っている。

「ほう、どこから、そのような報告が入ったのでしょう？　また、占いですかな？」

姜維の問いに、譙周はビクッとして言葉を喪っていた。彼はもう、一言も発しない。

「そう言えば黄皓《こうこう》の占いに、魏からの攻撃はないと出ていたが、違ったのか？　これ、黄皓にもう一度、ここにて占いをさせよ」

皇帝禅が、更に能天気な一言を発する。

「占いでは、閻宇《えんう》を大将軍にして、北の護りをさせれば好いとのことじゃったな」

その言葉を、姜維は嗤《わら》って聞いていた。

「主上がそのようにお信じになるなら、即刻そのように、勅命をお出しになれば如何でしょう。我は、いつでも交替いたします」

すると、どこから現れたのか、諸葛瞻《しょかつせん》と閻宇が皇帝禅を宥《なだ》める。

「先般の黄皓は調子が悪かったと見え、当たらぬことが多々あったようでございます」

この二人が姜維の意向を忖度《そんたく》するようなことを言うのは、先ほどの譙周と同じく、逃げてきた宦官からの報告に焦っている証左だ。

魏軍を統べる鄧艾と鍾会《しょうかい》の蜀への侵攻準備が、考えていた以上に進んでいると、ようやく認識を改めたらしい。

それゆえ、姜維を更迭したり軍備を渡さぬ工作をするより、自分たちの盾となって戦ってもらった方が好いと結論付けたのだ。

「黄皓めが、異動の勅書を幾つか取り違えたようで、姜大将軍に合流すべき張車騎将軍（翼）や廖車騎将軍（化）を、陽安関へ赴任できるよう、早急に手配いたします」

彼らがここまで気を利かせるのは、宦官の報告が、これまでの予想を超越していたからだ。かつて董厥がした話と重ねれば、魏軍の姿が恐ろしい形で明瞭になったのだ。

「よくお解りいただけて、成都へ戻った甲斐がございました」

姜維が皮肉たっぷりに礼を述べると、譙周らは苦虫を嚙み潰した表情になるが、皇帝禅はまだ能天気に言う。

「黄皓めの占いが当たらぬのなら、姜大将軍に頼る他あるまい」

ここまで皇帝禅は、蜀軍より黄皓の占いを頼りにしていたのである。これには譙周ら三人でも、溜息を吐《つ》くしかなかった。

「臣維、主上より頼りにしていただき、身に余る光栄に存じます」

溜息を吐きたいのは、姜維の方だった。

「他に、希望することはあるかな?」

皇帝禅が、にこやかに訊くので、姜維は忌憚《きたん》なく申しますと前置きした。

「占いが好い加減な黄皓めを、処刑なさいますようお勧めいたします」

姜維がたんたんと言うと、皇帝禅は眉毛を八の字にして姜維に懇願した。

「大将軍。そのように言わずにやってくれ。あやつも体調が悪かったのだ。きっと反省しておることであろうからのう」

皇帝禅が、ここまで腐敗宦官の正体を知らずに可愛がることで、蜀宮中や官僚らに賄賂《わいろ》が横行しているのだ。その実態に全く気付かぬ皇帝禅などを護るため、姜維をはじめとする武人が命を張っている。

「頼りにしておるぞ」

その間の抜けた言葉を背に受けると、無条件に踵《きびす》を返して、脳天に剣を振り下ろしたい気分になる。

姜維は、その足で廖化と張翼の陣営を巡り、本人らに再度異動させられる旨説いて廻った。

無能な皇帝の機嫌を取っている内に、鄧艾と鍾会が攻めて来るかもしれぬ。そう思うと、成都でぐずぐずしていいるわけにはいかなかった。

彼は、沓中で張翼と廖化の赴任を待っていたが、なかなか着任の報告がない。自分が成都へ戻って人事を確認したとき、諸葛瞻と閻宇は必死になって姜維に迎合していた。

だが、黄皓は姜維を恐がったのか、あの場に姿を現していない。すると、まだ異動の書類を隠したりして、姜維を困らせる算段をしていると思えた。

明けて景耀六年（二六三年）になり、鍾会が駱谷道《らくこくどう》付近で輜重《しちょう》を兵士に配って、動きだしそうな気配がある。

恐らくは雪解けを待って、春になると一気に来る。それを、漢中《かんちゅう》で喰い止めねばならない。そのため姜維は、皇帝禅宛に危急存亡を臭わす書状を認《したた》めた。

「先般、譙光禄太夫《こうろく》（周）もお立ち会いのおり、張将軍（翼）と廖将軍（化）の赴任をお約束いただきましたが、未だ赴任しておりません。鍾会の魏軍十万は、雪が融けて桟道《さんどう》を渡り易くなれば、必ず侵攻してきます。張翼と廖化を、疾く陽平関の入口（陽安口）と陰平橋へ赴任させねば、宦官の浅慮によって、蜀の命脈は尽きるかもしれませぬ」

このような文面であったが、皇帝禅に渡しても意味を摑《つか》めるかどうかが、非常に心許《こころもと》ない。そこで苦肉の策として、譙周経由で見させることにした。

使いにはその旨、因果を含めて持たせた。

その男が帰って来るのに、何と二ヶ月を要した。この非常時に、黄皓は国家の運命などより、皇帝禅と美女連の遊戯を優先させる。

さすがに譙周と諸葛瞻、閻宇らが、異動の書類に印璽《いんじ》を捺すよう督促して、ようやく将軍二人が動けるようになったらしい。

「鍾士季《しき》（会）が動きます」

彼は予想どおり、駱谷道を通ってきた。魏軍を出口で待たず、平原へ誘き出して討つのが、今回蜀軍の策戦である。

38

「鄧《とう》将軍（艾《がい》）が、こちらへ向かってきます」

前年の勝利に気を良くした鄧艾が、隴西を大廻りして三万余の兵で迫ってくる。これが一気に沓中へ侵攻してくると、姜維の一万五千では支えきれない。

しかも魏将の諸葛緒《しょかつしょ》も、三万余で武都《ぶと》へ迫《せま》ってきたようだ。このように具体的な報告が成都へもたらされて、皇帝禅はようやく危機を感じ始めたという。

姜維は、無勢で多勢に向かうより、退却して陰平で態勢を立て直そうとした。

その動きを知った鄧艾は、部下の将楊欣《ようきん》に執拗な追撃をかけさせた。ここで蜀軍は、趙広《ちょうこう》（趙雲《ちょううん》の息子）を失っている。

「このまま行くと、魏将の諸葛緒に退路を塞《ふさ》がれます」

「よし、そこを回避する」

姜維は不断から周辺を巡回していたので、細かい道にも精通している。だから、諸葛緒が待ち伏せしても、その裏を掻くぐらいはお手の物だった。いや、逆に諸葛緒を待ち伏せて、一撃加えようかとも考えた。

だが鄧艾が近辺にいるので、彼が駆けつけると面倒になる。そこで諸葛緒を躱《かわ》すだけにして、姜維は陰平に着いたのである。

するとその頃、ようやく援軍許可が出て沓中へ行く途中の廖化《りようか》と、期せずして遭遇することとなる。

「おう、やっと来てくれたか」

「遅れて申し訳ないが、今どのような状況なのか、教えを乞いたい」

姜維は沓中へ鄧艾が攻めてきて、自分が退却した事情や、鍾会と諸葛緒の進撃など、魏軍の進路と、蜀軍が取るべき策戦選択の実情を説明した。

「我より先に出た張、董の両将軍は」

彼は、張翼と董厥が陽平関の入口（陽安口）へ急いで進軍していったと言う。

「そうか、彼らが行き着くまでに、漢城と楽城、陽安口は耐えきれず、後退するだろう」

姜維は最近の情勢から、高い確率を予想してみた。廖化は、それに納得する。

「ならば、剣閣辺《あた》りに来そうだな」

それは、胡済《こさい》が護る漢寿の北西、約四〇里（一七・四㎞）の位置にある砦である。周辺は険阻で、攻め辛く守り易い要塞である。関中から成都へ行くには、普通必ず通らねばならぬ所でもある。

「判った。とにかく陰平は危ないから、剣閣へ退避しよう」

陰平を出た彼らの軍は、一路剣閣へと向かった。その頃、鍾会が部下の別将胡烈《これつ》らに楽城と漢城を攻撃させていたのだ。

「鍾将軍は、漢城を落としましたが、楽城には手子摺《てこず》っているようです」

漢城の西に陽平関があった。だが、陽安口の守備隊長の蔣舒《しようじよ》は、攻撃側の胡烈にあっさり降服した。城塞の陽平関に残った傅僉《ふせん》は、最後まで抵抗して討死《うちじ》にしている。

その後、漢城の蔣斌も降服したが、楽城の王含はまだ応戦しているらしい。しかし、遠巻きにされて兵糧攻めに遭えば、恐らく時間の問題で落とされるのだ。

剣閣に着くと、そのような報告が次々に入ってきた。嬉しいのは、漢寿から張翼と董厥が剣閣へ移ってきたことだ。

「漢寿では、胡将軍（済）が指揮を執っていたはずだが」

姜維が訊くと、二人は揃って頭を振る。

「蜀軍一万はなすことなく駐屯しておりましたが、胡済の姿はどこにもありません」

七年前、段谷《だんこく》の戦いで味わった、苦い記憶が蘇ってきた。いざとなったら姿を消す胡済の本領が、ここでも発揮されたようだ。

「あのような奴を頼りにせずとも、我らがここで力を合わせれば、何とかなろう」

姜維と廖化、張翼、董厥が五万の軍で立て籠もれば、鍾会とても簡単に落城させられまい。また、ここに軍を集中させていれば、成都の方も援軍を送ってこよう。

特に大軍を擁《よう》しておれば、とにかく剣関を通らずして成都へは進撃できぬはずだ。このときは姜維と他の将軍たちも、皆同じように考えていた。

「鄧将軍（艾）と諸葛将軍（緒）の旗が、どこにも見えませぬ」

姜維が自らの目で調べると、十数万の軍兵がおり、鍾会が諸葛緒か鄧艾の兵を、そっくり引き取った恰好に見えた。

「どちらかの将軍が、消えたのか？」

「さあ、二人とも、漢中か関中にでも帰ったのでしょうか？　それとも、まだ落ちぬ楽城の攻撃に廻ったのですかな」

剣閣の向こうに見える、鍾会を将軍とする旗印だけが翻《ひるがえ》っている。それが何を意味するか、そのときの姜維は全く想像できなかった。それに輪を掛けたのが、鍾会から届いた手紙である。

《貴殿は、文武に通じた人物と聞いております。巴《は》や漢中でお挙げになった戦果は、凡将にはなし得ない偉業でした。それは、中華たる魏にも聞こえております。つまりそのようなお方とは、国を違えていても、大きな理想に向けて、お互い心を通わせることが、きっとできうると存じます。それは春秋時代における、呉の季札《きさつ》と鄭《てい》の子産《しさん》のごときものではございますまいか。》

「この男、何が言いたいのだ？　我を油断させるための世辞なのか？」

姜維は、突然舞い込んだ書状に面喰らっていた。いったい何のために、このような内容を伝える必要があるのか、さっぱり解らないからだ。

「手紙を届けた使いが、返事を催促しておりますが、如何いたしましょう？」

「返事など、ないと伝えよ」

姜維の剣幕に部下はたじたじとなり、そのままを使いに告げる。

使いが帰って行く姿は、どこか肩を落としているようにも見えた。

それ以降、返事を聞いたであろう鍾会が、一向に撃って出てくる気配がない。一斉攻撃して落としても、蒙《こうむ》る損害は少なくないと解っているからだろう。

そのような状況で睨《にら》みあっていても、全く埒《らち》は明かない。すると、成都から妙な報告が入ってくる。

「諸葛将軍（緒）が檻車《かんしゃ》に乗せられて、洛陽へ戻されたそうです」

間者から、荊州《けいしゅう》経由で入った話らしい。もし本当ならば、彼の旗印が消えた理由にはなる。そして、軍勢を鍾会が吸収したというなら、その辻褄も合うのだ。

だが檻車を使ったとすれば、諸葛緒は罪を犯したことになろう。しかし今更、それを詮索しても始まるまい。

それにしても、鄧艾の行方は謎のままになっている。もし、何ヶ月かの遠回りを覚悟しているなら、山岳地帯の道なき道を移動することもあり得よう。しかし、それも事故などの不安要素が余りにも多過ぎる。

そんなある日、耳を疑う報告がなされる。

「魏将の鄧艾が、馬邈《ばばく》の守備する江油《こうゆ》を落として、緜竹《めんちく》へ向かっているとのことです」

緜竹とは、涪《ふ》と成都の間にある城邑で、剣閣からはずっと南西になる。

「そんな所へ、どうやっていつの間に？」

「どうやら、陰平から南へと、真っ直ぐに進んだようです」

「あれほどの山や谷があるのに、どうして真っ直ぐになど進めるのだ？」

姜維はあり得ないと言うが、江油は陰平と緜竹の間にあり、鄧艾がそこへ現れたのは事実なのだ。つまり、成都の至近距離にいる。直ぐさま取って返して、彼らの背後を突かねばならない。

しかし、剣閣を蛻《もぬけ》の殻《から》にすれば、鍾会に突破されて、自分たちが背後を突かれる。これは、身動きできぬ状態になった。

「涪の諸葛衛将軍（瞻）が、緜竹へ向かわれたと言います」

諸葛瞻と聞いて、姜維は天を仰いだ。諸葛亮《しょかつりょう》の子息で利発で早熟過ぎたとの噂は、もう二十年ほど前のことだ。出世も早かった。

だが、そんな彼ではあっても、黄皓などという宦官と私的交わりを持って、蜀を堕落させる片棒を担いだことも事実である。

今、彼が涪に駐屯していたこと自体、剣閣まで来る勇気に欠けていた証左だ。そこには息子の諸葛尚《しょかつしょう》や張遵《ちょうじゅん》（張飛《ちょうひ》の孫）、黄崇《こうすう》、李球《りきゅう》らもいるはずだ。

それならば、これから緜竹へ急いで鄧艾を撃ちに行くのも、悪評を取り戻す絶好の機会と踏んでいるのかもしれない。できれば、汚名を返上する活躍を期待したい。

旬日後、それに添うような報告が、姜維のところへ上がってきた。

「諸葛衛《しょかつえい》将軍が、魏の別将鄧忠《とうちゅう》（鄧艾の息子）や師纂《しさん》を撃退された由」

この報告に、剣閣で成り行きを気にしていた部将たちは、感歎の声をあげた。

しかし、彼の活躍もそこまでであった。

鄧艾は、鄧忠や師纂らに発破をかけ、自らも指揮に立って緜竹を攻撃した。激戦の末、諸葛瞻や諸葛尚親子、張遵らをはじめ、黄崇と李球ら主だった部将は総て首を取られた。

「何とかなると思ったが、撃破されて京観《けいかん》（死体で造った記念碑）まで造られたらしい。このままでは鄧将軍と鍾将軍の挟み撃ちにされよう。鄧将軍の軍が三万なら、我ら五万は向こうへ撃って出た方が、分があろう」

こうして姜維軍は一路、成都を目指すことにした。ところが、旬日行軍して緜竹《めんちく》を幾里か過ぎた頃、騎馬の蜀兵と官僚が現れた。

「よくぞ、鄧将軍に討ち取られなんだな」

誰かの暢気な言葉に、姜維の脳裏には大きな不安が過《よぎ》り、それは当たってしまった。

39

「主上（皇帝禅）が、鄧将軍に降服なさいました。古式に則《のっと》り、白い喪服姿で棺桶を」

使いの官僚がそこまで言ったとき、姜維は剣の柄に手を懸けていた。官僚を斬るのではなく、ようすが想像できて悔しいのだ。

葬式と同じ白装束で後方手《しりえで》に縛り、柩《ひつぎ》を背負って群臣六四人を引き連れ、鄧艾に降服を申し出たのだろう。

「朕らの身柄のことは、総てそちらの御宰領《さいりょう》にお任せいたします」

それを想像した姜維の形相の凄まじさに、使いは文書の読み上げを止める。

「このような経緯で、蜀は鄧将軍（艾）の軍門に降《くだ》った次第です」

彼はこう言うと、文書の最後に押してある皇帝印璽を示す。偽の通達ではないという証拠である。

さすがに姜維も、膝から崩れ落ちていた。周囲の張翼や廖化、董厥らは嗚咽《おえつ》を泄《も》らしている。無論、他の将兵たちも皆同じで、気持が折れて動けずにいたのだ。

「お伝えいたしました。我らはこれにて」

使いの官僚は、そそくさと馬に跨《また》がって去っていった。こうなれば、背後から迫ってくる鍾会の動きが気になる。

「これ以上の戦いは無益です。我が使いになり、降服の意向を伝えましょうか？」

言うのは張翼だった。彼は剣を路傍の岩に叩き付けて折ると、騎馬兵十騎ばかりで来た道を退き返そうとする。そのとき、背後にざわつきを感じた。

「魏の鍾将軍（会）から使いが来たようです」

鄧艾の兵が成都からやって来て、涪辺りで蜀軍を遣り過ごせば、剣閣から出た鍾会に会える。その後に、鍾会の騎馬兵が姜維軍を追えば、今頃になろう。

そうならば、姜維が使いと直々に会わねばなるまい。姜維は意を決して、軍兵の最後尾へと出向いた。

「姜将軍でございましょうや？」

「いかにも」

「我が魏の将軍、鍾会からの言葉をお伝えします。蜀の皇帝陛下が降服なされたので、姜将軍（維）におかれましても、武器をお捨てになっては如何かと」

姜維は、その使いを正面から見つめて言う。

「承諾いたしました。ついては、武器を捨てた軍兵は、解放してやって欲しいのです」

「その件は、事前に我が将軍から申し渡されております。できれば、武器を一ヶ所にお集めいただきたいのです」

「それも承知です。何とぞ、よしなに」

「周辺の適当な広い場所でお待ちください。食糧は、足りておりますか？」

そこまで気を遣われるのは、完敗を言い渡されたに等しい。返事を受けた使いは、丁寧な礼をして帰って行った。姜維には、それすら一種の追討《おいうち》に思えた。

隊を去った将兵は、一割に満たなかった。

彼らが止《とど》まっている広漢《こうかん》郡雒《らく》県は、皇帝禅が降服文書を鄧艾に奉じた所らしい。

周辺には耕作放棄地と思しい広い荒地があったので、姜維はそこで鍾会が来るのを待った。ときおり鍾会の斥候《せっこう》が、十騎一組でようすを窺《うかが》っては帰って行った。

三日後に鍾会が、魏の大軍を擁して現れた。彼は下馬すると、親衛隊十人に囲まれながら、姜維のもとへやって来る。

「これは姜将軍。御高名はかねがね。ここでお目にかかれて、我も心強い限りです」

鍾会は不惑《ふわく》（四十歳）前の、凜々しい顔立ちの男である。この二回りほど若い武将に、姜維は奇妙な親近感を持った。

「お慰め痛み入る。なれど我は敗軍の将」

「何を仰せあるか。蜀は滅びたとて、中華は一つにならねばなりませぬ。呉を併呑《へいどん》して、統一国家を建てるため、御助力をお願いしたく思っております」

鍾会は熱心に、姜維を立ててくれている。そう思うと、先日もらった手紙の内容も、満更嘘を並べ立てただけでもなさそうだ。

「これから成都に向かいます。決して魏兵に暴行はさせませぬゆえ。蜀軍にも、同道いただきたい。それは、兵卒にも協力を仰ぎたいからです。それに実際、軍を離れると食糧に困りましょう」

鍾会はそう言うと、改めて全軍に食糧の平等と、暴行の禁止を言い渡した。

その地で一夜明かし、彼ら十五万は魏軍が蜀軍を見張る形で成都に着いた。

鄧艾が、どのように治めているか、姜維をはじめとした蜀の将兵の関心はそこにある。城邑内へ入って驚いたのは、死体や物資が全く散乱していないことだった。

「略奪や暴行、付け火など、一切を禁ずる」

鄧艾の臨時政策は、そのような融和策から始められている。その方針は、歓迎すべきことで、鍾会が姜維に示した中華統一の標語と相通じている。

「鍾将軍といい、三国統一を図っておられる方々は、心が広うございます」

姜維は、鍾会に少々阿《おもね》るつもりでそう言った。だが、彼は少し浮かぬ顔をしている。何か、心配事でもあるかのようだ。

「一緒に参ろう」

鍾会は、鄧艾へ挨拶に行くのに、姜維を連れていきたいと言う。

「敵の将など、宜しいのでしょうか?」

姜維は遠慮がちに訊くが、鍾会は笑って付いてくるよう言う。よほど、姜維を気に入っているようだ。

鄧艾は、もう古希《こき》（七十歳）を過ぎた老齢の人物だが、精気が漲《みなぎ》った色黒の男だった。彼は、宮殿の執務室にいた。

そこは本来、皇帝禅が諸々の事案を決裁するはずの所である。だが、彼が実際に執務したことなど、ほとんどなかったろう。

「鄧将軍。遅れて成都に着いたこと、お詫《わ》び申しあげます」

鍾会が下手に出て言うのを、鄧艾は笑う。

「そっ、そなたが遅れるは、とっ、当然のことだ。なっ、なぜなら我は、せっ、戦争以外の技術を、みっ、身に付けておるからだ。こっ、ここまで来るに、ずっ、隧道《ずいどう》を掘り橋を架《か》け、じっ、時間を短縮した。こっ、こんなことは、わっ、我にしかできぬ」

そう言えばかつて、鄧艾は吃音《きつおん》の持ち主だと聞いたことがあった。だがそれに加えて、自画自賛の権化とは知らなかった。

「えっ、衛驃騎《えいひょうき》将軍は、しょっ、尚書郎《しょうしょろう》に戸籍簿を送らせてきよった」

それによると、戸数二八万、男女の人口九四万、将兵十万二千、官吏四万、米四十余万石、金銀二千斤ずつ、錦、綾、絹それぞれ二十万匹などだという。

ところで、鄧艾が言った衛驃騎将軍とは、前蜀皇帝（劉禅）のことである。彼が元皇帝をこのような地位に就けたのは、呉の皇帝にも降服を勧めるためだという。つまり、あっさり首を刎《は》ねたりしないと示しているのだ。

他にも一切略奪暴行はせず、民百姓は元の仕事に復帰させて日常を取り戻させている。これらは、蜀の住民から歓迎されていた。

「全く怪《け》しからん！」

駐屯に宛てられているのは、かつて姜維たちが使っていた操練場と館舎である。そこへ姜維を連れてきて、鍾会は吐き捨てた。

「何がでしょうか？」

姜維には、まだ意味が呑みこめていない。

「衛驃騎将軍の地位になど、鄧士載《しさい》（艾）が勝手に据えては違法だ。蜀が魏に併呑されたのだから、魏皇帝か、少なくとも後見役の司馬相国《しばしょうこく》（昭《しょう》）から許諾を取るべき事案だ」

姜維も説明を受ければ、それは鍾会に理があると思う。そこで調べてみると、太子だった劉璿《りゅうえい》を奉車都尉に、他の公子たちにも駙馬都尉の位を、鄧艾は独断で与えていた。

「蜀の重臣たちにも、それぞれ元の官位に見合った官職を与え、自分の部下たちにも太守の地位を授けておる。このような越権行為など、許されるはずがなかろう」

鍾会の怒りとともに、鄧艾の言行が方々から洩《も》れ聞こえてくる。彼が最初に成都へ入ったとき、彼は蜀の士大夫に向かい、諸君は我に降服して運が良かったと言ったらしい。

つまり鄧艾自身が話の解る人物だから、乱暴を控えているということだ。

蜀人たちも、彼の政策を見て当初は賛同していた。だが、彼らの将軍姜維に関しては、蜀の英雄も、我（鄧艾）に遭ったのが不運だったと喧伝した。

そのときには、さすがに失笑が起こった。

それでも蜀制圧の功が認められ、彼は太尉に昇進している。

しかし鄧艾には、自画自賛の不徳が解らなかったようだ。やがて蜀統治の現実を知った司馬昭から苦情の書面が届くまでになる。

それでも鄧艾の独断専行は、全く収まらなかった。いや、もっと烈しくなって、農業を盛んにして造船を行っていた。それは、呉制圧の準備だという。また、それを批判した司馬昭へ、反論も送られていったのだ。

曰く、「一刻も早く呉を滅ぼさねば、機を逸します。戦場において将軍の判断は、皇帝の命を凌《しの》ぐとされています」、と。

「鄧将軍の行動は、反逆にも等しい」

別将の胡烈《これつ》や師纂《しさん》も賛同する糾弾書を早馬に託すと、直ぐに決裁されて勅書が降りた。鍾会は部下の衛瓘《えいかん》に、鄧艾を捕縛させた。それは魏の景元《けいげん》四年（二六三年）の暮れであった。

その後、鄧艾は檻車で洛陽へ護送されることとなったのだ。彼が運ばれていくようすを見て、姜維は諸葛緒《しょかつしょ》の一件を思い出す。

「諸葛雍州刺史《ようしゅうしし》（緒）は、同様な罪を得たのでしょうか？　檻車で洛陽へ護送されたと、洩《も》れ聞こえてきましたが」

「奴は、剣閣を攻めるのに怖気《おじけ》づいたのだ」

40

「鄧太尉（艾）の軍三万を加えて、我の手元に十三万の兵がいる。いや、姜大将軍（維）の兵まで入れれば、十八万になりますな」

火鉢で暖を取りながら、鍾会がぽつりと言った。最近、彼も司徒《しと》の肩書きを貰い、鄧艾同等に昇進している。

先ほど諸葛緒のことを訊いたが、蜀にも諸葛瞻《しょかつせん》と諸葛尚《しょかつしょう》がいた。三人とも諸葛亮《しょかつりょう》や諸葛瑾《しょかつきん》、諸葛恪《しょかつかく》、諸葛誕《しょかつたん》、諸葛靚《しょかつせい》らと同じ諸葛一族で、先祖は同じだったのだろう。

それが何の因果か、魏呉蜀の三国に散っている。それはきっと、何処かで一族の誰かが永らえよ、との考えと推察できる。

諸葛瞻は緜竹で討死にしたが、幼少期は神童と噂された。今、目の前にいる鍾会も、聡明このうえない童と称されていた。

大人になった今も、その自負は消えていないはずだ。だからこそ、大きな条件が調《ととの》えられて、野望が空の雲が湧き立つごとく拡がってきているようだ。

鍾繇《しょうよう》七五歳のときに生まれた彼は、父親を指されて「爺様《じい》だろう」などと、さまざまに揶揄《やゆ》されたことは想像に難くない。それを側室たる母親が、必死に教育した塊《かたまり》が、今正に姜維と至近距離にいるのだ。

「我が父は、鍾将軍の父上と、親しくさせていただいておりました。いつも、鍾元常《げんじょう》様が、元常様がと、口癖のように申して」

そう言うと、姜維の目頭が熱くなる。

「そうでしたか。姜将軍も元は魏のお方でしたな。不運にも冀城《きじょう》の門を閉ざされて」

郭淮《かくわい》に嵌《は》められて、と言いたかった。しかし、死人に責任を擦《なす》り付けるようで、姜維としては潔しとせず黙っていた。

「鍾将軍は、我などと親しくされて、不都合はないのですか?」

「姜将軍のような、魏でも高名だったお方と話ができれば、我が自慢にこそなれ、不都合など全くございませぬぞ」

鍾会の話し方には、一切の蟠《わだかま》りがないように思える。彼の態度には、王者の風格さえ漂っている。自信に満ちた彼から、そこまで持ち上げられれば、姜維もただ頭を下げて礼を言うしかない。

「さて、もう直ぐ新しい年を迎えましょう」

炎興《えんこう》二年と言いかけて、姜維は口を噤《つぐ》む。もう蜀の元号は消えたからだ。

「魏の景元五年（二六四年）ですな」

「さよう。姜将軍には悪いが、もうこれで通していただきたい。なれど」

鍾会はそこまで言って、周囲を見回した。彼らがいるのは、鄧艾が執務室として使っていた所だ。つまり、劉禅専用だった部屋だから余人はいないはずだが、外で音がする。

「失礼いたします」

声を掛けて扉を開けたのは、美男子を絵にしたような丘建《きゆうけん》なる鍾会の腹心だった。

「衛驃騎将軍の遺物を探したいと、黄皓《こうこう》なる側近が参っております」

「何か判らぬが、探したい物なら探させろ」

鍾会の返事を待って、入ってきたのは確かに黄皓であった。彼は姜維と眼を合わせた刹那、にやっと笑い顔になる。

「これは、北伐にその人ありと讃えられた蜀の姜大将軍。この度の敗戦は、ひとえに貴方様の御失態とか専《もっぱ》らの噂ですぞ。今は、魏の司徒殿に油を絞られておいでの御ようす。奴才《わたし》は、とんだところへ参ったようですな」

その言葉が終わらぬ内に、鍾会は大声で丘建に声をかけた。腹心が飛んでくる。

「こやつに縄を掛けよ！」

鍾会は憎々しげに黄皓を睨み、後方手に縛り上げて牢へ抛《ほう》り込めと言う。黄皓は訳が解らぬという表情で、何ゆえかと喚《わめ》きだす。

「鄧士載の部下が縣竹で捕らえた捕虜の言葉を伝えておったが、彼の地で討死にした諸葛親子がおったろう」

　諸葛瞻と諸葛尚である。

「息子の言葉を思い出した。もっと早く黄皓を斬っておけば、蜀も滅亡せずにすんだものを、と悔しがっておったそうだ」

　鍾会が彼らの後悔を呟くと、黄皓はそれを逆手にとる。

「それならば、鍾司徒殿。奴才は、魏にとっての功労者ではございませぬのか？」

「馬鹿者。おまえのような奴を、国賊奸臣《かんしん》と言うのだ。司隷の最下等の獄舎に入れろ」

　黄皓は、丘建に連行されていく。しばらく宦官の言い訳が響いていたが、丘建に殴《なぐ》られ、唸《うな》り声を発して静かになった。

「黄皓を引っ立てていった我の腹心（丘建）は、もとは胡別将（烈）の側近だった。なかなか気が利くので、貰い受けたのだ」

　涼しい目元の好男子振りから、鍾会の褒《ほ》め言葉が解る気がする。

「ところで、姜大将軍。新年が明けたら」

　ようやく、黄皓が来る前の話題に戻る。

「はい、お祝いですか？」

「ああ、祝いです。将軍たちを呼んで、これからの統一事業を如何にするかを」

「論議されるのですか？」

　姜維が言うと、鍾会は大きく表情を崩す。何か他に考えていることがあると言いたげだと、姜維には思えた。

「そのような場に、敗軍の将がいても宜しいのでしょうか？」

「無論です。姜大将軍。もう、敗軍などという言葉はお使いめさるな。我は、お仲間として、お付き合い願っておるのです」

鍾会にそこまで言われると、なかなか否定しにくい。だが姜維には、彼の言外に漂う別の思惑が感じられる。それを、単刀直入には訊きにくい。

「ところで、姜大将軍」

「はい、如何なされたのです？」

鍾会が改まった声を出すので、姜維も緊張した面持ちになる。

「我は今、成都の郊外に元の蜀兵へ命じて、大きな深い穴を掘らせておる。姜将軍には悪いが、ここに蜀の遺物を捨てて焼こうと思ってのことです。もう、今までの蜀ではなくなります。皇帝の椅子や旗印など、蜀を思わせる物は総て焼くつもりです」

そう言われると、姜維も仕方がないと思う。勝った側の理屈では、負けた側の徴《しるし》は捨てたいはずだ。

「ところで、宴会の酒肴《しゆこう》を取り寄せるには、どうすれば好いのか、丘隊長（建）にみっちり教えてやっていただけぬか？」

料理や酒なら、宦官どもに頼めばすむ話なので、その要領を伝えれば充分だ。

「それは、お安い御用ですが」

姜維は、鍾会の言い方が気になる。どこか奥歯に、物が挟まったような会話だからだ。

「実は、我は軍を動かすつもりなのです」

「それは、宴会の警護にでしょうか？」

「警護、それもあり得ましょう」

「では、本来の目的は他にあると？」

「そうです。この際、姜大将軍には思い切って言います。我は宴会を利用して、将軍たちを一旦捕縛するつもりなのです」

意外な謀《はかりごと》の吐露《とろ》だった。だが、それ以降どのような目算があるのかは、姜維には想像できなかった。

「このままここで陣を張れば、二十万近い軍兵を我は動かせるのです」

「はあ、確かにそうなります。それを以て、呉へ攻め入るおつもりなら、鄧士載殿と同じ考えになりませんかな？」

「いや、我が進攻したいのは、洛陽です」

このような考えは、姜維の想像力の埒外であった。まさか司馬氏に刃向かって、魏そのものを乗っ取ろうなどとは、到底頭にはなかった。

「我などには、考えつかぬことで魂消《たまげ》ましたが、勝算はおありなのでしょうか？」

「そう、真正面から問われると困るが、要は我が捕縛しようとしている将軍たちが、司馬氏の専横をどう思っているかでしょう」

なるほどと姜維は思う。

司馬懿《しばい》の政変には、共感していた者も多かろう。だが事後の曹爽《そうそう》一派に対する騙《だま》し討ちのような処刑や、司馬氏だけの立身出世、情け容赦なく武人を使い捨てる態度など、彼らも反撥を感じていよう。

また、曹芳《そうほう》や曹髦《そうぼう》といった皇帝を蔑《ないがし》ろにして、今に曹奐《そうかん》にも禅譲《ぜんじょう》を迫るのは、目に見えている。そのような司馬氏一族への強い反感は、きっと計り知れないだろう。

それを以てすれば、この政変は勝算があるような気がしてきた。

「それで、どのように根回しするのです？」

「それが、考え処《どころ》なのです。好い知恵はございませぬかな？」

そう言われても、姜維には策など立てられるわけがない。とにかく捕縛された将軍たちを、鍾会がどのように根回しして説得するかに懸かっている。

「司馬氏の横暴のもとで、これからも呉への侵攻を考えるのか、それとも新しい体制を自らの手で造りあげようと訴えては？」

姜維はそのように勧めたが、彼らが靡《なび》く確証などない。どうなるかは、そのときにならぬと判らないのだ。

「よし、もし彼らが拒んで魏へ撃って出ることが叶わなくとも、蜀一国を支配することぐらいは、何とかなろう」

その言葉に、姜維は一種の安堵を覚えた。少なくとも魏への侵攻が、失敗したときのことは考えているのが嬉しかった。

姜維は、そこであることに思い至った。もし鍾会が魏へ行けなければ、蜀に止まることになろう。そのときには、地の利は姜維の方にあるのではないか。

少なくとも成都や漢中では、姜維の方に土地勘があるのだ。しかし、これから何が起こるか、さっぱり予測は付かない。姜維は、混沌とした中に希望を見ようとした。

41

とにかく、新年の宴会だけはせねばならぬので、姜維は丘建を料理係の宦官たちに紹介してやった。

「新年会の料理を頼みたい」

丘建は、彼らと日時や人数などの打ち合わせを始めていた。そして一通りの話し合いが着いた後、姜維が一言加えた。

「黄皓が、司隷の獄舎に繋《つな》がれたぞ」

この話に、料理係の宦官たちは、拳を突きあげて快哉《かいさい》を叫んでいた。

こうして新年会の準備は弾み、鍾会の希望に添って酒宴が開かれた。

「これからの魏軍は、蜀の兵士たちも呑みこんで、ますます大きくなりましょう」

「そうだ。その勢いで呉を呑みこみ、中華を以前の如く、一つの国にしようではないか」

会の冒頭、魏の将軍たちは、そのように叫んで気勢をあげた。まるで、統一国家に邁進《まいしん》するための、決起集会のようなありさまになっていた。

姜維も末席に連なって、静かに飲んでいるが、先のことを思うと全く酔えない。

「ところで、今改めて、皆に問いたいことがあるが、好いかな?」

鍾会がそう言ったとき、周囲の武将連はざわめきだす。酒も入っているので、姜維の緊張感が更に高まった。

「呉を併呑するのも大事な仕事だが、率直に言って司馬氏の態度をどう思う?」

非常に直截《ちょくさい》な訊き方だったので、宴の場は一瞬沈黙に支配された。

「今回の指揮命令に関して、鄧士載(艾)殿のなされようをお言いなのか?」

鄧艾の部下だった楊欣が発言する。

「いや、鄧士載殿は、司馬相国(昭)を無視して独断専行が過ぎたがゆえ、虜囚《りょしゅう》となるべくしてなった。論議の対象にはならぬ」

そう言ったのは、鍾会の部下田章《でんしょう》だった。

「鍾司徒が仰せなのは、司馬相国の命ではなく、司馬氏全般の魏帝国へのなさりようだ」

本質を引き出したのは胡烈《これつ》だ。彼は鍾会直属の部下で、上司の意向が解ったらしい。

「それは、司馬氏のなすことが気に入らぬという話になりますな」

牽弘《けんこう》なる将も、歯に衣着せず言い募った。こうなると斟酌《しんしゃく》なく、司馬氏全体が酒の肴になってしまう。

「司馬子上（昭）の心は、路傍の人でも知っていると、廃帝髦は仰せになった。つまり、いつかは魏を簒奪して晋建国の野望があるということだ」

楊欣が言うと、田章が受けて流す。

「それがどうしたのだ？　そのようなことは百も承知で、我は魏の部将になっておる。魏が晋に代わろうと一向に構わぬぞ」

「いや、それは違おう。我は飽くまでも魏皇帝の勅命を受けて兵を指揮しているつもりだ」

結局は、皇帝を凌ぐ司馬氏の意向を、肯定するか否かの議論に発展していった。すると、そのほとんどが反対意見になり、部将たちは鍾会と袂を分かつ恰好となった。

「そんなことで良いのか？」

大きな声を張り上げたのは、鍾会だった。

「我らは、命を賭けて戦っているのではないのか？　いったい誰のためにだ？」

それは、司馬氏のためではないと、宣言したようなものだった。

「その根性は、叩き直さねばならぬ」

鍾会が大声で言うと、宴会の警護をしていた兵が、扉を開けて戈《ほこ》を構えていた。

「これは、どういうことなのだ？」

楊欣や田章、胡烈、牽弘らが一斉に立ちあがる。だが、戈が突き付けられているので、剣を抜くこともできず、取りあげられる。

「皆様方には、司隷の一番上等な牢に入っていただこう。我らが手にした軍の使い方を、ゆっくりお考えあれ」

入牢を申しつけられたのは、他に師纂や衛寛ら四十数名に及んだ。まだ彼らは酔いが醒めやらず、半分訳も解らぬうちに連行されている状態だった。しかも、牢へ入れられるなど、夢にも思っていない。

「鍾司徒（会）は、いったい何を考えているのだ。我らをこのような目に遭わせて」

そのようなことを呟きながら、武将連は牢へ繋《つな》がれたらしい。

鍾会は、食事係の宦官に言い付け、新たな酒を執務室へ持ってこさせた。

「宴会で残った物は、おまえたちの間で処分して構わぬぞ」

姜維は下働きの宦官に、優しく声をかけてやった。食事係の者とて、なかなか上等な食材は手にしても口には入らない。だから彼らも喜ぶのだ。

「酒も、適当に飲んでよいぞ」

そう言われて、宦官は尚も喜ぶ。これまで黄皓に虐《しいた》げられ、食事も酒も極力制限されていたようだ。

姜維は鍾会と酌み交わし、率直に疑問をぶつけてみる。

「牢に入れられた彼らが、鍾司徒に同調するとお思いですか？」

「今は、半分もいかんかもしれぬが、時間が経って冷静になれば、司馬子上の陰険さに気付いてくると踏んでいる」

鍾会が落ち着いて言うと、何となくそのような気分になるから不思議だ。それは彼の、優しさとも言える姜維への態度から来るのかもしれない。

「姜大将軍。宜しゅうございますか？」

声をかけてきたのは、宴会の料理を作ってくれた宦官の一人趙奐《ちょうかん》だった。彼は、黄皓と仲が悪かった姜維に、特別親近感を持ってくれているようだ。

それは取りも直さず、趙奐が黄皓に酷い目に遭わされていたことに尽きる。

「どうしたのだ？」

姜維が顔を向けると、趙奐はにこやかに語りだす。よほど、嬉しいことがあったようだ。

「先般、嫌われ者の黄皓が、司隷の牢に抛り込まれましたな」

「ああ、我に慇懃無礼《いんぎんぶれい》な口を利いておった」

「あいつが、司隷の牢へ入れられた部将たちに殴り殺されたらしゅうございます」

そう聞いて、姜維は違和感を持った。

「いや、黄皓は最下等の牢で、部将らは一番上等の所だから、遭遇せんだろう」

姜維が言うと、趙奐は更に嗤う。

「それが黄皓の奴、獄卒に賄賂を渡して、最上の牢へ入れて貰っていたそうです。それが裏目に出たのです」

諸葛尚最期《さいご》の言葉を知っていた田章らは、その宦官が黄皓だと判ると、酒の勢いと囚われた屈辱から、力任せに暴行したのだ。

そのため襤褸襤褸《ぼろぼろ》の遺体となって、獄卒に埋葬されたという。下手に袖の下を使ったことで、地獄から天国へ上がったと思った途端に、また地獄へ突き落とされたのだ。

「趙奐。一つ頼まれてくれぬか」

「はい、何なりと」

「主上へ、手紙を届けてくれぬか。それと、我の屋敷を知っておろう。奥に、達者でおるとだけ伝えてくれ」

「へい、お安い御用です。これから一っ走り」

行こうとする趙奐に、姜維は銭を渡そうとした。すると趙奐が、滅相もないと辞退する。

「奴才は、黄皓が嫌いでした。かつて大将軍は三度にわたって、奴を打ちのめされたと聞いております。それだけで充分です」

「そうか。とんだことが耳に入っておるな」

姜維が礼を言うと、趙奐は気を利かせてもう一言付け加える。

「奴才は鍾司徒のお言い付けで、入牢した将軍方へ、朝夕の食事を届けております。その際、お言伝《ことづて》でも荷物でも、帰りにお屋敷へ寄れますので、御遠慮なくお申し付けを」

「そのおりには頼む。それから、牢へ入れられた将軍たちのようすも聞かせてくれ」

趙奐は、笑いながら去っていく。姜維は鍾会に侍った恰好だが、決して天下晴れての自由の身ではない。自分でも、敗軍の将の負い目は持っている。

だが、もしかしての希望もあった。

それは鍾会が魏へ侵攻できず、蜀だけを乗っ取ったときに可能な策だ。姜維が彼を虜《とりこ》にして、蜀を再興する夢である。

鍾会がこの軍を総て指揮下に置いたとしても、洛陽まで行軍して司馬氏を滅ぼせるとは思えない。魏が淮南《わいなん》や荊州辺りに展開している軍兵を呼び戻せば、司馬氏が鍾会軍から踏み付けにされることはなかろう。

姜維は、ここまで好くしてくれている鍾会には悪いと思いながら、成功するように、また呉軍の助太刀を願うわけでもなかった。

自らが手を下すことはないが、確率的には洛陽攻撃が成功するとは思えない。

「姜大将軍。宜しゅうございますか？」

鍾会がいる執務室を離れると、姜維は館舎に宛がわれた部屋で過ごしていた。そこへ、趙奐が訪ねてきたのだ。

「囚われた部将連は、怒っているのか？」

「はい、何しろ入牢ですから、屈辱感も一入《ひとしお》でしょう。でも、それだけではなく」

ここで趙奐は、声を潜めて話しだす。

「実は鍾司徒の腹心丘《きゅう》隊長（建《けん》）が、胡将軍（烈）へ差し入れを持って行かれて」

丘建は、もともと胡烈の部下だったので、そのようなことは、さして不思議ではない。

「いろいろと、不自由もあろうからな」

「はい、奴才も、それだけなら御報告するまでもなきことと存じましたが」

「何か、不穏なことでもあったのか？」

姜維が訊くと、趙奐はやや震えていた。

「実は牢の格子越しに、お二人は口付けなさっていまして。きっと深い仲なのでしょう」

それなら鍾会は、生木を裂くごとく、丘建を奪ったことになってしまう。

42

姜維は、胡烈《これつ》と丘建《きゅうけん》の関係を聞いて、幾つかの謎が解けた思いだった。特に丘建の眉目麗しい優男振りが、ようやく納得できた。

趙奐が聞き齧《かじ》ってきた話では、鍾会も嫁を娶《めと》っていない。側室も子どもも無論のこといない。

そう言えば五丈原《ごじょうげん》の頃、魏延《ぎえん》も諸葛亮と馬謖《ばしょく》の関係に、特別なものを臭わせたことがあった。

鍾会が是非ともと丘建を腹心にしたのにも何かあるのか。姜維に対して、特に親切で好意的なことも、そのわけが想像できるような気がする。

それが当たっているのなら、鍾会は胡烈に恨まれているのかもしれない。おまけに牢へ入れる荒療治まで受けている。そこに、不穏なものが醸成《じょうせい》されていまいか。

姜維は、急に胸騒ぎを覚えた。

「胡将軍と丘隊長の間で、何事か話し合われたようすはないのか?」

「はい、お二人は長く顔を寄せ合っておられただけで、これといった会話はなかったと存じます」

胡烈と丘建は、ただ愛情を確かめ合っていただけで、必ずしも不穏な話にはなっていなかったようだ。

「他の部将連は、どうだった?」

「特別なことはありませぬが、部下の方々が差し入れをお持ちでした」

「差し入れが衣類や食物だけなら、大事には至りそうもないな?」

「はい、さすがに武器なら獄卒が止めましょうから」

そう言われて、姜維はほっとしていた。すると、急に空腹感に襲われる。

「趙奐。何か作ってくれぬか?」

「お任せ下さい」

料理担当の宦官は館舎の厨房に立ち、あり合わせの穀物と肉や野菜で、美味で腹が膨れるものを食べさせてくれた。

どこか、宙宙《ちゅうちゅう》を思い起こさせてくれる。

「さすがに旨《うま》いな」

「そう言ってくださって、奴才は嬉しいです」

趙奐は微笑んで、宮殿の宦官専用の部屋へ戻っていった。姜維は、鍾会の執務室へ出向こうとした。だが、丘建が歩いて行くのが見える。そこで、翌朝にしようと気を利かせた。

丘建の姿を遠望していると、彼は古い材木や布を運んでいるように見える。かつて鍾会が言っていた大きな穴で、それらをまとめて焼くのだろう。

その夜、妙に昂奮して寝付けなかった。姜維がようやく寝入った頃、館舎の外から騒ぎが始まった。何人もの人が、宮殿へ向かっていくようだ。

太陽が昇って、姜維もようやく目を覚ました。館舎の外では、大勢の兵士が群れを成して宮殿を取り囲んでいる。そこには魏兵も蜀兵もいて、それぞれ勝手なことを話している。

「ほんとうに、俺たち全員をあの大穴に落とす気だったのか？」

「そうらしい、昨夜そんな話が流れてきた。今日にも棍棒で吾らを殴り殺して、あの穴で焼くつもりだったと聞いたぞ。だから、昨日から穴の中央が焼けてるんだな」

いったい、誰がそのような陰謀を巡らせたのか、姜維は想像もできなかった。

「鍾司徒は、そんなことを考えていたのか。だから、将軍たちを捕らえて牢に監禁したんだとよ。それなら合点がいくぞ」

「許せぬぞ。鍾司徒を引き摺《ず》り出して、直接訊いてみるまでだ」

兵士たちは口々に叫んで、宮殿へ押し掛けていった。

「そうだ。鍾司徒を捕らえろ」

姜維には、何ゆえそのような話になっているのか、さっぱり解らなかった。姜維も駆けつけようと、着替えだした。そこへ、趙奐がやって来る。

「ほう、今朝も食事作りに来てくれたか？」

「姜大将軍。そんな暢気な話では」

「何を、慌てておる？」

趙奐のようすは尋常ではなく、しばらく言葉が出て来なかったぐらいだ。

「あっ、あの胡将軍（烈）が、とんでもないことを、部下たちに吹き込んだようです」

姜維は言葉を喪って趙奐に先を促した。

「鍾司徒が、兵士全員を捕らえて、棒で殴り倒して大穴に抛り込むつもりだったとの蜚語《ひご》が出回っております」

「莫迦《ばか》な。そのようなことができようか。嘘だと直ぐに判ろうが」

「ところが末端の兵士など、理屈に合うかどうかより、物事の善悪より、その場の気配を信じようとするのです」

将軍同士が新年会をしたのは、戦いが終わって不要になった兵士を、どう始末するかを話したんだと、胡烈は部下に告げたらしい。

普通に考えれば、そんなことは絶対なく、呉の討伐に兵士は必要である。だが、狡兎《こうと》死して良狗《りょうく》煮らるるごとく、目的が達成されたから、道具は不要になるという理屈に惑わされたのだ。

「棒で殴って気絶させ、大きく掘った穴に捨てて焼こうと決まったのだ。反対した者が、こうして入牢となった」

胡烈はそう言って部下の不安を煽《あお》り、鍾会を襲えと命じたようだ。兵士たちは胡烈の部下の叫びに乗って、そのまま宮殿の執務室へと雪崩れ込んでいく。

不断は禁じられた宮殿へ、彼らは好奇心も手伝って足を踏み入れる。まるで、新雪を汚す快感に浸っているようだ。

「鍾司徒を捕らえたぞ」

勝鬨《かちどき》にも似た叫びが、宮殿から兵士たちが多く屯する操練場の方面にも伝わってくる。途中にある館舎にも、当然それは聞こえる。

「奴ら、鍾司徒をどうするつもりだ？」

姜維は館舎の表へ飛び出そうとするが、趙奐が必死に止める。

「大将軍。なりませぬぞ。今、あのように猛り狂っている連中の前へ行けば、鍾司徒に理不尽を吹き込んだ張本人として、血祭りに上げられるのが落ちです。ここは堪《こら》えて、館舎においでなさいませ」

冷静に考えれば、この宦官の言うとおりかもしれない。とにかく、しばらくようすを窺《うかが》うことにした。幸いなことに、将軍専用の館舎へは、誰も押し入ろうとはしていない。

「さあ、鍾司徒を、操練場の広場で吊し上げるぞ。皆、何を言うか見に来い」

そんな声が、遠くから響いてくる。

「操練場の広場なら、館舎の楼閣から一望できます。昇りますか？」

趙奐の誘いに、姜維は頷《うなず》いた。二人して木製の階段を上がり、窓から遠くを見渡してみた。ただ宦官は、離れて覗くよう助言する。

「兵たちが、姜大将軍の存在に、気付かないでくれる方が好いのです。ほとんどの者は、入牢の一人だと思っていますから」

だから軍兵たちは、館舎に誰もいないと思っているらしい。だが、不安定な状況であることに変わりはない。

やがて鍾会が、操練場の指揮台に立たされる。

「言ってみろ。我ら兵士を殺すつもりだったのだな。何の目的があったのだ」

「大事な兵を、殺すことなど考えておらぬ」

「では、なぜ将軍たちを牢へ繋いだ？」

「我の考えに、同調してもらうためだ」

「考えとは、我らを皆殺しにすることか？」

そこへ、牢に入れられていた将軍たちがやって来る。牢の鍵は、軍兵たちが獄卒を締め上げて、無理にでも開けさせたようだ。

「胡別将（烈）。本当に鍾司徒は、我らを皆殺しにするつもりだったのですか？」

「そのとおりだ」

胡烈は、きっぱりと嘘を吐《つ》いた。鍾会がその表情を睨み付けている。だが、大声で詰《なじ》ったりしない。いや、魏への謀反を言い立てたのだから、どちらにしろ不利な状況だ。

「なら我らは、先手を打つまでだ」

それでも鍾会は、何も言わなかった。

「奴が我らを生き埋め、いや、生きたまま焼き殺そうとした大穴に、抛り込んでやる」

そこまで言われて、鍾会は最後の力を振り絞り、軍兵たちに訴える。

「我が考えていたことは、魏の奸臣たる司馬氏を討ち取ることだ。皆の者は、司馬子上の専横をこのまま許して好いと思うのか？」

鍾会は大声を出したが、兵たちは誰も本気で聞いていない。彼らの脳裏には「軍兵皆殺し」の言葉が、しっかり刻みつけられているからだ。そこへ、胡烈が追い討ちをかけた。

「軍兵を皆殺しにして、蜀の財宝を我ら将軍で分けよう。そう言ったのは鍾会だ！」

「そのとおりだ。我も傍で聞いておる」

胡烈の一言に、側近の丘建も同調する。その勢いで、鍾会は縄でぐるぐる巻きにされたまま、大きな穴の方へ引き摺られていった。そして、蜀の遺物が焼かれている炎の中へ、生きたまま抛り込まれたのだった。

ただ最後まで、泣き言も命乞いをすることもなかったという。胡烈と丘建まで、その態度は天晴れと褒めていた。それは彼らの、せめてもの詫びと言うべきだろう。

終章《エピローグ》　劉禅《りゅうぜん》

43

一騒ぎが収まり、軍兵たちもそれぞれの将軍に連れられて周囲を巡回していた。

「ほとぼりが冷めるまで、あまり出歩かれない方が宜しいかと」

趙奐《ちょうかん》は、細心の注意を払うよう言い募り、宮殿へ戻っていく。彼とて仕事があるのだ。

そこで、独りぼんやり考えてみた。鍾会が二十万の指揮権を握ろうと、いつ頃から考えだしたのかを。

剣閣《けんかく》を攻めていたときに、諸葛緒《しょかつしょ》を更迭している。もしもあの頃から、既に彼を邪魔者と感じていたのなら、随分早かったことになる。だが、このような反動や反撥を、考えに入れられなかったのだろう。

外を見て人通りが跡絶えると、姜維《きょうい》は宮殿の執務室へ行ってみようとした。夜の帳《とばり》が降り始めると、外を歩いても誰が誰だか判りにくい。だから、すんなり辿《たど》り着けた。

宮殿は、宦官たちが点した灯りで、廊下も明るい。そこで階段を昇って、皇帝の執務室へ入ってみる。するとそこに、蠢《うごめ》いている人影が幾つかあった。

「そこにおわすは」

姜維は、ついそんな声をかけた。

「おお、大将軍。元気そうじゃな」

劉禅が、後宮の美女を十人ほど連れて、探し物をしているようだ。

「何をしておいでです？」

「四、五日前、黄皓《こうこう》に頼んで尿瓶《しびん》を取りに遣らせたが、一向に戻って来ぬ。あいつ、どこまで探しに行ったのかのう」

あのとき黄皓が、ここへやって来た事情は解った。だが、どこまでも太平な劉禅だと、今更ながらに呆《あき》れた。

蜀が滅亡して、今後元皇族とてもどのような扱いになるか、先行きは見透せない。そのような時にも、彼の気掛かりは尿瓶らしい。

「おう、ここにいたか」

胡烈《これつ》の声である。丘建《きゆうけん》と一緒に、劉禅を探しにきたようだ。

「おまえのことを、すっかり忘れていたぜ」

胡烈と丘建は、つかつか歩いてきて、劉禅ではなく姜維の腕を取った。美女連が不安そうに表情を曇らせている。

「我を捕らえるか？」

「そうだ。鍾会《しようかい》の片棒を担いだろう？」

「司徒」と役職名を使わず、諱《いみな》（実名）で呼び捨てにするのは、犯罪者として侮蔑しているからだろう。更に、姜維のことは「おまえ」と、諱ですらない呼称を使っている。

丘建は、鍾会と姜維の微妙な関係を知っている。だから姜維が、鍾会の信奉者ではないことが解っているはずだ。しかし、胡烈の嘘を全うさせるためには、事実を歪《ゆが》めねばならないだろう。

「鍾司徒には、親しく扱ってもらった。それだけのことだ」

「だが、おまえは囚われていなかったな」

「そのとおりだ。司徒の言うことにも一理があったのを認めた。それは、兵士を皆殺しにすることなどではなかった」

姜維は言わずもがなの、胡烈と丘建の嘘を大声で素っ破抜いてしまった。

「そこまで判っているなら、容赦はせぬ」

胡烈と丘建は部下を呼んで、姜維に縄を打たせて連行しようとする。

「これ、おみたちよ」

突然、劉禅が声をかけてくる。

「何でしょうか？」

胡烈が、表情を歪めながら劉禅を見やる。完全に莫迦《ばか》にした態度だが、劉禅はそのようなことには気付かない。

「朕の、尿瓶の在処《ありか》を知らぬか？」

「黄皓が持って、先に洛陽へ旅立ったのではないですかな？」

「何、先にとな。そう言えば司馬相国《しばしょうこく》（昭《しょう》）が、朕、いや、もう寡人《かじん》（王侯の一人称）と言わねばならぬかのう。安楽侯《あんらくこう》なる尊称を贈ってこられた。そろそろ洛陽へ行かねばならぬが、さて、文衡《ぶんこう》（劉璿《りゅうえい》の字《あざな》）の姿も見えぬが、あいつも早？」

「洛陽へ、旅立たれたもようです」

そう言われると劉禅は美女連と一緒に、そそくさと後宮へ戻っていく。

「『寡人らも旅支度をせねばのう』とは、あの無能は死んでも治らぬわァ」

胡烈は、遠離《とおざか》る劉禅を嘲笑している。

「あんな皇帝のために、蜀人は命を賭けたのか。憐れにもほどがある。おまえも、そんなことで命を奪われかけたのだぞ」

胡烈の言うことは解るが、姜維の本心は、鍾会が果たそうとしたことに、更なる修正を施《ほどこ》したものだった。しかし、それを胡烈らに話しても詮ないことだ。

「それで、どうする。我に鍾司徒が皆殺しを考えていたと、嘘を言わせたいか？」

姜維が胡烈に訊くと、彼は鼻を鳴らす。

「それも好いが、兵どもを前にして突然気が変わられて、本当のことを言われても困る。だから、このまま業火に焼かれてもらおう」

「ほう、随分豪華な死際だが、猿轡《さるぐつわ》を咬まさぬのか？　何を言うか判らんぞ」

「兵士どもを集めた所でなら、最期の言葉に重みはあろう。だが、引き立てられているところなら、一種の命乞いと見られて、叫ぶ方の効果は薄いものだ」

それは、胡烈の言うとおりだった、縛られた者の叫びなど、負け惜しみの類《たぐい》である。そのような言葉に、人々は二束三文の値打ちしか与えない。

胡烈と丘建は、姜維を部下に囲ませて引き立てて行く。宮殿の廊下を宦官どもが、小走りに行く。劉禅が洛陽へ呼ばれているので、荷造りを手伝いにいくようだ。

移動する宦官の一人が、突然胡烈らの前で跪《ひざまず》く。趙奐《ちょうかん》だった。手に竹の皮で包んだ物を持ち、それを差し出している。

「どうした。何用だ？」

丘建が訊くと、「大将軍の夜食」と言う。胡烈はそれを、隊員の一人に受け取らせた。

「忝《かたじけな》い。胡隊長（烈）。この者に頼みたいことがあるが、いかんか？」

「手短にならば、構わぬ」

姜維は一礼して、一言告げる。

「我の遺品を、奥へ届けてくれぬか？」

姜維が頼むと、趙奐は胡烈の顔を見る。それに胡烈は頷《うなず》く。趙奐は涙ぐんで、片膝突《つ》いたまま行列を見送る。姜維は歩きながら、「すまぬ」と胡烈に礼を言う。胡烈が返す。

「我は、姜大将軍を虐めるのが目的で、この儀に及んでいるわけではない」

いつの間にか、「おまえ」が消えている。

「解っている。別に恨んではおらぬ。成るように成ったまでのことだ」

二人の遣り取りは歩きながら、軽妙にもうしばらくつづいた。

「もう少し教えておこう。鄧《とう》太尉（艾《がい》）のことだが、あのままには捨て置けぬ」

鍾会を謀反人とすると、司馬昭から鄧艾は冤罪《えんざい》と判断されかねない。すると、縛った者が処刑される恐れが出てきたのだ。

「一箇小隊で、追っ手をかけた」

隊長は衛瓘《えいかん》らしい。鄧艾を縛った隊長が、暗殺のため馬を奔《はし》らせているのだ。

「もう間もなく鄧太尉は、盗賊に襲われる」

記録としては、そのように処理される。

「なるほど、事後処理も大変だな」

「生き残りを賭けておるのだ。そのぐらい、せねばなァ。何もせず安泰なのは、先ほどの元の蜀皇帝ぐらいなものだ」

姜維は、劉禅のこれからを思ってみた。魏で、安楽侯などと貴族待遇を与えられても、針の筵《むしろ》に座らされているのと同じだろう。

「劉公嗣《こうし》（禅）には、恥や無様などという感情はないのだろう。魏へ行っても、平常心で過ごせるだろう。でないと、先ほどのごとき態度を採れるものではない」

確かに、尋常な神経でないとは窺《うかが》える。

「元皇太子（劉璿）が、父を措いて先に行ったと言っても、無礼だと怒りもせなんだ」

姜維が呆れると、胡烈が皮肉に口を歪める。

「文衡（劉璿）とは、洛陽で会えぬだろう。姜大将軍の前に、業火へ入ってもらった」

「それは、討ち果たしたということか？」

「そうだ。文衡は、父親よりは聡《さと》い。どこからか、蜀が復活するかもしれぬと聞いた途端に、軍を編制して指揮を執るつもりでいた」

「だから、早々に斬って業火へ捨てたか」

「悪い芽は、早めに摘むのだ」

それが胡烈の管理術らしい。

「我も、悪い芽の一つか？」

「敢えて言えば、そうだな」

胡烈は自嘲ぎみに、また口を歪めた。

「先ほど、生きたまま業火に抛り込むと言ったが、その前に手練れが心の臓を射貫く。その前に夜食も摂ってもらう」

生きたまま、火の海へは入れないらしい。

「なぜ、情けを示してくれる？」

姜維の疑問に、胡烈がやや小声になる。

「姜大将軍は、我と丘建のことを知っておられながら……」

「そのようなこと、我は関与せぬだけだ」

「もう一つ伝えよう。御子息誼《ぎ》殿は、白帝城《はくていじょう》で健在だ。最期に言い残すことはないか？」

「奥や家の者の命だけは」

そう言い残すと、胡烈が微笑む。

「鄧太尉と鍾司徒から受け継いだことが、一つある。国家転覆の首謀者以外には乱暴狼藉《ろうぜき》せぬことだ」

夜食を摂ると、胡烈は穴の縁に姜維を立たせる。弓の手練れが狙いを付ける。号令一下、姜維の胸に三本の矢が美事に刺さった。


（完）

後記

「三国志」の物語は、さまざまな形で小説化や映画化、舞台化がなされている。しかし、そのほとんどは、前半の一部分が扱われるだけである。

にもかかわらず、それを総てと思い込んでいる向きが、非常に多いのは残念と言わざるを得ない。

「赤壁の戦い」、もしくは関羽や曹操、張飛、劉備が他界する、三国分裂の二二〇年前後で終わっている。それでなければ、北伐を敢行した諸葛亮孔明が陣没するところで、全巻の終わりとなっている。いや、思われているのだ。

物語の展開上「星落つ秋風五丈原《ごじょうげん》」を幕切れにすると、格好の終わり方になろう。

時間軸でいえば、ここは二三四年となる。「三国志」の完全終結を、二八〇年の晋（司馬炎）による全土統一とすれば、この場面はまだ半《なか》ばを過ぎた頃にしかならない。

半分近くが、置き去りにされているのが、「三国志」の実情といえば好いだろう。

「魏志倭人伝」とは、史書『三国志』の「魏志の巻—東夷伝」中にある倭人（日本人）に関する記述で、「三国志」後半の一部に当たる。

諸葛亮以降が語られないことで、特に割を喰っているのが、邪馬台国の使節である。

「卑弥呼がいたのは、奈良の纏向《まきむく》か？　佐賀の吉野ヶ里か？」

この論争においては、考古学者が示すのは出土品だけで、彼らが遺り取りする話の中から、「三国志」の流れはすっかり忘れられているのだ。精査してみれば、司馬懿仲達が遼東で、軍閥の公孫淵を囲んで戦争している場面に、使節は出《で》会《くわ》しているはずと判ろう。

そのこと一つ取っても、後半が日本史にも喰い込んでいて、如何に重要な部分か解ろうというものだ。

それにしても後半の「三国志」が、なぜにかくも見落とされているのか？

その一因は、以降の三国それぞれが、地味であったと思われていることだろう。また、諸葛亮並みの頭脳明晰さを示す人物が、全くいないとも誤解されている。

史書をじっくり調べてみれば、決してそのようなことはないのが判る。三国それぞれには、感心するような逸話や、噴き出したくなるような噂や、怒り心頭に発する事情などが数々存在している。

それらを解き明かして、縦糸と横糸で繋ぎ合わせれば、前半の流れを汲みつつも、違った三国志が展開されていくだろう。ここでは、魏が後漢を禅譲という儀式で以て乗っ取る過程を描く。それを潔しとしない蜀丞相たる諸葛亮孔明の思惑から、期せずして魏から蜀へ身柄を移されてしまった姜維の視点で、歴史を再度眺めることにした。

これまでに創作された「三国志」馴染みの顔触れとしては、孫権や前述の諸葛亮孔明、司馬懿仲達などが登場して、途中で最期を迎えることになる。

今回は魏が蜀を滅ぼすところ（姜維の死）までを紡ぐことになったが、その後が気になる人物（司馬家の面々、魏の将軍たち、劉禅はじめ蜀の生き残り、呉の宮廷人など）も多くいる。それは、またの機会に是非とも執筆したく思う。

この作品が世に出るに当たって、さまざまな人々のお世話になった。河出書房新社編集本部長の藤﨑寛之氏、イラストレーターの中村知史氏、デザイナーの天野誠氏である。お三方に対しては、この場をお借りして、篤く御礼を申し述べる次第である。

二〇二三年　山笑う頃　愛犬の寝言が聞こえる書斎にて　著者

本書は書き下ろし小説です。

塚本青史（つかもと・せいし）

一九四九年、岡山県倉敷市生まれ。大阪で育つ。同志社大学文学部卒業後、印刷会社に勤務しながらイラストレーターとして活躍。八九年、「第11回小説推理新人賞」（双葉社主催）最終候補に残る。九六年、『霍去病』（河出書房新社）で文壇デビュー。『仲達』『安禄山』（ともに角川文庫）、『呉越舷舷』（集英社文庫）、『李世民』（日経文芸文庫）、『三国志曹操伝』『光武帝』（ともに講談社文庫）、『則天武后』（日本経済新聞出版社）、『バシレウス　呂不韋伝』（ＮＨＫ出版）、『趙雲伝』（河出書房新社）など、古代中国を舞台にした作品を多数発表している。『煬帝（上・下）』（日本経済新聞出版社）で第１回歴史時代作家クラブ作品賞、『サテライト三国志（上・下）』（日経ＢＰ社）で第２回野村胡堂文学賞を受賞。父・塚本邦雄創刊歌誌「玲瓏」の発行人も務める。

姜《きょう》維《い》

二〇二三年七月二〇日　初版印刷
二〇二三年七月三〇日　初版発行

◉著者＝**塚本青史**
◉装幀＝**天野誠**（MAGIC BEANS）
◉発行者＝**小野寺優**
◉発行所＝**株式会社河出書房新社**
〒一五一－〇〇五一　東京都渋谷区千駄ヶ谷二－三二－二
電話　〇三－三四〇四－一二〇一（営業）
　　　〇三－三四〇四－八六一一（編集）
https://www.kawade.co.jp/

◉印刷＝**株式会社亨有堂印刷所**
◉製本＝**加藤製本株式会社**

Printed in Japan
ISBN 978-4-309-03121-7